तलाश

तलाश

शक्ति त्रिवेदी

विद्या विहार, नई दिल्ली

प्रकाशक : विद्या विहार, १६६० कूचा दखनीराय, दरियागंज, नई दिल्ली-११०००२
 / संस्करण : प्रथम, २०१२ / मूल्य : दो सौ पचास रुपए
मुद्रक : भानु प्रिंटर्स, दिल्ली ISBN 978-93-80186-80-1

TALAASH *stories* by Shakti Trivedi Rs. 250.00
Published by Vidya Vihar, 1660 Kucha Dakhni Rai, Darya Ganj, New Delhi-2

मेरे पुत्र
ऋषि त्रिवेदी
और
दिव्य त्रिवेदी
को सस्नेह।

कहानी की कहानी

२००७ में प्रकाशित कहानी संग्रह 'तेजस्विनी' चार लंबी कहानियों का संग्रह था। सभी कहानियाँ नायिका प्रधान थीं। यह संग्रह भी कहानियों का है, जिसमें पहली कहानी 'तलाश' एक लंबी कहानी है। शेष नौ कहानियाँ सामान्य आकार की हैं। अधिकांश कहानियाँ नायिका प्रधान हैं। सुघड़ नायिकाएँ कहानी में आदर्श प्रस्तुत करती हैं। नायिका आगे बढ़कर नायक पर अपना दूरगामी प्रभाव छोड़ती है। नायक का जीवन पारस्परिक प्रेम-प्रसंगों में उलझकर नष्ट होने से बच जाता है। प्रेमिका, पत्नी या नायिका मूल रूप से एक ही नारी रूप होती है। उसके सहयोग के बिना नायक या पुरुष कम जीवन एकाकी और अधूरा रहता है। वह भटकता ही रहता है।

'तलाश' १९४४ की सच्ची कहानी है। आगरा में पहली महिला वकील 'साधना' इस कहानी की नायिका है। वह अपने पिता के साथ वकालत के पेशे में आकर तीन परिवारों को टूटने से बचाती है। वह कुपात्र तथा वेश्यावृत्ति के व्यसनी व्यक्ति को भी अपने कानूनी फन से सुधारकर अच्छा इनसान बना देती है। वह स्वयं भी एक अच्छे चरित्र के व्यक्ति को बड़ा आदमी बनाकर उससे विवाह कर लेती है। सभी परिवार मथुरा और आगरा के हैं और परस्पर रिश्तेदार हैं। कहानी का पार्श्व कानून और इनसानियत है। वकील भी कितना भला और मुवक्किल का शुभचिंतक हो सकता है। कानून पर भलाई व इनसानियत भारी पड़ती है। साथ में परंपरा और अर्थहीन रूढ़ियों से छुटकारा पाना भी सुखी और शांत जीवन के लिए आवश्यक है। नायिका स्वयं कुमारी है और वह स्वयं अच्छे गुणों के कारण ऐसे व्यक्ति से विवाह कर लेती है, जो अपनी दुश्चरित्र पत्नी के द्वारा सताया हुआ है। वह उसकी गरीबी, अल्प ज्ञान की परवाह किए

बिना पढ़ा-लिखाकर उसे योग्य पति बना लेती है।

अन्य नौ कहानियों में 'मिस साहब सलाम' एक सच्चरित्र नर्स की कहानी है, जो नारीलोलुप दुष्ट व्यक्तियों से अपना चरित्र बचाने में सफल होती है। 'अतीतगामी लोक' वैज्ञानिक तथा 'रानी बल्कीज' ईसा से अनेक शताब्दी पूर्व की ऐतिहासिक कहानी है, जब विश्व में पहली बार धनुष का आविष्कार हुआ था। शेवा देश की रानी बल्कीज अकेले शासन चलाती थी। उसका प्रेम इजरायल के सम्राट् यहूदी सुलेमान से हुआ, जिसकी पत्नी मिस्र के सम्राट् की बेटी थी। यह अमेरिकी उपन्यासकार गार्डनर एफ. फाक्स के उपन्यास 'क्वीन ऑफ शेवा' की कहानी पर आधारित संक्षिप्त रूपांतरण है।

अन्य सामाजिक प्रेम कहानियाँ हैं 'जोग-संजोग', 'कथावाचिका' और 'लो बस', जो पाठक को यह बताती हैं कि लव एट फर्स्ट साइट का सिद्धांत गलत नहीं है। स्त्री-पुरुष के पहले मेल-मिलाप में कैसे दो जिंदगियाँ सदैव के लिए एक-दूसरे से बँध जाती हैं। इस संग्रह में 'करामाती नीलम' सच्ची और ऐतिहासिक कहानी है। पत्थरों में कितनी ताकत होती है। ये कितने बेशकीमती और जीवन को बनाने तथा समाप्त करने वाले हो सकते हैं, यह इस कहानी में भारत के अंतिम मुगल सम्राट् बहादुर शाह जफर के अंतिम जीवन काल में दरशाया गया है। इधर दिल्ली के महरौली के खँडहरों में नीलम पत्थर टूट जाता है। उधर रंगून (म्याँमार) में बीमार बहादुर शाह अपनी जीवनलीला समाप्त कर देते हैं। सातवीं तीन पृष्ठ की सबसे छोटी कहानी द्वितीय विश्वयुद्ध (१९३९-४५) के नायक हिटलर की असफल प्रेम कहानी है। अंतिम कहानी एक वृत्तांत है, जो कच्छ के रन की भौगोलिक स्थितियों को दरशाते हुए सफेद जंगली गधों के जीवन पर रोशनी डालता है। इकोलॉजी और विलुप्त प्राणियों पर यह विशेष रचना है। बाकी कहानियों का मूल्यांकन मैं पाठकों पर छोड़ता हूँ।

–शक्ति त्रिवेदी

विषय सूची

तलाश

बाबू कमल नारायण तिवारी एक उच्चकोटि के वकील थे। यही नहीं कि केवल राजा मंडी में ही उनका नाम हो या लोग उन्हें जानते हों, संपूर्ण आगरा नगर ही उनके नाम से, उनके काम से भली-भाँति परिचित था। आगरा जिले के गाँवों तक में उनका नाम व्याप्त हो चुका था। वे कानूनी दाँव-पेच जानने के अतिरिक्त स्वयं भी न्यायप्रिय, दयालु और उदार हृदय व्यक्ति थे। धार्मिकता उनकी माँ ने बचपन से ही कूट-कूटकर उनके अंतर में भर दी थी। इसीलिए वे स्वयं सत्यवादी, ईमानदार और स्पष्टवक्ता थे। वह किसी भी मुकदमे को लेने से पूर्व ही जान लेते थे कि यह मुकदमा झूठा है या सच्चा। यदि वह उनके विचारों में सत्य सिद्ध होता था तो लेते थे, अन्यथा स्पष्ट मना कर देते थे।

पुलिस केस हो, चाहे आपसी झगड़े-फसाद का मामला, वह सदैव ही निरपराध-निर्दोष का ही पक्ष लेकर मुकदमा लड़ते थे और जहाँ तक लोगों का ध्यान था, वह अभी तक किसी भी मुकदमे में असफल नहीं हुए, विजयी ही हुए थे। तभी तो उनकी धाक थी, नाम था और मान भी था।

उनकी पत्नी कौशल्या अधिक पढ़ी-लिखी नहीं थी, केवल चार कक्षा तक ही पढ़ी थी। चिट्ठी बाँच लेती थी, लिख भी लेती थी और एक-एक कर रामायण की चौपाई भी पढ़ लेती थी। इसीलिए उसने घर में कोई नौकर-चाकर नहीं रखा था। झाड़ू लगाना, कपड़े धोना, कपड़ों पर लोहा करना, रसोई बनाना, बरतन माँजना आदि सभी काम वह स्वयं ही करती थी।

अपने पति को ईश्वर के समान मानकर उसकी सेवा करना, उसकी

प्रत्येक बात का पूरा-पूरा ध्यान रखना, उसका सम्मान करना, यही उसकी धार्मिक नित्य क्रिया थी। अन्य किसी देवी-देवता की पूजा करना वह उचित नहीं समझती थी। उसका विचार था कि स्त्री के लिए पति ही देवता है, ईश्वर है। उसी की पूजा, उपासना, ध्यान और सेवा करना पत्नी का परम कर्तव्य है। जो पत्नी अपने पति की सेवा, देखभाल स्वयं न कर नौकरों अथवा अन्य व्यक्तियों पर छोड़ देती है, वह इस संसार में परम अभागिनी और अधर्मी है। चाहे वह अन्य देवी-देवताओं के कितने ही भजन, पाठ, पूजा करती फिरे। इसीलिए वह नौकर नहीं रखती थी।

चौंतीस वर्ष की अवस्था होने पर भी कमल नारायण के केवल एक ही लड़की हुई थी। वह भी तब जब वह २२ वर्ष के थे। उसके पश्चात् आज तक उनके कोई संतान नहीं हुई। १२ वर्ष से ही कौशल्या इस प्रतीक्षा में थी कि कोई पुत्र हो। पर पुत्र तो क्या, पुत्री भी नहीं हुई। उनकी रिश्तेदार स्त्रियों ने, पास-पड़ोसियों ने उनसे कई बार कहा कि हनुमानजी की शीरनी बोल दो, महादेवजी पर दूध चढ़ाने को कह दो, देवी की अठावरी बोल दो, हालाँकि उसने सुनी सबकी पर करी मन की। किसी का कुछ नहीं बोला।

बेटी साधना १२ वर्ष की हो चुकी थी। जब वह तीन ही वर्ष की थी, तभी से पढ़ने लग गई थी और अब तो वह १०वीं में पढ़ रही थी। बुद्धि उसकी विलक्षण थी। कभी किसी कक्षा में वह असफल नहीं हुई, प्रथम श्रेणी में ही उत्तीर्ण हुई। उसके पिताजी उससे इसीलिए प्रसन्न थे। वह तो कभी-कभी कौशल्या से कह देते थे, 'साधना की माँ! भगवान् ने कदाचित् हमें इसीलिए लड़का नहीं दिया कि लड़के से श्रेष्ठ तो लड़की ही है। मैं तो इसे ही लड़का मानता हूँ, बड़ी कुशाग्र बुद्धि है इसकी।

'हाँ, बात तो ठीक है,' पर कौशल्या आगे कुछ इसलिए नहीं कहती कि कहीं साधना बुरा न माने। उसके मन पर जाने क्या प्रभाव पड़े, इसीलिए वह चुप हो जाती। पर साधना उसका भाव ताड़ जाती और चट से कह देती, 'पर माँ! लड़की तो पराए घर की होती है, यही न!' इस पर माता-पिता दोनों हँस देते और कहते, 'ठीक कहती हो बेटी।'

साधना इन सभी बातों को तथा माता-पिता के हार्दिक दुःख को, उनकी चिंता को भली-भाँति जानती थी। इतनी छोटी अवस्था में ही वह एक समझदार की भाँति गंभीर रहती थी। उसकी बचपन की चंचलता न जाने कहाँ लुप्त हो गई थी। वह सदैव सोचती रहती थी कि इनकी चिंता दो ही प्रकार

से दूर हो सकती है। या तो माँ के कोई पुत्र उत्पन्न हो जाए या फिर मैं सदैव ही इनके पास रहूँ। पहली बात तो साधना के माता-पिता के हाथ की बात नहीं थी। हाँ, दूसरी बात पर ही वह अधिक विचार किया करती थी। वह सोचती, मेरा रहना तभी संभव हो सकता है जब या तो मैं विवाह ही न करूँ या फिर मुझे कोई ऐसा पति मिल जाए, जो घरजमाई बनकर रहना पसंद करे। यहाँ भी पहली बात उसे प्रायः असंभव ही प्रतीत होती थी। क्योंकि यदि वह स्वयं विवाह करना न चाहे, तो भी माता-पिता लोक-मर्यादा के कारण उसका विवाह अवश्य ही करेंगे। हाँ, यह हो सकता है कि विवाह करने में कुछ समय और ले लें, पर अंत में वे किए बिना रहेंगे नहीं। मेरे लाख मना करने पर भी वे नहीं मानेंगे। हाँ, दूसरी बात ही ऐसी है कि यदि कोई लड़का उन्हें ऐसा मिल जाए, जो यहीं रह सके, तो मैं सदैव अपने माँ-बाप की आँखों के सामने ही बनी रहूँगी। दूसरे, वह लड़का भी दामाद के रूप में इन के पुत्र के समान होगा।

१७ वर्ष की होते ही सचमुच बाबू कमल नारायण को साधना के विवाह की चिंता अधिक सताने लगी। कौशल्या तो रात-दिन उनके पीछे पड़ी रहती थी कि कोई लड़का देखो। उन्होंने दो-चार देखे भी, पर मामला अभी तक कहीं जँचा नहीं था। कोई लड़का अच्छा नहीं था, कोई कम पढ़ा-लिखा था। बी.ए. पास लड़की के लिए कम-से-कम एम.ए. पास लड़का तो होना ही चाहिए। एम.ए. वालों के हाल ऐसे थे कि कोई हजारों माँगता, कोई कार माँगता, कोई कोठी माँगता और कोई-कोई तो अमेरिका यात्रा का खर्च ही माँगता। इसीलिए उन्हें इनमें से कोई नहीं जँचा। दहेज तो वे खूब देने को तैयार थे, पर सौदा करना नहीं चाहते थे। इसलिए उन्हें वे सौदेबाज लड़के पसंद नहीं आए। यही सब बातें उन्होंने कौशल्या को भी बता दीं। इस पर वह भी मौन हो जाती थी और यही कह देती–खैर, और देखो। और वे देखते ही रहते थे।

इसी बीच साधना ने लॉ ज्वॉइन कर लिया। माताजी ने इसका विरोध भी किया, पर पिताजी ने तो उसका कोई विशेष विरोध नहीं किया। पर उनकी समझ में यह नहीं आया कि लॉ पढ़ने में साधना का उद्देश्य क्या है। क्या वह वकील बनेगी? उन्होंने उससे पूछा भी, तो उसने बताया कि लॉ अच्छा विषय है, मुझे पसंद है, कर लेने में हर्ज ही क्या है। और फिर इसमें आपसे, आपकी पुस्तकों से पर्याप्त सहायता मिलेगी, कुछ-न-कुछ तो काम दे ही

जाएगा, पढ़ना बुरा नहीं है। पूरे दो वर्ष तक उसने पढ़ाई की और परीक्षा में प्रथम श्रेणी में उत्तीर्ण भी हो गई। अब साधना १९ वर्ष की थी।

माँ तो चिंतित रहती थी, पर पिता थोड़े-थोड़े शिथिल से पड़ गए। वह जानते थे कि साधना अब बच्ची तो है नहीं, युवती है और बराबर की वकील है। कानून-कायदे सब जानती है। अब उसके लिए वर देखना मेरे बस का काम नहीं है। फिर भी उन्होंने एक दिन साधना से पूछ ही लिया–

"बेटी अब बोलो, तुम्हारा क्या विचार है?"

"किस विषय में पिताजी?" साधना ने पूछा।

"विवाह के विषय में।" पिता ने कहा।

"इस विषय पर अभी विचार किया नहीं है।"

"यह उत्तर अपर्याप्त है, साधना।"

"आप इस विषय की चिंता छोड़ दें और माताजी को भी समझा दें।"

"अधिक आयु होने पर तो पुत्र की भी चिंता सताने लगती है, जिसमें तुम तो पुत्री हो।" उन्होंने गंभीर होकर कहा।

"तो मुझे भी पुत्र ही समझो।"

"समझने से ही तो बात नहीं बन जाती, समाज का भी तो कुछ विचार करना पड़ता है।"

"तो समाज का यही नियम है कि लड़की का विवाह होकर वह दूसरे के घर चली जाए।"

"निश्चय ही।"

"क्या लड़की पति का वरण करके अपने घर, यानी अपने माँ-बाप के घर नहीं ला सकती?"

"तुम्हारा मतलब घरजमाई से है कदाचित्? परंतु ये…" वह बीच में ही बोल उठी–"परंतु ये मिलना कठिन है, यही न!"

"हाँ ।"

"ठीक है, मैं अभी वकालत करना चाहती हूँ, पिताजी।" उसने अपने निश्चय से अवगत कराते हुए कहा।

"वकालत?"

"जी पिताजी, कोई हानि है इसमें? आपको कोई आपत्ति है?"

कमल नारायण सोच में पड़ गए, कुछ उत्तर न दे सके। वह सोचने लगे–कमल नारायण तिवारी की पुत्री साधना तिवारी वकील बनेगी; कोर्ट में

जाएगी चोगा पहनकर, लोग क्या कहेंगे? समाज क्या कहेगा? पर शीघ्र ही उन्होंने इन विचारों को पीछे छोड़कर सोचा–मैं भी क्या विचित्र व्यक्ति हूँ! क्या दकियानूसी बात सोचने लगा बुराई क्या है? वह कोई बुरा काम तो करेगी नहीं, वकील ही तो बनेगी। अरे! किसी की लड़की पढ़कर मास्टरनी बनती है, कोई क्लर्क बनती है, टाइपिस्ट बनती है, डॉक्टरनी बनती है तो फिर वकील क्यों नहीं बन सकती? 'नहीं ठीक है, कोई बुराई की बात नहीं' सोचते-सोचते वे मन-ही-मन खिल उठे। उन्होंने उसी समय कौशल्या को पुकारा और उसके आते ही बोले, "सुना तुमने, हमारी साधना अब वकील बनेगी।"

"क्यों नहीं! बाप वकील तो बेटी वकील!"

"सुनो! पहले थोड़ा सोच लो, फिर बात करो।"

"हाँ! क्या सोचूँ?"

"यही कि साधना लड़की न होकर लड़का होती और वह वकील बनती तब?" उन्होंने तर्कयुक्त बात कही।

"लेकिन वह लड़का तो नहीं है और लड़की कभी कुँवारी नहीं रहती।" उन्होंने भी तर्क का उत्तर तर्क से ही दिया।

इस पर सचमुच कमल बाबू को ही हो जाना पड़ा, पर साधना चुप न रह सकी। उसने माँ को समझाते हुए कहा–

"देखो माँ! मैं बच्ची तो हूँ नहीं, और ये बात भी ठीक है कि लड़की कुँवारी नहीं रहती, पर विवाह मैं अभी नहीं, कुछ दिन रुककर ही करूँगी। अभी कुछ समय प्रैक्टिस ही करना चाहती हूँ।" और वह माँ के मुख पर के बनते-बिगड़ते भावों को पढ़ने लगी।

कौशल्या सोच में पड़ गई। फिर कुछ सोचकर साधना ने ही कहा, "अरे! तुम यही चाहती हो न कि मैं तुम्हारे घर से चली जाऊँ, तो वैसा बता दो न।"

"ऐसा तो कोई माँ-बाप नहीं सोचता, पर अंत में विवश होकर लड़की को दूसरे के हाथ में देना ही पड़ता है।" माँ ने समझदारी की बात कही।

"हाँ ठीक है! पर इसमें जल्दी क्या है आपको?"

"खैर! जैसा तुम समझो बेटी! मैं तो अनपढ़ हूँ, गँवार हूँ, तुम ही जानो।" उसने सीधी सी भाषा में कहा।

"बस तो ठीक है! आप भी अब मेरी ओर से निश्‍चिंत हो जाएँ।"

कहकर माँ-बेटी दोनों अंदर चली गईं और कमल बाबू घूमने जाने को तैयार होने लगे।

□

राजेंद्र कुमार शर्मा के विवाह को दो ही वर्ष हुए थे। उनके पिता कृष्णकुमार शर्मा मथुरा के किशोरी रमण हाई स्कूल में अध्यापक थे। उन्हें सौ रुपए के लगभग वेतन मिलता था। कुछ वह ट्यूशन करके कमा लेते थे। उन्होंने राजेंद्र को अपने ही स्कूल से मैट्रिक कराकर प्रयत्न करके ८० रुपए मासिक पर अध्यापक लगवा दिया था। कृष्णकुमार के परिवार में उनकी पत्नी मोहिनी, राजेंद्र, बृजेंद्र और उपेंद्र तीन लड़के तथा अचला व सचला दो पुत्रियाँ थीं। बृजेंद्र अभी सातवीं कक्षा में था, उपेंद्र पाँचवीं में। अचला राजेंद्र से तीन वर्ष छोटी थी। उसकी माँ की दृष्टि में वह विवाह के योग्य हो चुकी थी। अचला केवल छह कक्षा तक ही पढ़ पाई थी कि माँ ने उसका स्कूल जाना बंद करा दिया। अब वह अपनी माँ के साथ गृहकार्य की दीक्षा ले रही थी। सचला बृजेंद्र से दो साल छोटी कुल ग्यारह की थी। वह चौथे में पढ़ रही थी। इस परिवार के व्यय को देखते हुए आय कम थी। दोनों बाप-बेटे की मिलाकर आय दो सौ रुपए थी और परिवार के सदस्य थे कुल सात। राजेंद्र का विवाह तो उन्होंने जल्दी ही इसलिए कर दिया था कि उसके विवाह से जो दहेज मिलेगा, उससे अचला का काम चल जाएगा। कुछ रुपए वे कर्ज ले लेंगे। ऐसा विचारकर कृष्ण और मोहिनी ने जल्दी ही केवल १६ वर्ष की आयु में उसका विवाह कर दिया था। वैसे राजेंद्र सोलह का होते हुए भी १८-२० का लगता था। क्योंकि उसे बचपन से ही बागीचे में जाने का शौक लग गया था। कुछ चौबों (चतुर्वेदी) के लड़कों से उसकी मित्रता थी। उन्हीं के साथ वह प्रातः-सायं बागीचा जाता और तेल मालिश, दंड-बैठक करता था। इसीलिए उसका शरीर हृष्ट-पुष्ट था।

गौर वर्ण, उन्नत ललाट, काले घनेरे बाल, चौड़ा वक्ष, सुडौल बाहु-जंघा-यह उसकी सौंदर्य वृद्धि कर रहे थे। नेत्र तो उसके आकर्षक थे ही क्योंकि मोहिनी ने उसकी आँखों में काजल लगाना अभी तक बंद नहीं किया था। इतना सौंदर्यशाली होने के बावजूद राजेंद्र स्वभाव से भोला और गंभीर था। कम बोलता था, संतोषी था, किसी की बहू-बेटियों की ओर वह देखता नहीं था। उसके पास-पड़ोस में एक से बढ़कर एक चौबों की स्त्रियाँ, लड़कियाँ थीं। स्वयं उसके साथ के ही लड़के उनकी ओर घूर-घूरकर देखते थे। कभी-कभी

अवसर पाकर एकाध वाग्वाण भी चला देते थे। पर राजेंद्र पता नहीं कैसे सतयुगी था। किसी से कुछ कहना-सुनना तो दूर, देखता भी न था।

शांतिकला चाची की एक ही लड़की थी। कला चाची आज से नहीं, २० वर्ष से चौबियाँ पाड़े में रहती चली आ रही हैं। उनके पति गोविंद मिश्र पंडिताई का काम करते थे। उनकी पंडिताई कई मुहल्लों में बड़े धड़ाके से चलती थी। साथ ही वे ज्योतिष भी जानते थे। अतः घर बैठे जन्मपत्री, टीपन बनाने का भी उनका एक अलग धंधा था। महीने में अधिक से अधिक वे १० दिन घर का भोजन करते होंगे, नहीं तो उनके २० दिन ब्रह्मभोजों में ही निकलते थे। विवाह, मृतक संस्कार आदि कार्यों में उन्हें भोजन के अतिरिक्त परोसा भी मिल जाता था। सत्यनारायण की कथा, गंगोत्र इत्यादि में भोग की पत्तल भी उनकी ही होती थी। इस प्रकार घर में भी पर्याप्त भोजन-सामग्री आ जाती थी। जिससे कला और शांति का भी भोजन हो जाता था। सारांश यह है कि मिश्रजी के पास खर्च से अधिक आय थी। संतान के नाम पर बस एक शांति ही थी। उसके पश्चात् और कोई बच्चा हुआ ही नहीं।

माता-पिता की वह बड़ी लाडली बेटी थी। जब वह छोटी थी, तब तो मिश्रजी उसे प्रत्येक भोज में साथ ही ले जाते थे। पर जब वह बड़ी हो गई, तो वह स्वयं ही कहीं साथ जाने में लजाने लगी। वैसे वह स्वतंत्र इतनी थी कि पास-पड़ोस में ही बनी रहती थी। घर में कम ही टिकती थी। जब माँ पूछती, कहाँ गई थी तो वह चट से मुँह बनाकर कह देती, कटोरी चाची के यहाँ, हरप्यारी के घर कचौड़ी बनवा रही थी। ऐसे ही वह नित्य दिन में कई घंटे घर से बाहर ही बिता देती थी और पूछने पर माँ को ऐसे ही उत्तर दे देती थी तो माँ चुप हो जाती। मिश्रजी का ध्यान उसकी ओर कम ही था। क्योंकि वह अपनी ज्योतिष और पंडिताई से ही अवकाश नहीं पाते थे। कभी-कभार कला से पूछ लेते, शांति की चाची! शांति कहाँ गई है? तो वह कह देतीं—यहीं किसी सहेली के साथ गप-शप लड़ा रही होगी। क्या करे, घर बैठे-बैठे उसका मन भी तो नहीं लगता। फिर मिश्रजी कुछ नहीं पूछते और अपने कार्य में लग जाते। शांति अपनी माँ को चाची कहती थी, इसलिए अड़ोस-पड़ोस में भी सभी उनको कला चाची ही कहते थे।

शांति की शिक्षा-दीक्षा किसी स्कूल में न होकर घर में हुई थी। मिश्रजी

ने उसे हिंदी-संस्कृत की कई पुस्तकें कंठस्थ करा दी थीं। ज्योतिष संबंधी ज्ञान भी उसे करा दिया था। पर वास्तव में शांति की रुचि इस ओर थी ही नहीं। अपनी इस योग्यता को वह पड़ोस की अन्य लड़कियों और बच्चों की तुलना में बहुत ही अधिक मानती थी। बनाव-शृंगार करने में भी किसी से पीछे नहीं थी, वरन् एक-दो पग आगे ही थी। भाँति-भाँति की साड़ियाँ बदलना, नंगे सिर घूमना, माथे पर चौड़ा बिंदा लगाना, होंठों पर लिपस्टिक लगाना, हाथों में दो-दो चूड़ियाँ पहनना-ये सब उसको अपने मन में सर्वश्रेष्ठ सुंदरी बनाने में सहायक होते थे। और वह वास्तव में सुंदर थी भी। स्वस्थ सुडौल शरीर, लाल गुलाबी कपोल, चपल चितवन, कमान की भाँति भौंहें, मतवाले नयन और इन सबसे अधिक आकर्षक उसकी चाल, जो किसी भी नवयुवक को मोह लेने के लिए पर्याप्त थी। प्राकृतिक सौंदर्य तो उसको मिला ही था, पर उसमें चार चाँद लगाना वह खूब जानती थी।

रम्मो, गज्जी, साममलिया, किशन, मन्नो इस मुहल्ले के प्रसिद्ध किशोर थे। इनका एक गुट था, जो सदैव मुहल्ले की तरुण कुमारियों और नव-वधुओं पर डोरे डालने की फिराक में रहता था। शांति तो उनका मुख्य लक्ष्य थी। पर वे यह खूब जानते थे कि खाने-पीने या वस्त्र-आभूषण का उसे कोई भी अभाव नहीं है। वह किसी वस्तु के लिए लालायित नहीं है। वह यदि फँस सकती है तो किसी के रूप-जाल में ही फँस सकती है। और इन सबों में कोई भी इतना सुंदर, स्वस्थ तथा आकर्षक नहीं था। इसीलिए उन्होंने शीतला गली के गुट के राजेंद्र को अपना मित्र बनाने का निश्चय कर लिया। उसे अपने घरों पर लाकर, खिला-पिलाकर पहलवानी की बातें करके अपनी ओर खींच ही लिया। ये लोग अब दिन में एक-दो बार राजेंद्र को अपने साथ लेकर शांति के घर के आगे से होकर आने-जाने लगे। उसके द्वार के आगे आकर वे जोर-जोर से बातें करने लग जाते। कभी-कभी तो उनको शांति दिखाई भी पड़ जाती। ऐसे ही महीनों तक चलता रहा परंतु राजेंद्र को यह आभास तक न हुआ कि वास्तव में इन लोगों की मंशा क्या है। शांति जब अपने द्वार पर खड़ी होती या किसी अड़ोस पड़ोसिन के द्वार से निकलती होती तो वह उसे वैसे ही देख तो लेता, उनकी आँखें मिल जातीं पर राजेंद्र के मन में कभी कोई दूषित भाव उत्पन्न नहीं हुए। शांति के लिए वास्तव में राजेंद्र ही एक आकर्षण का केंद्र बन गया। उसे वह अधिक सुंदर, स्वस्थ और आकर्षक लगने लगा। राजेंद्र को देखने के लोभ को अब वह न छोड़ सकी। उसे आते-जाते देख ही लेती।

□

कृष्ण कुमारजी अब गोविंद मिश्र से कुछ-कुछ परिचित थे और मिश्रजी भी कृष्ण कुमार को जानते थे। एक दिन वे कृष्ण कुमार के घर आए और बोले, ''पंडितजी! अपनी शांति के लिए कोई लड़का तो बताइए।''

''जी देखूँगा, मिश्रजी!'' पंडितजी ने सरल स्वभाव से कहा।

''और हाँ! आपका ज्येष्ठ पुत्र कितनी आयु का है?'' मिश्रजी ने कुछ ध्यान धरकर पूछा।

''जी! अभी तो १७ का ही है। पढ़ रहा है।'' पंडितजी ने बताया।

''वाह-वाह! बस बन गया काम, फिर इधर-उधर भटकने से क्या लाभ?'' मिश्रजी ने जैसे सबकुछ पा लिया हो।

पंडितजी हँसकर बोले, ''अभी तो नादान ही है, मिश्रजी!''

''तो शांति भी तो १५ की ही है, वह कौन सी सयानी है। देखिए पंडितजी, हम तो इस सिद्धांत को मानने वाले हैं कि लड़के-लड़कियों को अधिक न बढ़ने दें। अन्यथा वे दुखदायी हो जाते हैं।'' मिश्रजी ने कहा।

''जी हाँ! बात तो ठीक है, पर जमाना आजकल कुछ और ही चल रहा है। स्वयं हमारा विवाह चौदह वर्ष की आयु में हुआ था।'' पंडितजी ने मिश्रजी की बात की पुष्टि करते हुए कहा।

''ठीक है जी! अच्छा, तनिक लाला को एक नजर दिखा सकोगे?'' मिश्रजी ने कहा।

''हाँ-हाँ! क्यों नहीं!'' उन्होंने राजेंद्र को पुकारा, ''अरे राजे!'' और राजेंद्र लपककर आकर खड़ा हो गया और मिश्रजी उसे देखते ही रह गए। फिर बोले—''बस बेटा जाओ! अपना काम करो।''

राजेंद्र चला गया। वह इसका अर्थ समझ भी न सका कि उसे क्यों बुलाया गया और ऐसे ही क्यों लौटा दिया गया। मोहिनी ने पूछा भी, ''क्या था रे?''

''कुछ नहीं! पिताजी ने बुलाया और एक पंडितजी बैठे थे, उन्होंने कहा, जाओ काम कुछ भी नहीं।'' कहकर राजेंद्र हँस पड़ा।

गोविंद मिश्र और कृष्ण कुमार में बात पक्की हो गई। चट मँगनी पट ब्याह वाले सिद्धांतानुसार राजेंद्र की शादी शांति के साथ हो गई। मिश्रजी ने खूब दान-दहेज दिया। कपड़े और बरतनों के तो ढेर लग गए। क्योंकि पंडिताई में उनके यहाँ वर्षों से आया हुआ माल आज ही ठिकाने लगा।

रुपया भी उन्होंने अच्छा ही दे दिया। और सबसे बढ़कर तो बहू थी—रूप की खान। स्वर्ग की अप्सरा। अड़ोस-पड़ोस की सब स्त्रियों ने उसे देखकर सराहा, मोहिनी के भाग्य को भी सराहा। राजेंद्र तो उसे पहले से जानता था, देख भी चुका था। शांति भी आज कम प्रसन्न नहीं थी। उसे तो मनचाहा वर मिल गया।

उधर की लक्ष्मी इधर आ गई। मिश्रजी के कंधों से जैसे एक भारी जुआ उतर गया था। वह शांति के ब्याह के कुछ दिन पश्चात् ही पत्नी कला को लेकर गंगास्नान को चले गए। सोरों, ब्रजघाट और गढ़मुक्तेश्वर, तीनों स्थलों पर जाकर उन्होंने गंगास्नान किया। फिर सब तीर्थों के गुरु पुष्कर भी चले गए। माघ का मास था, ठंड भी अधिक थी। अतः लगातार ठंडे जल में स्नान करने से मिश्रजी ठंड खा गए और जब घर लौटकर आए तो पत्नी कला ने वैद्यजी को बुलाकर उन्हें दिखाया। बेटी शांति को भी बुला लिया। राजेंद्र और उसके पिताजी भी मिश्रजी को देखने आए। मिश्रजी ने कृष्ण कुमार से आर्त स्वर में कहा—

"पंडितजी! कृष्ण भगवान् की कृपा से मैं अब सभी ओर से निश्चिंत हो गया हूँ। शांति अपने घर पहुँच गई और तीर्थयात्रा भी कर ली। बस अब चलने की तैयारी है। कला के जीवन भर के निर्वाह हेतु पर्याप्त पैसा है। अब कोई चिंता नहीं, कोई साध नहीं।" यह सब उन्होंने रुक-रुककर कह डाला। उनकी बाईं पसली में दर्द अधिक था। वह साँस भी रुक-रुककर लेते थे।

पंडितजी ने भी उन्हें सांत्वना देते हुए कहा, "नहीं मिश्रजी, अभी तो बहुत कुछ बाकी है। आप ऐसा न कहिए, शीघ्र ठीक हो जाएँगे।"

मिश्रजी ने कहा, "नहीं महाराज! अब आगे योग नहीं चलता है।"

वैद्यजी की चिकित्सा के बाद डॉक्टर साहब को बुलाया गया। उन्होंने भी अपनी सी खूब की, पर होनहार को रोकने की शक्ति किसी में नहीं है। और गोविंद मिश्र ५८ वर्ष की आयु में ही इस असार संसार को त्यागकर चले गए। कला को रोती छोड़ गए, शांति भी रोती रही। उनके नातेदार, सगे-संबंधी सभी आए। बारहवीं पर लड्डू और कचौड़ियाँ खा-खाकर कला को धीरज बँधाकर चले गए। एक मास रहकर शांति भी अपनी ससुराल चली आई। उसके मायके और ससुराल में कोई अधिक अंतर न था, लगभग सौ गज का फासला था।

उसे कई चढ़ाइयाँ चढ़कर, कई घाटियाँ उतरकर आना-जाना पड़ता था। माँ को धीरज देने के लिए वह अपनी सास से पूछकर चाहे जब चली जाती थी। साथ में उसके कभी अचला तो कभी सचला चली जाती थीं। कुछ दिन तक तो ऐसा चलता रहा, पर कभी वह अकेले ही चली जाती और वापस आ जाती थी। उसके घरवालों ने भी जान लिया था कि शांति कोई बाहर की तो है नहीं, सभी गली-मुहल्ले उसके देखे-भाले हैं। अतः उसको अकेले आने-जाने में अब कोई बाधा नहीं रह गई थी।

राजेंद्र कुमार अब १८ का हो चुका था। काली रेखा उसके होंठों के ऊपर उभरने लगी थी। वह उससे और भी अधिक सुंदर लगने लगा था। व्यायाम का तो वह पहले से शौकीन था ही। पढ़ाई भी वह और करना चाहता था। पर विवाह हो जाने से घर में एक व्यक्ति और बढ़ गया, घर का खर्च बढ़ गया, और फिर अचला भी तो बढ़ रही थी, वर्षा में नदी के वेग की भाँति। अतः पिताजी के कहने से उसने नौकरी कर ली। नौकरी पाने में उसे पिताजी के कारण अधिक कठिनाई नहीं उठानी पड़ी, सरलता से ही मिल गई। उसे कुल ८० रुपए मिलते थे।

अचला के लिए पिता कृष्ण कुमार ने एक लड़का देख लिया था। लड़का मैट्रिक पास ही था। पर उसे वेतन ११० रुपए मिलता था। वह डाकघर में बाबू था और उसके पिताजी भी आगरा में सुपरिंटेंडेंट के दफ्तर में हेड क्लर्क थे। उन्हें २५० रुपए के लगभग वेतन मिलता था। घर का मकान था, उनका बड़ा लड़का अनंत राम होम्योपैथिक डॉक्टर था, उसकी आगरा में ही एक प्राइवेट दुकान थी। उसकी पत्नी अभी डेढ़ वर्ष पहले ही क्षय रोग से पीड़ित होकर मर गई थी। संतान कोई भी नहीं थी उनके। दूसरा लड़का बसंत राम आगरा में ही जौहरी बाजार के सब ऑफिस में क्लर्क था। वही अचला के लिए देखा गया था। दोनों संबंधियों के बीच बात पक्की हो गई। ढाई-ढाई सौ के चार ठिक तय हुए और चार सौ थाल में तय हुए। इस प्रकार १,४०० तो नकद देने थे और विवाह में जो खर्च हो, वह अलग। सामान राजेंद्र के ब्याह का सारा मोहिनी ने ज्यों-का-त्यों सँभालकर रख लिया था। अतः कोई विशेष कठिनाई नहीं हुई उन्हें यह संबंध करने में। तीसरे मास ही अचला का ब्याह बसंत राम के साथ सकुशल संपन्न हो गया। घर लुटा-लुटा सा हो गया। कृष्ण कुमार लगभग एक डेढ़ हजार के कर्जदार भी हो गए। पर ब्याह शान से कर दिया, इसी से वे प्रसन्न थे।

□

लाला गोपालदास गर्ग की रावतपाड़ा आगरा में किराने की आढ़त की बहुत बड़ी दुकान थी। कहते हैं, कभी उनके बाबा राजस्थान के किसी गाँव से भूखे मरते हुए यहाँ आए थे और किसी मारवाड़ी आढ़तिए की दुकान पर १० रुपए के साथ रोटी पर नौकरी कर ली थी। काम उन्होंने रुचि और परिश्रम से किया, अतः मारवाड़ी सेठ ने उनके १० से १५ और १५ से २० रुपए दो ही वर्ष में कर दिए। भोजन तो वह वहाँ कर ही लेते थे। कुछ रुपए अपने गाँव भेज देते और कुछ बचा लेते थे।

आढ़त की दुकान पर काम करते-करते वे इस काम में दक्ष हो गए। चार पैसे भी उनके पास हो गए। अपनी पत्नी और एक पुत्र को उन्होंने यहीं बुला लिया। एक छोटा सा किराए का मकान लेकर वहीं रहने लगे। आगरा में उन दिनों सट्टे का बड़ा जोर था। हाँड़ियों का सट्टा वहीं खुलता था। सवा रुपए के सौ रुपए मिल जाते थे। इससे आगरा तथा आस-पास के कस्बों में भी बड़ी हलचल मची रहती थी। मंगल, शुक्र और रविवार को ही हाँड़ियाँ खुलती थीं। कितने ही अपनी जमा-पूँजी को इसमें होम कर चुके थे और आम सड़कों पर चना-गुड़ बेचते फिरते थे। और कितनों के घर भी बन गए। बड़े-बड़े लोग बड़ी-बड़ी रकमें लगाते थे और छोटे-छोटे लोग छोटी-छोटी रकमें लगाते थे।

गोपालदास के बाबा को भी चाह लगी। वह भी रकम लगाने लगे। कहते हैं कि बारह वर्ष में तो घूरे की हवा भी बदल जाती है। अतः इनके भी दिन फिरने थे। सो एक ही बार में दस हजार का धड़ा फँस गया और बाबा साहब उसी दिन से सेठ साहब बन गए। नौकरी छोड़ दी और अपनी आढ़त की छोटी सी दुकान खोल ली। गोपालदास के बाबा तो बूढ़े हो गए, पर उसके पिताजी ने ही उससे पूरा लाभ उठाया। कुछ ही दिनों बाद वे लाखों में खेलने लगे। घर की हवेली बन गई। किराए वाली दुकान भी दूने पैसे देकर खरीद ली। दो-चार नौकर-चाकर हो गए।

गोपालदास भी इस दुकान पर बैठकर पूरा काम सीख गए। वैसे उनके पिता ने उन्हें मैट्रिक भी करा दिया था। अतः वे कभी-कभी जाड़े के दिनों में गरम सर्ज का सूट भी पहन लेतें थे। कहीं बाहर जाते थे तो सूट-बूट में ही जाते थे। चमड़े की अटैची साथ में ले जाते थे। उनका विवाह भी एक अच्छे संपन्न घराने में आगरा में ही हो गया था। बहू भी अच्छी मिल गई

थी। पर थी वह परदानशीन ही। आजकल के फैशन वाली न थी। घर-गृहस्थी बड़े प्रेम से चल रही थी।

मोहनदास गर्ग उन्हीं का एकमात्र पुत्र था। अतः उस पर जी भरकर लाड़ किया गया। मनमाना पैसा खर्च किया गया। उसे स्कूल में पढ़ने के अतिरिक्त एक अध्यापक घर पर भी पढ़ाने आता था। जब साल पूरा होता और मोहन फेल हो जाता, तो फिर अगले वर्ष नया अध्यापक बदल दिया जाता। इस प्रकार एक-एक कक्षा में दो-दो वर्ष लगाकर मोहन ने दसवाँ पास कर लिया। घर भर में प्रसन्नता छा गई, मिठाइयाँ बँटी, कुछ छोटे-मोटे सरकारी कर्मचारियों को पार्टी भी दी गई।

मैट्रिक पास करते ही मोहन के पर लगने लगे। वह हवा में उड़ने की चेष्टा करने लगा। खुले आसमान में विचरने का स्वप्न देखने लगा। वह हर वक्त पेंट और टाई में बँधा रहता था। गद्दी पर बैठने में उसे अनख लगती थी। दुकान पर आता ही कम था और कभी आता भी था तो कुरसी पर थोड़ी देर बैठता कि उसे छींके आने लगतीं। पीसी गई हल्दी की धाँस उसकी साँस के साथ जाती, मिर्चों की धाँस, गरममसाले की गंध—ये सब उसे परेशान कर देते। वह बार-बार छींकता, नाक साफ करता और चुपचाप कुछ बुदबुदाता हुआ चल देता। गोपालदास हँसकर देखते रह जाते।

घर पर भी मोहन का यही हाल था। वहाँ उसकी माँ थी और नौकर-नौकरानी थे। रेडियो था, पर घर पर भी उसका मन कम ही लगता था। प्रातः नहाने के पश्चात् मध्याह्न को भोजन के पश्चात्, अपराह्न को फल खाने के पश्चात् और सायं को भोजन के पश्चात् ही वह प्रायः अपनी साइकिल उठाकर चल देता। कोई भी उससे यह पूछनेवाला न था कि तुम कहाँ गए थे? और वास्तव में वह जाता भी कहाँ था, किसी को क्या पता? पर वह जाता था ताजमहल, विक्टोरिया पार्क, आगरा फोर्ट स्टेशन या कभी-कभी सेव का बाजार भी वह घूमता था। पर उपरोक्त स्थानों पर वह क्या करता था? जो विदेशी यात्री आगरा घूमने आते थे, ताजमहल देखने आते थे, विक्टोरिया पार्क में सैर करते थे, वह उन्हीं को देखता था। उनसे बातें करने की चेष्टा करता था और उनके साथ घूमता-फिरता था। स्टेशन पर भी वह आने-जाने वाली ट्रेनों में किसी सुंदरी की टोह में इधर-से-उधर प्लेटफॉर्म पर चक्कर काटता रहता। कोई मिल भी जाती, तो उससे थोड़ी देर आँख लड़ाकर फिर अपना सा मुँह लेकर वापस चला आता था। विदेशी यात्रियों में भी वह

विशेषकर महिला यात्रियों की खोज में ही अधिक रहता था। उनसे मिलकर बातें करके वह अपने को सौभाग्यशाली समझता था। दो-दो वर्ष में एक कक्षा पार करने से उसे जो सबसे अधिक लाभ हुआ था, वह यही कि उसकी अंग्रेजी निखर गई थी। उसे वह धड़ाके से बोल लेता था। और फिर विदेशियों के संपर्क से तो वह और भी निखरता जा रहा था।

सेव के बाजार में वह प्रायः रात्रि को ही जाता था। वहाँ एक एंग्लो-इंडियन नर्तकी रहती थी। वह वास्तव में तो वेश्या ही थी, पर वहाँ साधारण व्यक्ति न जाकर कुछ उच्च स्तर के पढ़े-लिखे लोग ही जा पाते थे। उन्हीं में से एक था मोहन, जिसे न तो उसका नृत्य और न ही उसका गाना पसंद आता था। वह केवल मनोरंजन करने, उससे चुहलबाजी करने और कभी-कभी अपने को उसकी कामाग्नि में भस्म करने ही वहाँ जाया करता था। उसकी फीस भी १०० रुपए थी, जिसे वह दे आता था।

ऐसे सभी कार्य वह प्रायः अपने माता-पिता, मित्र-सखा और बिरादरीवालों की दृष्टि से बचकर ही करता था। हाँ, सिनेमा देखने में वह स्वतंत्र था। उसके लिए उसे किसी से डरने की आवश्यकता नहीं पड़ती थी। परंतु सिनेमा वह तब ही जाता था जब या तो उसे कोई विदेशी यात्री मित्र मिल जाता था या अपना ही कोई रिश्तेदार आ जाता था। अन्यथा वह सिनेमा कभी अकेला नहीं जाता था। बस यही मोहनदास गर्ग की दिनचर्या थी। इन्हीं कारणों से उसे प्रायः भारतीय नारी, भारतीय मित्र, भारतीय वेश और भाषा से घृणा होने लगी थी। यों तो उसके साथ के पढ़ने वाले कई मित्र थे। कितने ही उसके पिता के समान व्यापारियों के लड़के थे। पर वास्तव में उनमें से कोई भी उसका असली मित्र नहीं था।

इतना सबकुछ होते हुए भी लाला गोपालदास या उनकी पत्नी गोमती देवी ने कभी यह जानने की चेष्टा नहीं की कि हमारा लाडला इकलौता बेटा मोहन क्या करता है, कहाँ जाता है? उन्होंने इस बात की ओर कभी ध्यान नहीं दिया कि मोहन अपनी दुकान के कारोबार की ओर भी रुचि नहीं रखता है। कभी घंटे-दो घंटे को भी काम को नहीं देखता है। कहाँ-कहाँ से, किस-किस का माल आता है? और कहाँ-कहाँ ये माल निकाला जाता है? उसे पता ही नहीं था। सच पूछा जाए तो उसे अपने मुनीमों और नौकरों की भी अधिक जानकारी नहीं थी। उसे जब भी रुपए-पैसे की आवश्यकता होती थी, माँ से माँग लेता था, और वह बिना पूछे ही चुपचाप जितना माँगता,

दे देती थीं। वास्तव में मोहन यह समझता ही नहीं था कि वह एक बनिये का या एक आढ़तिए का बेटा है। वह तो अपने को किसी अमेरिकन, इंग्लिश या फ्रांसीसी का बेटा समझता था। और उसी प्रकार रहने का, बातचीत करने का, चलने-फिरने का अपने को अभ्यस्त भी करता रहा था। वह अपनी माँ से या पिता से भी अधिक बातें नहीं करता था।

□

साधना को वकालत करते-करते दो वर्ष बीत गए। उसने छह माह अपने पिताजी के साथ ही कार्य करके पुनः अपना कार्य स्वतंत्र रूप से करना आरंभ कर दिया। आगरा नगर में वह पहली महिला वकील थी। इस कारण उसकी वकालत को चलने में कोई कठिनाई नहीं आई। एक तो महिला, दूसरे सुंदरी, तीसरे उसकी विलक्षण बुद्धि। ये सभी उसके कार्य को सफल बनाने में सहायक सिद्ध हुए।

स्वयं कमलनारायण को भी यह आशा न थी कि साधना वास्तव में वकील बन जाएगी और इतनी शीघ्रता से सफलता की कुंजी उसके हाथ में आ जाएगी। अभी हाल ही में एक ऐसा उलझा हुआ केस उसके पास आया, जिसे सफल बनाने में साधना ने रात-दिन एक कर दिया। दूसरे वकीलों ने तो क्या, स्वयं कमल बाबू ने भी केस की सफलता की आशा छोड़ दी थी। परंतु साधना ने उसे अपने मस्तिष्क से ऐसा सुलझाया कि स्वयं जज साहब भी आश्चर्यचकित होकर उसकी ओर देखते रह गए और अन्य वकीलों से साधना की बुद्धि की प्रशंसा करने लगे।

केस हत्या का था। उसमें साधना को २,००० रुपए पारिश्रमिक के अतिरिक्त ख्याति अधिक मिली। केस यह था कि दो भाइयों ने मिलकर तीसरे सौतेले भाई की हत्या कर दी थी। हत्या गँड़ासे से की गई थी। किंतु उन दोनों भाइयों ने हत्या को मृतक की पत्नी रामकली के मत्थे मढ़ दिया। सब गाँववाले उन दोनों भाइयों के पक्ष में थे। पुलिस भी रुपए खाकर रामकली को अपराधी बनाने में जुट गई। उन दोनों भाइयों ने सिद्ध करना चाहा कि रामकली का एक अन्य व्यक्ति से अनैतिक संबंध था, जो रामकली के मायके से पाँच कोस दूर दूसरे गाँव में रहता था। अतः रामकली और गुलाब दोनों बंदी बना लिये गए। बंदी तो ये दोनों भाई भी बना लिये गए थे। पर एडी. जज साहब ने उन्हें निर्दोष बताते हुए बरी कर दिया था। रामकली तथा गुलाब को क्रमशः १० वर्ष के कारावास का दंड दिया था।

इस बार रामकली ने साधना को अपना वकील बनाया और अपील करवा दी। अपील मुख्य जिला न्यायाधीश की अदालत में की गई थी। साधना ने रामकली की जमानत की भी अदालत से प्रार्थना की, परंतु वह अस्वीकार कर दी गई।

इसके पश्चात् उसने केस को पढ़ना आरंभ किया। निम्न कोर्ट के निर्णय को भी उसने कई बार पढ़ा और उसे एक छोटा सा प्वॉइंट मिल ही गया। उसने विचार किया कि यदि रामकली का बचाव हो सकता है तो इसी से हो सकता है, अन्यथा नहीं। वह प्वॉइंट था कि उन दोनों भाइयों तथा रामकली ने अपने बयानों में कहा था कि रामकली के संबंध हमारे साथ अच्छे थे। वह हमसे भी अपने अनैतिक संबंध बनाने की इच्छा रखती थी। परंतु हम इसे स्वीकार नहीं करते थे।

यह भी सिद्ध हो चुका था कि दोनों भाई अभी तक अविवाहित थे। वे अपने विवाह के लिए पूर्णतः प्रयत्न भी कर चुके थे, पर सफलता नहीं मिली। रामकली ने यह बयान दिया था कि एक बार इन दोनों में से एक भाई राम सिंह ने मुझसे मेरे पति को छोड़कर अपने घर में आ जाने को कहा था। उसने और उसकी माँ ने भी मुझे ऐसा कर लेने को बार-बार कहा था। परंतु मैंने हर बार इनकार ही किया। उसकी माँ तुलसी तो मुझसे रूठ गईं, पर राम सिंह ने मुझसे बोलना बंद नहीं किया। वह बड़े आदर व प्रेम से मिलता और बोलता रहा। हृदय से तो वह मुझसे रुष्ट था, पर उसने अपनी रुष्टता को प्रकट न होने दिया। मैंने यह बात अपने मृतक पति से भी कही थी, पर उसने किसी से कुछ कहा नहीं। हाँ, राम सिंह से मिलना-जुलना, बोलना बंद कर दिया। राम सिंह इसका कारण समझ चुका था, परंतु वह शांत ही रहा, कहा कुछ नहीं।

रामकली तथा राम सिंह के इस बयान ने साधना के मस्तिष्क में यह भर दिया कि राम सिंह को जब कहीं औरत नहीं मिली, तो उसने अपने भाई को अपने साथ लेकर अपने सौतेले भाई की हत्या कर दी। उन्होंने रामकली को धमकी भी दी थी कि या तो तू हमारे घर में रहना स्वीकार कर अन्यथा इस हत्या का अपराधी हम तुझे ही बना देंगे। जब उसने यह स्वीकार नहीं किया तो उन्होंने गाँववालों को साथ लेकर तथा पुलिस को रिश्वत देकर रामकली को ही फँसा दिया। वास्तव में रामकली निर्दोष है।

इसी प्वॉइंट को लेकर साधना ने अपनी जिरह में बताया कि रामसिंह

रामकली को अपनी पत्नी बनाना चाहता था। और ऐसा उसके मृतक पति और रामसिंह के सौतेले भाई के जीवित रहते संभव नहीं था। अत: रामसिंह ने उसे अपने दूसरे माँ जाए भाई की सहायता से समाप्त कर दिया। उन्होंने रामकली से कहा कि वह अब उसकी पत्नी बनना स्वीकार करे। परंतु रामकली ने जब अपने देवर रामसिंह की इस क्रूरतापूर्ण काररवाई को देखा, तो उसने उससे साफ मना कर दिया। हाँ, यदि मृतक अपनी मृत्यु से मरता तो कदाचित् संभव भी था कि रामकली अपने देवर रामसिंह के ही घर में रहना पसंद करती। ऐसा न होने पर रामसिंह ने रामकली को यह समझकर कि अब तो यह मेरी भी नहीं बनना चाहती और किसी अन्य के घर में बैठ जाएगी, उसी को अपराधिनी घोषित कर दिया और हत्या करने का मोटिव गुलाब से अवैध संबंध होना बताया। गाँववालों व पुलिस को उसने पैसे से अपने पक्ष में कर लिया।

आगे चलकर साधना ने अदालत को बताया कि मृतक की हत्या करने के बाद उसके शव को गड्ढा खोदकर उसमें दबा दिया गया, जो एक स्त्री कदापि नहीं कर सकती थी। यदि वह हत्या करती भी, तो उस शव को ऐसे ही छोड़कर कहीं भाग जाती। पर ऐसा नहीं हुआ और वह अपने पति के शव के पास बैठकर रोती-चिल्लाती रही। वह पुकार-पुकारकर रामसिंह को हत्या का दोषी बताती रही। इन सब बातों से यही सिद्ध होता है कि हत्या रामकली ने नहीं, रामसिंह ने ही अपने भाई की सहायता से की। उसने बताया कि गुलाब के साथ अनैतिक संबंध होने पर वह बिना हत्या किए भी उसके साथ भाग सकती थी। उसे हत्या करने की क्या जरूरत थी। अत: यह सब कार्य राम सिंह का ही सिद्ध होता है। रामकली अथवा गुलाब का नहीं। बहस समाप्त हो गई। निर्णय की तिथि निश्चित हो गई।

निर्णय सुनाकर सैशन जज ने रामकली और गुलाब को मुक्त कर दिया और रामसिंह तथा उसके भाई को नृशंस हत्या के आरोप में मृत्युदंड दे दिया। अदालत में तहलका मच गया। आखिर केस का पासा जो पलट गया था। इससे साधना की धाक जम गई और उसको सभी एक बुद्धिमती के रूप में देखने लगे। घर आकर कमलबाबू ने भी अपनी होनहार पुत्री की भरपूर सराहना की। उन्होंने स्पष्ट शब्दों में कहा, "साधना पुत्री नहीं, मेरा पुत्र है। उसने हमारे पूर्वजों के नाम को ऊँचा कर दिया है। विजय उसकी नहीं, मेरी ही हुई है।" बस तभी से साधना की गणना उच्चकोटि के

वकीलों में होने लगी। बड़े-बड़े केस उसके पास आने लगे। उसकी आय भी आशा से अधिक होने लगी।

□

राजेंद्र कुमार विवाह के पश्चात् भी वैसा ही रहा जैसा कि पहले था। अपने व्यायाम के शौक को वह न तो कम कर सका और न छोड़ ही सका। वह सदैव अपने स्वास्थ्य का ध्यान रखता था। अत: वह अपने को भोग-विलास में अधिक लिप्त न कर सका। माता-पिता और बहन-भाइयों के एक घर में रहते हुए यह संभव नहीं था कि वह शांति के साथ खुलकर मिले-जुले। उसे विलास की सामग्री मानकर अपना अधिक समय उसके साथ बिताए। अत: वह वैसे ही रहता था, जैसे प्राय: अन्य गृहस्थ रहते हैं।

परंतु शांति को यह सह्य न था। वह कामुक और विलासिता की मूर्ति थी। जहाँ वह राजेंद्र के रूप और लावण्य पर पूर्ण रूप से आसक्त थी, वहीं वह यह भी चाहती थी कि राजेंद्र उसे एक पल भी अपने से जुदा न करे। उसके साथ हँसे, बोले, घूमने जाए, सिनेमा ले जाए और नित्यप्रति विलास में ही लिप्त रहे। वह राजेंद्र को तो सुंदर मानती थी, पर अपने को भी किसी से कम सुंदरी नहीं मानती थी। बनाव-शृंगार, नाज-नखरे करने में वह अधिक चतुर थी। वह नित्य अपना अधिक-से-अधिक समय अपने साज-शृंगार में ही लगाती थी। परंतु राजेंद्र पर इसका कोई प्रभाव नहीं पड़ता था। वह समझता था कि यह तो सभी स्त्रियों का प्रिय कार्य है और वह करती ही रहती हैं। वह यह भी जानता था कि शांति वास्तव में सुंदरी है। फिर वह बनाव-शृंगार करे या न करे, तो भी सुंदरी से अति सुंदरी तो बन नहीं जाएगी। कोई इंद्र की परी तो बन नहीं जाएगी। जो वह है, वही रहेगी। वह उसे प्रेम भी करता था। उससे बातें भी करता था। मनोरंजन भी करता था। परंतु वह प्रत्येक क्षण उसके मोह-पाश में फँसा रहना उचित नहीं समझता था।

एक-दो बार तो उसने कुछ नहीं कहा। उसका चाहे जब अपनी माँ के घर चले जाना उसे अच्छा नहीं लगा। उसने अपनी माँ से कहा, "माँ, ये नित्य ही चौबिया पाड़ा जाया करती है। क्या काम है इसका वहाँ रोजाना?"

माँ कहती, "वैसे ही चली जाती है अपनी माँ से मिलने। जब यहाँ उसका मन नहीं लगता, तब वहाँ चली जाती है।"

"मन न लगने का क्या तात्पर्य है। माँ, ये नित्य का रास्ता नापना मुझे अच्छा नहीं लगता और फिर मुझसे बिना पूछे ही चली जाती है। यह भी ठीक

नहीं है, उससे मना कर देना।'' राजेंद्र ने कहा।

''अच्छी बात है।'' माँ ने कहा।

दूसरे ही दिन जब शांति श्रृंगार करके बाहर जाने को उद्यत हुई तो मोहिनी ने उसे राजेंद्र की आज्ञा सुना दी, जिसे सुनते ही वह एकदम तुनक गई। उसे अपना अपमान सा अनुभव हुआ। उसने सास को इसका कोई उत्तर तो नहीं दिया, पर उसी समय अपने वस्त्र उतारकर, अपना श्रृंगार बिगाड़कर चारपाई पर पड़ गई। न किसी से बोली और न घर के किसी काम में अपनी ननद सचला का हाथ बँटाया। मोहिनी भोजन बनाने बैठ गई। वह समझ गई कि बहू अप्रसन्न हो गई है। उसने उसे समझाया भी। पर वह टस-से-मस नहीं हुई।

शाम को बागीचे से आने पर माँ ने यही बात राजेंद्र को बता दी। वह शांति के पास गया और बोला–''क्यों देवीजी! आज खटपाटी क्यों ले रखी है?'' वह कुछ न बोली।

''बोलो तो सही! क्या मैंने मायके जाने को मना कर दिया है, इसीलिए?'' राजेंद्र ने बात को दबाकर पूछा।

शांति ने उसकी ओर करवट बदल ली। उसके मुख पर क्रोध और अशांति के भाव राजेंद्र ने स्पष्ट देखे। उसने फिर भी उसे मनाने के भाव से कहा, ''ओ हो! आज तो दुर्गा रूप धारण कर लिया है। उठो-उठो, बात को समझने की चेष्टा करो, मूर्ख मत बनो।'' उसने उसका हाथ पकड़कर उठाना चाहा। पर शांति ने अपना सारा शरीर कड़ा कर लिया और तमककर बोली, ''मैं मूर्ख हूँ! नासमझ हूँ। आप ही सबसे अधिक समझदार और विद्वान् हैं। फिर मेरे साथ क्यों विवाह किया?''

''अरे, कहीं पागल तो नहीं हो गई हो?'' राजेंद्र ने उसे बेतुकी और अनर्गल बातें करते देखकर कहा।

''हाँ-हाँ! पागल भी हूँ, अब मैं इस घर के योग्य नहीं हूँ। यह पढ़े-लिखे लोगों का घर है और मैं मूर्ख की बेटी हूँ।'' शांति ने फिर वैसी ही निरर्थक सी बात कही।

राजेंद्र ने पुनः हँसकर कहा, ''नहीं भाई! ऐसा कौन बता रहा है। तुम अपने आप न जाने क्या-क्या बक रही हो। उठो न, माँ क्या कहेंगी?'' उसने उसे उठाने की पुनः चेष्टा की।

''मैं नहीं उठूँगी, तुम जाओ यहाँ से।''

'तुम जाओ यहाँ से।' सुनकर राजेंद्र को क्रोध आ गया। उसने तुम शब्द सुनकर अपने को अपमानित अनुभव करते हुए कहा, "शांति, होश में आकर बातें करो, वरना अच्छा नहीं होगा।"

"क्या करोगे तुम मेरा?" उसने पलंग से उठकर खड़े होते हुए कहा।

"मैं? मैं तुझे⋯" उसका क्रोध भड़क उठा, वह चाहता तो यह था कि उसे कस-कसकर दो-चार हाथ जमा दे, पर उसने न जाने क्या सोचकर अपने पर काबू करते हुए कहा, "बस रहने दे! क्यों मेरा हाथ उठवाना चाहती है। वरना एक बार हाथ उठ गया तो फिर बात बढ़ ही जाएगी।" उसने कुछ धीमे शब्दों में कहा और क्रोध को पी गया।

परंतु शांति ने इसे न समझते हुए और अधिक उच्छृंखल होकर कहा, "मारो तो सही! शर्म भी नहीं आती निकम्मे, कायर, नपुंसक!" और वह अपनी त्योरियाँ चढ़ाकर यह सब कहती चली गई। राजेंद्र से न रहा गया, उसका रक्त उबलने लगा। सैकड़ों बालकों को पढ़ानेवाला वह अध्यापक अपने इस अपमान और ऐसे कटु शब्दों को अपनी ही पत्नी के मुख से सुनकर एकदम तमतमा उठा। उसने शांति की चोटी पकड़कर उसके कस-कसकर थप्पड़ जमा दिए और उसे कमरे से बाहर घसीटकर चौक में खड़ा कर दिया। माँ खाना बना ही चुकी थी। उनकी अब तक की बातों को उसने सुना भी नहीं था। पर उसने जब देखा कि इनमें लड़ाई हो गई, तो झपटकर उठी और राजेंद्र को धक्का देकर एक ओर करते हुए कहा, "क्या है रे? क्यों बहू को धमका रहा है?" शांति रोने लग गई। उसने अपने सिर पर धोती भी नहीं रखी और वैसे ही मुँह खोले हुए बोली, "धमका रहा है! मुझे पिटवाकर धमकाना बताती है। बदमाश राँड़! यह सब तेरी ही करतूत है, मैं सब जानती हूँ।" कहती हुई वह पुनः कमरे में घुस गई और अपनी चद्दर उठाकर झपाटे के साथ घर से बाहर चली गई। मोहिनी उसे इस प्रकार भागते देखकर उसके पीछे भागी भी, पर वह गली पार कर चुकी थी। उसने लौटकर राजेंद्र को उसे पकड़ लाने को कहा। पर वह मौन बना बैठा रहा। न कुछ उत्तर दिया और न उठा ही।

कृष्णकुमार घर पर नहीं थे। जब वह आए, तो मोहिनी ने उन्हें इस कांड से अवगत कराया। उन्होंने उसी समय बृजेंद्र और सचला को कला के पास भेज दिया और शांति को लिवा लाने के लिए कह दिया। वह दोनों चले गए। उन्होंने वहाँ जाकर कला से शांति को भेज देने के लिए प्रार्थना की।

पर कला ने उन दोनों को फटकार दिया। बोली, "मेरी चंदा जैसी बेटी क्या तुम्हारे घर के योग्य थी? पर उस मिसिर ने नहीं माना, निगोड़ा आप तो चला गया और मेरी प्यारी बेटी को जमुना में धकेल गया। नरक में पड़ेगा सत्यानाशी।" सुनकर दोनों बच्चे भी अवाक् रह गए और कुछ देर बाद उलटे वापस आ गए। घर आकर सब बातें पिताजी को बता दीं। वह भी चुप हो गए।

दूसरे दिन कृष्णकुमार ने सोचा, कल तो क्रोधपूर्ण वातावरण था। आज कदाचित् कला और शांति दोनों का क्रोध कम हो गया होगा। और फिर मेरा भी तो लिहाज करेंगी। यह सोचकर वह वहाँ गए और आवाज देकर घर में घुसते ही उन्होंने कहा, "शांति की माताजी! आप तो समझदार हैं, बच्चों की बातों पर इतना ध्यान नहीं देना चाहिए। लाओ भेजो शांति को मेरे साथ।"

पर उन्हें आश्चर्य हुआ, जब कला ने बिना परदा किए ही समधी के समक्ष आकर कहा, "मुझे ज्ञात नहीं था कि तुम भी अपनी पत्नी और बेटे का पक्ष लोगे। मेरी बेटी कोई कूड़ाघर से थोड़े ही उठा ली गई है। वह भी बड़े घर की लाड़ली बेटी है। मेरे घर में अभी उसके खाने को बहुत है। जाओ, शांति अब तुम्हारे घर नहीं जाएगी।" उसने फिर कुछ रुककर कहा, "हाय मेरी फूल सी बेटी राक्षसों के हाथों में दे दी। मेरी बेटी को आज तक किसी ने सीक तक नहीं छुआई और तुम्हारे बेटे ने इसे लात-घूँसों से मारा है। और तुमने कुछ नहीं किया। मैं होती उस समय तो मरे का कलेजा खा जाती।" सुनकर कृष्णकुमार अवाक् रह गए। उन्होंने फिर कुछ भी नहीं कहा और चुपचाप अपने घर लौट आए।

कृष्णकुमार ने घर में इस कांड की पूर्ण जाँच-पड़ताल, पूछताछ की। राजेंद्र ने सब बातें ज्यों-की-त्यों बता दीं। वह जानते थे कि राजेंद्र को कभी क्रोध नहीं आता, वह कभी किसी से व्यर्थ झगड़ा नहीं करता। किसी से अधिक वाद-विवाद भी करना वह पसंद नहीं करता। राजेंद्र के स्वभाव को वह बचपन से ही जानते थे। अतः निष्पक्ष होकर ही उन्होंने इस घटना का दोषी शांति को ही पाया। उसके कटु और अपशब्दों को ही राजेंद्र के क्रोध को भड़काने वाला पाया। राजेंद्र आखिर तो पुरुष था, वह अपनी ही पत्नी से ऐसे असभ्यतापूर्ण शब्दों को कैसे सहन कर लेता। और वह भी अकारण ही। वह समझ गए, इस घटना को, जितनी उसमें वास्तविकता है, उससे कहीं

अधिक असत्य का पुट देकर बढ़ा दिया गया है।

अत: अभी तो वह सब शांत होकर चुपचाप रह गए और इस विषय को फिर विचार करने को छोड़ दिया।

□

अचला के विवाह पर बारात में आए हुए अनंत राम की नजर जब शांति पर पड़ी तो वह स्तंभित रह गए। उसने देखा कि कृष्णकुमार के घर में इतनी सुंदर स्त्री कोई भी नहीं है। अनंतराम और बसंतराम में केवल पाँच वर्ष का अंतर था। अनंतराम २४ वर्ष का था। पत्नी के मर जाने के पश्चात् उसे देखने को एक-दो लड़की वाले आए भी थे। पर किसी के गोत्र मिल जाने से और किसी की लड़की कम पढ़ी होने से और कहीं दूजवर के कारण वह संबंध पक्का न हो सका और अनंतराम अभी तीन वर्ष से विधुर ही था। अनंतराम देखने में बुरा भी नहीं, पर सुंदर भी नहीं था। हँसी-मजाक करने में बेजोड़ था। वास्तव में वह खुली तबीयत का व्यक्ति था। इसीलिए वह सबको प्यारा लगता था और सब उसे प्रेम करते थे। मित्र भी उसके कम नहीं थे। और उन्हीं मित्रों की कृपा से उसकी दुकान अच्छी चल रही थी। ढाई-तीन सौ रुपए मासिक वह सरलता से कमा लेता था। भोजन घर पर ही करता था। सौ-पचास अपनी माँ को दे देता था। शेष अपने पास ही बचाकर रखता था।

कभी-कभी मित्रों के साथ घूमने या सिनेमा चला जाता। कभी इधर-उधर देख-भालकर आगरा के सेव के बाजार में किसी कोठे पर भी चढ़ जाता था। वहाँ दोस्तों की पार्टी जमती थी। टाईगर की बोतलें खुलती थीं, होटल से कुछ खाद्य-अखाद्य सामग्री भी आ जाती। और फिर नृत्य, गायन, फिर नीचे आकर मित्रों को विदा कर कोठे पर जाकर अपनी कामवासना को शांत कर रात्रि के ११-१२ बजे अपने घर आकर चुपचाप सो जाता था। इसीलिए उसे विवाह की विशेष चिंता भी न थी।

बसंत की बारात में अनंत की दृष्टि शांति से मिल गई थी। अनंत ने कुछ हँसी-मजाक भी किया और शांति ही कब चूकने वाली थी। वह अपने को कब कमजोर सिद्ध करना चाहती थी। अत: उसने भी उसके व्यंग्यों के बेजोड़ उत्तर दिए थे कि वह मान गया। हँसी-मजाक करने में शांति भी कम नहीं थी। और फिर ऐसे अवसर पर तो उसे कोई कुछ कहने वाला भी न था। उसकी ननद का ब्याह था। और हँसी भी वह किसी और से नहीं, स्वयं

ननदोई के भाई से ही तो कर रहीं थी।

बारात की विदाई के दिन अवसर पाकर अनंत ने शांति से कहा था–

'कभी आप आगरा आइए, भाभी जी।'

'जब बुलाओगे तब आएँगे, ऐसे कैसे आएँ?'

'अवश्य! बुलाने पर आ तो जाएँगी न?'

'क्यों नहीं! आप कोई गैर तो नहीं हैं।' शांति ने हँसकर उत्तर दिया था।

'तो फिर आपको पत्र डाल सकता हूँ?' अनंत ने पूछा।

'हाँ! पर यहाँ नहीं, मेरी माँ के पते पर।'

'तो आप वह पता लिखकर दीजिए ना?'

और शांति ने चट से उसे अपनी माँ का पता लिखकर दे दिया। अनंत ने उसे बड़े यत्न से छिपाकर जेब में रख लिया।

अनंत की दुकान के ऊपर ही एक कमरा था। वह भी अनंत ने अपनी पत्नी के मरणोपरांत ही लिया था। कभी-कभी अधिक रात को कहीं से आने पर अनंत घर नहीं जाता था और वहीं सो जाता था। अतः विवाह के कुछ दिन पश्चात् तो ब्याहुल विदा होकर मथुरा आ गई। फिर दो-तीन मास पश्चात् ही बसंत उसे लिवा लाया। क्योंकि पंडितजी ने गौने का झंझट न रखकर विवाह के समय ही फेर-पटा कर दिया था। अतः अनंत को भी तभी से यह उधेड़-बुन लग गई कि किसी प्रकार शांति को यहाँ बुलाया जाए। अतः उसने उसकी माँ के पते पर पत्र डाल ही दिया। यह पत्र उसने पहला ही पत्र होने के कारण साधकर ही लिखा था। अतः शांति ने भी उस पत्र का उत्तर साधारण ही दे दिया। पत्र पाकर अनंत को यह तो आशा हो गई कि शांति उसे स्वतंत्रतापूर्वक पत्र लिख सकती है। अतः इस बार उसने एक लंबा-चौड़ा पत्र लिखा, जिसमें उसने अपने हृदय के कुछ उद्‌गार भी लिख डाले। कुछ प्रेम की झलक भी इस पत्र में थी। शांति ने भी इस पत्र का उत्तर बड़े प्रेमपूर्ण शब्दों में लिखकर भेज दिया। उसने भी अपने हृदय के उद्‌गार उस पत्र में लिख डाले। इस प्रकार इन दोनों के बीच में एक भावनात्मक पत्र-व्यवहार चालू हो गया। दोनों एक-दूसरे से मिलने के लिए उत्सुकता से प्रतीक्षा करने लगे। दोनों के अंतर में ज्वालाएँ प्रज्वलित हो उठीं। अब शांति आगरा जाने का मार्ग खोजने में लग गई।

उसके अपनी माँ के यहाँ हर दूसरे-तीसरे दिन जाने का मुख्य कारण यही था। अब जब उसके ऊपर प्रतिबंध लगने लगा तो उसे ये बुरा लगा। उसने उस दिन इसी विषय को लेकर अपने पति से इस प्रतिबंध का विरोध करना चाहा।

पर बात ही बात में यह वास्तविक विषय तो छूट ही गया और अन्य बातें हो गईं तथा झगड़ा अधिक बढ़ गया। तभी शांति अपनी माँ के घर आ गई।

उस दिन से शांति का उन लोगों से कुछ ऐसा मन बिगड़ा कि उसने फिर उस घर में जाना ही नहीं चाहा। उसने अपनी माँ से भी अपने पति, अपने सास, ससुर आदि की ऐसी चुगली की कि माँ भी अपनी बेटी के पक्ष में उन लोगों से कहनी-अनकहनी न जाने क्या-क्या कह गई। बात घटने के स्थान पर बढ़ ही गई। इसके बहुत दिन पश्चात् स्वयं कृष्णकुमार, मोहिनी, राजेंद्र एक-एक कर सभी कला के घर गए। उसे समझाने की चेष्टाएँ कीं। पर न जाने शांति ने उसके कान में कैसा मंत्र फूँक दिया कि वह शांति को भेजने के लिए राजी हुई ही नहीं। और इन लोगों को निराश ही लौटना पड़ा।

अब वह अवसर आ गया जब शांति सरलता से आगरा जा सकती थी। अतः पहले तो उसने अनंतराम को वहाँ की घटना का वृत्तांत लिख डाला और फिर लिखा कि वह आए तो उसके आने का पता अचला को न लगने पाए। इसके पश्चात् उसने अपनी माँ को समझा दिया कि वह अनंतराम से इस मामले में कुछ परामर्श करने के लिए आगरा जाना चाहती है। माँ तो मानती ही थी कि मेरी बेटी बड़ी बुद्धिमती और सच्चरित्र है। अतः उसने बिना किसी हिचक के उसे जाने की आज्ञा दे दी।

और एक दिन वह अनंत का पत्र पाकर, जिसमें उसने लिखा था कि वह आगरा में दुकान पर ही आए, घर नहीं, उसके पास पहुँच गई। अनंत ने उसे दुकान के ऊपर वाले कमरे में ही ठहरा दिया।

□

सेव रेवतमलजी बाजोरिया आगरा के गिने-चुने मारवाड़ी सेठों में थे। आगरा तथा फिरोजाबाद में उनके कई काम चल रहे थे। आगरा में रुई का पेच, गल्ले और किराने की आढ़त थी। दो बड़े-बड़े होटल भी थे। तो फिरोजाबाद में उनकी एक ग्लास फैक्टरी थी, जिसमें काँच के अन्य सामान के अतिरिक्त चूड़ियाँ भी बनती थीं। काम सभी ठीक-ठाक चल रहे थे। उनकी लड़की नर्मदा अब ब्याह के योग्य हो चुकी थी। वैसे वह चाहते तो अपनी पुत्री के लिए किसी भी करोड़पति के पुत्र को देख सकते थे। पर उनका सिद्धांत यही था कि पुत्री को सुखी देखना चाहते हो, तो अपने से नीची हैसियत के घर में दें और पुत्र को ऊँचे घराने में ब्याहें। दूसरे वह अपनी लड़की को अपने निकट ही देना चाहते थे। उसको आँखों के समक्ष रखना चाहते थे।

उनके परिवार में इस समय वे स्वयं, पत्नी, दो पुत्र और चार कन्याएँ थीं। दोनों पुत्रों का विवाह वह पहले ही कर चुके थे। बड़ी पुत्री नर्मदा ही थी, अब उसी का नंबर था। अत: इसके लिए उन्होंने गोपालदास के पुत्र मोहनदास को चुना था। पर अभी गोपालदास से कोई बात नहीं की थी। नर्मदा केवल चौथी कक्षा तक ही पढ़ पाई थी कि अकस्मात् बीमार हो गई, छह मास बीमार रहकर जब अच्छी हुई, तो उसने स्कूल जाना ही बंद कर दिया। माता-पिता ने भी इस बात पर विशेष ध्यान नहीं दिया। वह इससे आगे पढ़ ही नहीं सकी।

रेवतमलजी के पास एक कार भी थी। साइकिलें तो कई थीं। नौकर-चाकरों की घर में कोई कमी नहीं थी। घर के नौकरों के अतिरिक्त फर्मों के भी नौकर थे। एक दिन उपयुक्त समय देखकर रेवतमल लाला गोपालदास के पास आए। गोपालदास ने उनकी कार को अपनी दुकान के सामने रुके देख उनकी अगवानी की, बड़े स्वागत के साथ उन्हें अंदर ले आए और गद्दी पर बैठाया। रेवतमल ने हँसते हुए कहा, ''एक वस्तु माँगने आया हूँ, दे सकेंगे?''

''कैसी बातें करते हो लाला, मैं किस योग्य हूँ।'' किंचित् मुसकराकर गोपालजी ने कहा।

''सबकुछ! सबकुछ योग्य हो! हाँ, मोहन का संबंध कहीं हो गया है क्या?'' रेवतमल ने पूछा।

''नहीं! अभी तो नहीं हुआ है, आए तो कई थे, पर अभी लिया ही नहीं।'' गोपालजी ने बताया।

''तो फिर ले लो!''

''कहाँ का है?''

''यहीं आगरा का ही!''

''किसका?''

''अपना ही! अपनी बड़ी लड़की है न नर्मदा, बस उसी के लिए।'' उन्होंने चलती सी भाषा में कहा।

गोपालदास सुनते ही प्रसन्न हो गए और ऊपरी तौर पर बनावटी भाषा में कहा, ''आपके योग्य मैं कहाँ हूँ? आपकी तो पैर की धूल भी नहीं हूँ।'' और दोनों हाथ जोड़ दिए।

''व्यर्थ की बातें नहीं करते हैं, लाला! हाँ करो जल्दी।''

''और विचार कर लो?'' गोपालदास ने उसे खींचा।

"विचार करके ही तो आया हूँ।"

"तो फिर मैं न भी कैसे कर सकता हूँ।" गोपालदास ने पुनः हँसते हुए कहा और नौकर को पुकारकर पान-इलायची लाने को कहा। परंतु रेवतमल ने मना कर दिया।

"अच्छा, आगे की बात करो!" रेवतमल ने कहा।

"मैं क्या कहूँ?" गोपालदास बोले।

"नहीं जी! इस मामले में तो बोलना ही पड़ेगा।"

"नहीं लालाजी! मैं कुछ नहीं कह सकता। मुझे भी तो अपनी ओर देखना है। हाँ, कोई छोटा-मोटा आता, तो उससे कुछ कहता भी, आपसे बोलने योग्य सामर्थ्य नहीं है।" गोपालदास ने नीचा पड़कर कह डाला।

"तो फिर मैं बता दूँ, स्वीकार करेंगे?"

"आपकी इच्छा है, मैं तो कहता नहीं।"

इसके पश्चात् कुछ सोच-विचारकर रेवतमलजी ने कहना आरंभ कर दिया-"देखो लाला! आहार-व्यवहार में लज्जा नहीं करनी चाहिए। पहले स्पष्ट कर देना अच्छा है।" और गोपालदास चुपचाप बैठे रहे। वह यह सुनना चाहते थे कि देखें रेवतमलजी क्या विचार लेकर आए हैं। गोपालदास स्वयं भी कह सकता था। पर इस वजह से कि कदाचित् जो मैं कहूँगा, रेवतमलजी उससे अधिक देना चाहते हों। और मैं कम बताऊँगा, तो ये मुझे तुच्छ ही समझेंगे। इसी विचार से उसने कुछ नहीं बताया। रेवतमल ने पुनः सोचकर कहा, "दस-दस हजार के तीनों ठिक, एक बीस हजार की कार और जेवर सब मेरा, सोने के पाँच और चाँदी के बीस बरतन, इसके अतिरिक्त रेडियो, घड़ी, सोफासेट और जो सब होता है, वह तो होगा ही।"

इतना कहकर वह गोपाल के मुख की ओर देखने लगे। वह ये तो खूब जानते थे कि गोपाल जैसे व्यक्ति के लिए यह कम नहीं, अधिक ही है, फिर भी अपनी बात की प्रतिक्रिया उसके मुख पर देखने लगे। गोपालदास अब तक चुप ही बैठा था और चुप ही बैठा रहा। उसे शांत देख रेवतमल को भ्रम हुआ कि कहीं गोपालदास अधिक की आशा रखता हो और ये मेरी बताई कम रकम हो। अतः उत्तर पाने की नीयत से बोले, "बोलो! किस विचार में पड़ गए?" गोपालदास जैसे सुनहरे स्वप्न से जागे हों। बोले, "अजी वाह! मैं क्या बोलूँ? लड़की भी आपकी है और यह लड़का भी आप ही का है।

मैं तो कुछ नहीं हूँ।'' और खिलखिलाकर हँस पड़े।

पुनः उठने का उपक्रम करते हुए रेवतमल ने कहा, ''तो निश्चय रहा न?''

''जी हाँ!''

''अच्छी बात! इसी पूर्णिमा को मिलनी हो जाएगी।''

''जैसी आपकी इच्छा!''

''अच्छा फिर जय रामजी की!'' कहकर रेवतमल खड़े हो गए। गोपालदास भी खड़े हो गए। दोनों कार तक गए। सेठ रेवतमल पुनः जय रामजी की कहकर चले गए। गोपालदास पुनः गद्दी पर आकर बैठ गए।

''कैसा रहेगा, मुनीमजी?'' गोपालदास ने मुसकराकर पूछा।

''बेजोड़ मामला रहा लाला! सोने पे सुहागा हो गया।'' मुनीमजी ने कहा।

''कृपा है भगवान् की, नहीं तो क्या उसे करोड़पति की कमी थी?'' गोपालदास ने ऊपर को हाथ जोड़कर कहा।

''लाला, लखपति और करोड़पति होना भाग्य की ही बात है। भगवान् की ऐसी ही कृपा रही, तो आप भी अब करोड़पति ही माने जाएँगे।'' मुनीमजी ने चिलम भरते हुए कहा।

''हाँ! यह तो निश्चय है। इनके साथ संबंध हो जाने पर तो लोग हमें करोड़पति ही समझने लग जाएँगे।'' गोपालदास ने मन-ही-मन फूलते हुए कहा।

''और क्या! वही तो मैंने कहा?'' मुनीमजी बोले।

गोपालदास आज मन-ही-मन फूले नहीं समा रहे थे। उन्हें तो जैसे आज कुबेर का भंडार ही मिल गया था। वह बार-बार सोचते, कब संध्या हो, घर जाएँ, अपनी पत्नी गोमती और मोहन को यह सुसंवाद जाकर सुनाएँ। और अंत में समय से एक घंटे पहले ही लाला गद्दी से उठकर चले गए। आज जैसे उनका घर कितनी दूर पड़ गया था। जल्दी-जल्दी पग बढ़ा रहे थे, फिर भी हवेली दूर ही होती जा रही थी। उन्होंने पग बढ़ाने में और शीघ्रता की और हवेली आ गई। ऊपर गए, जीने में से पुकारा–

''मोहन की माँ!''

''जी लाला!''

''लो आज तो मुँह मीठा कर लो। भगवान् का परसाद बाँट दो।'' भीतर

जाकर पलंग पर बैठते हुए कहा उन्होंने।

"आज क्या मिल गया है?"

"सबकुछ मिल गया है। सेर से सवा सेर टकरा गया।" गोपालदास ने कहा।

"पहेली क्यों बुझा रहे हो? स्पष्ट बताओ न!" गोमती ने भी अज्ञात प्रसन्नता का अनुभव करते हुए पूछा।

"तुम्हारे मोहन का रिश्ता सेठ रेवतमल की लड़की से पक्का हो गया।" उन्होंने शीशी की डाट खोल ही दी।

"सचमुच?"

"और क्या झूठ-मूठ!"

"क्या बातें हुईं?"

"आज वह स्वयं ही दुकान पर आए थे और बातें करते-करते स्वयं ही बोले, दस-दस हजार के तीन ठिक दूँगा, बीस हजार वाली कार दूँगा, पाँच बरतन सोने के और बीस चाँदी के तथा रेडियो, घड़ी और जेवर लड़की पर सब उनका होगा।" कहकर वे गोमती के मुँह की ओर देखने लगे।

"इस पर आपने क्या कहा?" गोमती ने पूछा।

"मैंने कुछ नहीं कहा, वह सब स्वयं ही कह गए। मैं कहता तो इतना सब कब कह सकता था? अपनी हस्ती इतनी कहाँ है, जो इतना माँगते?" गोपालदास ने बताया।

"चलो ठीक है, परमात्मा जो कुछ करता है, अच्छा ही करता है। करोड़पति हैं न वो? गोमती ने भगवान् को धन्यवाद दिया।

"करोड़पति ही नहीं, कुछ और अधिक ही हैं वो।" गोपालदास ने बताया।

बात समाप्त हो गई। सभी के मन में एक अपरिमित आनंद की लहर दौड़ गई। पूर्णिमा आई, मिलनी हो गई। दस हजार तो नकद उसी दिन आ गए। इक्कीस गिन्नी, गरम सूट, ठंडा सूट, दुशाला, थाल, परात, जंजीर, अँगूठी, फल और मिठाई अलग से आए। मोहन भी प्रसन्नता से नाच उठा।

दो माह पश्चात् ही माघ महीने में शुभ मुहुर्त निकला। विवाह पक्का हो गया। पीली पत्रिका, लग्न और फिर विदाई सबकुछ हुआ। आगरा से आगरा में बारात चढ़ी। लाला गोपालदास ने भी कसर नहीं छोड़ी, तीन-तीन बैंड, नफीरी, हँसभार, और न जाने क्या-क्या शान से बारात चढ़ाई सेठ

रेवतमल की चौमंजिली हवेली पर। हजारों लोगों की धूम थी आज वहाँ।

सबकुछ हो जाने के पश्चात् नर्मदा मोहन के घर आ गई। गोमती हर्षोल्लास से फूली जा रही थी। बहू क्या थी, बस चाँद का टुकड़ा था, पृथ्वी पर आ गिरा गोमती के घर में।

मोहन भी आज अपनी प्रसन्नता को हृदय में ही दबाए फिर रहा था। वह गर्व से फूला जा रहा था। अपनी योग्यता और शौकीनियत को अपनी नववधू नर्मदा तक पहुँचाने का अवसर खोज रहा था। पर दिन में तो उसे महिलाओं ने घेर रखा था। गाना, बजाना, भोजन आदि हो रहा था। मोहन की कौन सुनता! पर कहते हैं, सबकी माता साँझ होती है। अतः मोहन की भी साँझ हुई। एक कमरे में पलंग सजाया गया फूलों और कलियों से। अगरबत्तियाँ जलाई गईं और विद्युत् प्रकाश से कमरा जगमगा उठा।

नर्मदा को अड़ोस-पड़ोस की लड़कियों और नई-नवेली वधुओं ने गाते-गाते ले जाकर पलंग पर बैठाया। वे कुछ देर तो उसके पास खड़ी होकर ठिठोलियाँ करती रहीं, पर अंत में उसे अकेली छोड़ सभी एक-एक कर बाहर आ गईं। नर्मदा बेचारी चुपचाप भयभीत सी शीघ्र भविष्य में ही आनेवाली मधुर मिलन की कल्पना से झनझनाने लगी। कामदेव के हलके-फुलके पुष्पतीर उसे बेधने लगे।

"हल्लो डार्लिंग!" कमरे में प्रवेश करके किसी ने कहा। नर्मदा ने घूँघट में से ही देखा, वही हैं।

"हल्लो मिस नर्मदा! अभी तो मिस ही हो, अभी थोड़ी देर में तुम मिसेज बन जाओगी। इज इट नाट ट्रयू?" पलंग के निकट खड़े होकर मोहन ने प्रश्न किया। पर यह सबकुछ नर्मदा की समझ में नहीं आया। वह सोचने लगी, जाने ये क्या कह रहे हैं? क्या पूछ रहे हैं? सो वह मौन ही बैठी रही। मोहन पलंग पर बैठ गया।

सुबह हुई, सुहागरात मनी और दोनों एक-दूसरे के हो गए।

□

शांति पूरे १५ दिन अनंतराम के साथ रहकर वापस अपनी माँ के यहाँ आ गई। माँ ने न तो उसके जाते समय कोई बाधा उपस्थित की और न आ जाने पर ही उससे कुछ कहा। वह तो समझ रही थी कि शांति अपनी ननद के घर ही रहकर आई है। उसे तो इस बात का आभास तक न था कि वह

अपनी ननद के घर नहीं, वरन् अपने ननदोई के विधुर भाई की दुकान के ऊपर वाले कमरे में रहकर आई है। वह अपने साथ कई साड़ियाँ, ब्लाउज, सैंडिल, पाउडर, लिपस्टिक, सुगंधित तेल और सेंट आदि भी लाई थी। माँ ने समझा कि यह सब उसकी ननद के ससुराल वालों ने ही विदाई में दिया है। अड़ोस-पड़ोस में भी यही बात बताई गई।

अनंतराम यद्यपि राजेंद्र से सुंदर न था। पर इससे क्या, वह शांति को सूरत से नहीं, उसके व्यवहार से, विलासप्रिय भावना से, उसके प्रेमपूर्ण हाव-भाव से प्रिय था। उसकी वासनापूर्ण प्रवृत्ति को तृप्त करनेवाला था। इसीलिए राजेंद्र उसे अनंतराम की तुलना में एक साधारण और नपुंसक जैसा लगने लगा। अनंत जहाँ ठाठ-बाट से रहनेवाला व्यक्ति था। नित्य नये वस्त्र बदलता था, बालों में सुगंधित तेल डालता था। नित्य पॉलिश किए जूते पहनता था और फिर उसके पास तो कई जोड़े जूते, चप्पलें थीं। कई जोड़े सूट थे, पान खाता था। बातें करते समय इलायची की गंध उसके मुँह से आती रहती थी। रात्रि को नित्य ही भोजन के लिए नई-नई वस्तुएँ लाकर रख देता था। कोई रात्रि ऐसी न होती, जब वह शराब नहीं पीता हो। कभी-कभी तो उसने शांति को भी पिला दी।

वहीं दूसरी ओर राजेंद्र में इनमें से एक भी बात नहीं थी। न तो वह नित्य कपड़े ही बदलता था, न उसके पास अधिक जूते-चप्पल थे और न उतने अधिक वस्त्र ही थे। वह सिर में शुद्ध सरसों का तेल डालता था और उसी से शरीर पर मालिश करता था। उसके शरीर से दुर्गंध सी ही आती रहती थी। वह न पान खाता था, न इलायची। प्रातः नीम की दातुन करता था। और भोजन तो जैसा घर पर सबके लिए बनता था, वह भी वही खा लेता था। न उसके पास रुपए-पैसे ही अधिक रहते थे। उसे महीने पर जो वेतन मिलता था, सीधा अपनी माँ के हाथ में लाकर रख देता था। भोग-विलास उसे अधिक पसंद नहीं था। फिर भी वह यथासंभव शांति को प्रसन्न रखने की चेष्टा करता ही रहता था। कहाँ एक विलासी, स्वेच्छाचारी और चरित्रहीन विधुर और कहाँ एक चरित्रवान, गृहस्थी, परिवार को चलानेवाला और सत्य प्रेम का आराधक राजेंद्र। दोनों में समानता कहीं भी तो नहीं थी।

यही तुलना शांति ने अनंत और राजेंद्र में की। अनंत की तुलना में राजेंद्र बहुत ही कम बैठा। इसीलिए उसे राजेंद्र से घृणा और अनंत से प्यार हो गया। अनंत के इस प्यार ने शांति को राजेंद्र से घृणा करने में पूर्ण सहयोग दिया।

यहाँ तक कि उसने अनंत से राजेंद्र को छोड़ देने का मार्ग भी पूछ डाला। अनंत तो यह चाहता ही था। उसने चट से बता दिया कि तुम उससे अपने जेवर और कपड़े माँगो। किंतु शांति ने उसे बताया कि मेरा सब दहेज तो अचला को दे दिया गया है। जेवर बेचकर विवाह में लगा दिया। जो है, वह मेरे पास में है। मेरे नाक और कान में बस, और कपड़े कोई खास नहीं हैं। तो अनंत ने कहा कि तुम यहाँ आकर रहने लगो, फिर अदालत से तलाक का मुकदमा चला दिया जाएगा। तुम्हें स्वतंत्र करा दिया जाएगा। फिर तुम मेरे साथ पुनर्विवाह करके आनंद का जीवन बिताना। शांति को यह परामर्श भा गया और वह अब अपना बचा-खुचा सामान माँ के यहाँ से लेने और माँ को समझा-बुझाकर पुनः आगरा बसने की ही बातें करने आई थी।

अनंतराम उसे पत्र डालता था। वह उसे उत्तर दे देती थी। उपाय खोजे जा रहे थे। इसी बीच कला चाची बीमार पड़ गईं। उसे मोतीझारा था, शांति उसकी देखभाल कर रही थी। वैद्यजी का उपचार चल रहा था। १५ दिन तो ज्वर यथावत् रहा, फिर एकदम ज्वर ने पलटा खाया, तेज हो गया और रोग बढ़ता ही गया। ज्वर बिगड़ गया और शांति को वैद्यजी ने स्पष्ट कह दिया कि कला का बचना कठिन है।

शांति ने अपनी माँ के जीते-जी ही सब माल-जायदाद पर अधिकार कर लिया। और अंत में अपने दिन पूरे कर कला चाची परलोक सिधार गई। उनके मरने पर किसी पड़ोसी के जरिए यह दुःसमाचार कृष्णकुमार के यहाँ भी पहुँच गया। वह सभी फिरने आए। पुरुष तो फिरकर चले गए, पर मोहिनी ने चाहा कि शांति उसे रोके, तो वह तेरहवीं तक रुक जाएगी। पर आश्चर्य कि शांति उससे बोली तक नहीं। उसने किसी बच्चे तक से भी बात नहीं की। अंततः मोहिनी भी अपने बच्चों को लेकर दीये जलते समय ही वहाँ से उठकर चली आई।

घर आकर मोहिनी ने जब सब बातें अपने पति और पुत्र के समक्ष रखीं तो दोनों अब शांति को लाने और उसे पूर्ण रूप से अपने अधिकार में रखने की बातें सोचने लगे। कृष्णकुमार ने कहा कि तेरहवीं के पश्चात् ही राजेंद्र उसे यहाँ ले आएगा। फिर उसे घर से बाहर जाने देने की कोई आवश्यकता नहीं है। सभी ने इस योजना पर हाँ कर ली।

परंतु तेरहवी पर शांति ने इन्हें कोई सूचना नहीं भेजी। हाँ, उसने अनंतराम को पत्र अवश्य डाल दिया कि वह आए। अनंतराम आए और

तेरहवीं समाप्त होते ही शांति को सब सामान सहित लेकर चले गए। किसी को इस बात का पता भी नहीं लगा कि शांति रातोरात कहाँ चली गई। प्रातः देखा, तो मकान में दो ताले लगे हुए मिले। कृष्णकुमार और राजेंद्र भी आए, तो घर को ताला लगा हुआ देखकर आश्चर्य करते हुए अपनी योजना को निष्फल होते देख खिसियाने से लौट गए।

कृष्णकुमार के घर में तथा कला के पड़ोस में सभी को आश्चर्य था शांति के इस प्रकार अचानक गायब हो जाने का। कृष्णकुमार ने अपने कुछ मित्रों के परामर्श और आग्रह पर इसकी सूचना थाने में दे दी। समाचार-पत्रों में भी इश्तहार निकाले ही। वास्तव में इस घटना से घर में सभी दुःखी थे और लज्जित भी। कुछ जानकार और समझदार व्यक्तियों ने तो इस घटना का कारण शांति की वासनामय प्रवृत्ति, उसकी चंचल मनोवृत्तियों को ही बताया। यहाँ तक कि किसी-किसी ने उसे व्यभिचारिणी और गिरे चरित्र की बता डाला। परंतु कुछ लोगों ने इसे राजेंद्र की निर्बलता और कायरता बताया। कुछ स्त्रियों ने तो इसे ब्रजभाषा में यहाँ तक कह डाला कि राँड़ की बेटी थी, कौन चौकसी करता। कुछ भी हो, वह तो चली ही गई।

□

मोहनदास की सुहागरात एक ही दिन नहीं, कई दिनों तक मनी। परंतु वह जब आधी हिंदी और आधी अंग्रेजी बोलता था, तो नर्मदा पूरी बात नहीं समझ पाती थी और मौन रहना ही उचित समझती थी। मोहन को यह विश्वास था कि एक करोड़पति सेठ की बेटी नर्मदा कम-से-कम मैट्रिक पास तो होगी ही। मैं भी हाई क्लास मैट्रिक और वह भी मैट्रिक होगी, तो हम दोनों ही घर में खूब अंग्रेजी बोला करेंगे, जिसे और कोई नहीं समझ सकेगा। जब कोई मित्र या संबंधी घर पर आएगा, तो मैं शान से कहूँगा–'ब्रिंग मी वाटर डार्लिंग' (प्रिय जल लाओ), 'गैट रेडी फार पिक्चर' (सिनेमा के लिए तैयार हो जाओ) इत्यादि। और तब वे लोग हमारे मुख की ओर देखते ही रह जाया करेंगे। वह हमें बहुत बड़ा व्यक्ति, शिक्षित परिवारवाला समझा करेंगे, हम दोनों शान से घूमने जाया करेंगे, नर्मदा मुँह खोलकर कार में बैठा करेगी, मैं कार ड्राइव किया करूँगा। सौ बातों की बात यह कि मैं साहब और वह मेमसाहब नजर आएगी। परंतु उसे एक भ्रम सा हुआ। उसने एक दिन नर्मदा से पूछ ही लिया–"तुमने कहाँ तक शिक्षा पाई है?" इस पर नर्मदा ने वही आपबीती सुना दी और

अपनी शिक्षा का भेद बता ही दिया।

सुनते ही मोहन के धैर्य का बाँध टूट गया। उसकी कल्पना मिट्टी में मिल गई, उसके स्वप्न असत्य हो गए। वह मन-ही-मन बड़ा दुःखी हुआ, लज्जित हुआ। उसे अब ध्यान आया कि करोड़पति की यह बेटी मिट्टी की माधो है, काठ की कठपुतली है। उसे यह भी समझते देर न लगी कि रेवतमल ने क्यों यह संबंध हमसे किया था? वह समझ गया कि यदि उसकी बेटी उच्च शिक्षित होती तो वह हमसे कदापि संबंध स्थापित न करता। किसी अपने जैसे को ही देखता। यही सब सोचते-सोचते उसे अपने पर रोष, अपने पिता के भोलेपन पर क्रोध आ गया और रेवतमल की मक्कारी पर उत्तेजना। मगर नर्मदा के रूप और लावण्य पर तरस आ गया। पर उसे एक अशिक्षिता जानकर उससे घृणा सी होने लगी। वह एक उलझन में उलझ गया।

वह कभी सोचता कि जाने दो, जैसी है, पड़ी रहेगी घर में, भोग-विलास और काम-वासना की पूर्ति के लिए तो ठीक ही है। घर में काम-काज भी कर लेगी। फिर ध्यान आता, कभी कहीं आना-जाना हुआ, घूमने-फिरने गए, सिनेमा गए, किसी शिक्षित समाज की पार्टी में गए, तो क्या ये ले जाने योग्य है? और तो अपनी सुशिक्षित पत्नियों को लेकर आएँ और मैं बुद्धू सा अकेला ही जाऊँ। कितनी लज्जा की बात है! कितनी अपमानजनक बात है! छिह यदि किसी ने मुझसे पूछा कि मिस्टर मोहन! ह्वेयर इज योर मिसेज? (मोहनजी! आपकी पत्नी कहाँ है?) तो मैं क्या कहूँगा? क्यों नहीं लाया? उफ! इस कल्पना से मोहन तिलमिला उठा। बोला "ऑल स्पॉइल्ड।" (सब नष्ट हो गया) लाइफ, मनी, पीस, ग्रेस···(जीवन, धन, शांति, इज्जत सब···) सब नष्ट हो गया। अब क्या होगा? कोरी ब्यूटी (सुंदरता) का क्या अचार डालूँगा? उसका हृदय जोर-जोर से धड़कने लगा। चित्त अशांत हो गया। माथा चकराने लगा। वह उठकर कमरे से निकलकर खुली वायु में आकर छज्जे पर खड़ा हो गया और शून्य की ओर टकटकी लग गई।

नर्मदा इस रहस्य को किंचित् भी न समझ सकी। उसे तो अपनी सात दिन की सुहाग रातें रह-रहकर याद आने लगीं। नवें दिन तो वह विदा होकर पिता के घर आ ही गई थी। उसकी भाभियों ने उससे व्यंग्य किए, मनोरंजक प्रश्न पूछे, छेड़छाड़ की और वह मन-ही-मन प्रसन्न होकर नाज-नखरे दिखा-दिखाकर उनके उत्तर भी देती रही। भूत की सुखद स्मृतियाँ उसे प्रिय लगने लगीं। उसके उल्लसित मन में एक गुदगुदी सी उत्पन्न कर दी। पर

भविष्य के गर्भ में क्या है, कौन जाने?

एक माह पश्चात् ही गोमती ने मोहन से नर्मदा को लिवा लाने के लिए कहना आरंभ कर दिया। पर मोहन ने इसपर कोई ध्यान नहीं दिया। अंत में गोमती ने अपने पति से नर्मदा को बुलवा लेने की प्रार्थना की। उन्होंने मोहन से कहा कि वह बहू को जाकर लिवा लाए। जब माता और पिता दोनों का ही आग्रह बढ़ गया, तब एक दिन जाकर मोहन उसे लिवा लाया। नर्मदा पुनः ससुराल आ गई। सबसे भली प्रकार बातचीत भी हुई। इस बार उसने अनुभव किया कि उसका पति कुछ बदला-बदला सा लगता है। न तो उसके अंदर पहले सी मिलने की आकांक्षा है, न उत्सुकता, जो उसने प्रथम बार दिखाई थी। अब वह बार-बार उसके समक्ष पहले से हाव-भाव, नाज-नखरे भी नहीं दिखाता और न अब अंग्रेजी में ही बोलता है। इसका कारण जानने की उत्सुकता नर्मदा के अंदर आ गई। वह स्वयं मोहन से मिलने को उत्सुक हो उठी। सोते तो दोनों एक ही कमरे में, एक ही बेड पर थे। यों थोड़ी बोल-चाल भी होती थी। पर प्रेम के नाम पर तो केवल इतना ही था कि मोहन रात्रि के १०-११ बजे आ गया और वस्त्र बदलकर पलंग पर एक ओर चुपचाप सो गया। नर्मदा ने कुछ पूछा तो उसका उत्तर भी दे दिया और बस सो गए। प्रातः नर्मदा तो जल्दी ही उठती थी। वह कुछ पीछे उठता था। उठा, नित्यकर्म से निवृत्त हुआ, कुछ नाश्ता-पानी किया और कार लेकर निकल गया। फिर मध्याह्न और सायं आया, उसी प्रकार कुछ माँ से बोलकर, कुछ नर्मदा से भी बोलकर फिर चला गया। फिर वही १०-११ बजे के करीब आता था। न पिता, न माता और न नर्मदा को ही पता था कि वह कहाँ जाता है, क्या करता है? पिताजी समझते मोहन घर होगा। नई बहू है, उससे मनोरंजन करता होगा। माँ और नर्मदा समझती वह दुकान पर गया होगा। अपना कारोबार देखता होगा। पर वास्तव में इन सभी की सोच केवल कल्पना ही थी। उसका कारोबार तो कुछ और ही था, जिसे सिर्फ वह जानता था, अन्य कोई नहीं।

मिस रैमी स्टोनर आगरा में एक ही एंग्लो इंडियन वेश्या थी। उसके साथ एक बावरची, एक खानसामा, एक स्वीपर, एक धोबी और एक पठान रहते थे। वह मुंबई से कोलकाता गई थी, वहाँ भी उसका व्यापार मध्यम रहा। वहाँ से वह रंगून चली गई। कुछ दिन बाद उसे वहाँ से भी भागने की पड़ी। दिल्ली के योग्य सुंदरता उसमें थी नहीं। अतः उसने आगरा को ही अपना

क्षेत्र चुना और रंडी बाजार में थोड़ा आगे चलकर एक शानदार फ्लैट किराए पर ले लिया। उसके चौड़े छज्जे बाजार की ओर निकले हुए थे। वह कुरसी डालकर सायं उन्हीं जालीदार छज्जों पर बैठ जाती थी।

भीतर से उसने अपने चार कमरों वाले फ्लैट को चार भागों में विभक्त कर रखा था। एक कमरे में उसका गाना-बजाना तथा नृत्य होता था। उसमें प्यानो, गिटार, वायलिन इत्यादि साज रखे हुए थे। वह जब भी गाती या नृत्य करती थी, स्वयं ही किसी साज को लेकर बजाने लगती थी। उसके पास साजिंदे नहीं थे। न वह इनकी आवश्यकता अनुभव करती थी। हाँ, कभी-कभी किसी विशेष अतिथि के आग्रह पर वह एक तबलची को बुलवा लेती थी। खड़े-खड़े नृत्य और गाने की वह विशेष अभ्यस्त थी। वह अंग्रेजी, बर्मी और सिंहली तीन ही प्रकार के नृत्य जानती थी। गाने केवल अंग्रेजी में ही गाती थी। हिंदी वह कुछ-कुछ बोल लेती थी, समझ भी लेती थी। पर गीत नहीं गा पाती थी।

आगरा के लोगों में से कुछ सेठों के लड़के ही उसके ग्राहक थे, क्योंकि उसने गाने-बजाने और नृत्य की ही अपनी फीस ५० रुपए और रात्रि शयन की २०० रुपए रखी थी। वैसे इन लोगों को न तो उसके गायन और न नृत्य में ही कोई रस आता था। न इसमें उनको कोई आकर्षण ही था। और २०० रुपए देकर रात्रि शयन करना भी उन्हें महँगा पड़ता था। अतः कुछ दिन तो उसका यह व्यापार ठीक चला, पर धीरे-धीरे इसमें भी मंदी आ गई। वह परेशान हो गई और इस मंदी का कारण समझने का प्रयत्न करने लगी। पर उसकी कुछ समझ में नहीं आया। उसने शहर में, पार्कों में और स्टेशन पर आना-जाना आरंभ कर दिया। इससे उसका आशय था, किसी को अपनी ओर आकर्षित कर उसे अपने साथ लाना और अपनी ग्राहक सूची में उसको चढ़ा लेना।

इस प्रकार भी उसने अपने कारोबार को कुछ दिनों तक धकेला, पर अंत में वह ऐसे भी नहीं चल सका। तब उसने अपने पालतू पठान खान से परामर्श लिया। खान ने स्पष्ट शब्दों में उससे कह दिया—

"ओय मिस साब! तुम्हारा रेट बहुत हाई है, तुम खुदा कसम अपने को क्या समझती है?"

"तो फिर कितना रेट रखना ठीक होगा?"

"यही १०-२० और कितना होगा? तुम नहीं जानता, हिंदूस्तानी छोकरी

का रेट दो रुपए, पाँच रुपए होता हय।''

''बहुत अच्छा! आज से २०-५० रखता है। ठीक?''

''ठीक!''

इन्हीं दिनों जब वह स्टेशन और पार्कों में जाया करती थी, तभी रैमी का परिचय मोहन से हो गया था। वह उसके यहाँ गया था। और फिर कई बार गया था। पर उसे भी यह सौदा महँगा पड़ने लगा। उसने तभी अपना आना-जाना बिलकुल बंद तो नहीं किया, पर कम अवश्य कर दिया। किंतु जब से रैमी ने अपने शुल्क का स्तर गिराया, तब से मोहन उसके पास नहीं जा सका था। और फिर उन्हीं दिनों उसका विवाह होने जा रहा था। मोहन कोई स्थायी ग्राहक तो था नहीं। अतः रैमी ने भी उसके न आने पर कोई विशेष दुःख नहीं जताया। क्योंकि अभी तक कोई भी तो उसका स्थायी ग्राहक नहीं बन सका था। सभी आने-जाने वाले ऐसे ही थे। जो कभी-कभी भूले-भटके आ जाते थे। पर फीस घट जाने पर तो उसके पास कई व्यक्ति फिर आने-जाने लग गए। पर इन व्यक्तियों में संगीत के प्रेमी कम ही थे। जो आते थे, अपने को पतन के गर्त में धकेलने वाले ही आते थे। दरअसल रैमी वहाँ के साथ अंग्रेजी में बातें करके अपने को निहाल समझने वाले ही आते थे। और मोहन तो इन सबमें अपने को सर्वप्रथम अंग्रेजीदाँ समझता था। चाहे उसे रैमी के संगीत से कुछ भी पल्ले न पड़े, चाहे कुछ पसंद न आए, पर सुनता अवश्य था। इसलिए कि रैमी तथा अन्य उसे अंग्रेजी जानने-समझने वाला मान लें। जब वह आता, तो ठाट से आकर कहता–

''हल्लो डार्लिंग रैमी, गुड इवनिंग!''

''हल्लो गुड इवनिंग, डियर मोअन!''

''हाऊ डू यू डू?'' (तुम कैसी हो) वह पूछता।

''क्वाइट वैल! थैंक्यू डियर!'' (बिलकुल अच्छी हूँ, धन्यवाद प्यारे)

उत्तर पाकर वह मन-ही-मन खिल उठता था। गर्व से फूल उठता था। वास्तव में ही वहाँ बैठे सब व्यक्ति उसके मुख की ओर आश्चर्य से देखते रह जाते थे।

उनमें से कोई भी किसी की शिकायत किसी के घर वालों से इसलिए नहीं कर सकता था कि वे सभी चोर थे। और चोर-चोर मौसेरे भाई। कौन कहे किसकी?

अब जब विवाह हुआ तब मोहन ने सोचा था कि कदाचित् नर्मदा एक करोड़पति की बेटी है। वह मैट्रिक-इंटर कुछ तो होगी ही। और इस विषय में रेवतमल से पूछा भी किसी ने नहीं था। जब सेठ रेवतमल ने ही मोहन की शिक्षा के विषय में कोई प्रश्न नहीं किया, तो फिर गोपालदास ही क्या पूछते लड़की के बारे में? अतः रेवतमल ने तो सोच ही लिया था कि यदि लड़का मैट्रिक भी पास न हो, तो क्या? अपने कारोबार को तो सँभालेगा ही। उसी में निपुण होना चाहिए। अपनी लड़की के विशेष पढ़ी न होने के कारण उन्होंने इस प्रश्न को छेड़ना ही उचित नहीं समझा। अतः बात गोल-मोल ही रह गई।

फिर भी गोपालदास और गोमती के लिए यदि लड़की बी.ए., एम.ए. भी होती तो क्या था। उन्हें लड़की से नौकरी तो करानी नहीं थी। उन्हें तो बस बहू सुंदर हो, गृहकार्य में निपुण हो, मृदुभाषिणी हो, चरित्रवान हो-यही चाहिए था, सो वह थी ही। इनमें से एक भी बात उसमें कम नहीं थी। पर मोहनदास को तो वह इसलिए पसंद नहीं आई कि वह उसकी इच्छानुसार मॉडर्न बनकर नहीं रहती थी, धड़ाके से अंग्रेजी नहीं बोलती थी, अंग्रेजी रहन-सहन नहीं जानती थी। इससे उसकी इच्छाओं की पूर्ति नहीं हो सकी और उसने अपनी इस व्यर्थ की शान को बनाने के लिए, अपनी इच्छाओं को पूर्ण करने के लिए, अपने को एक अंग्रेजी कल्चरवाला व्यक्ति सिद्ध करने के लिए रैमी को ही उपयुक्त समझा।

विवाह के पश्चात् उसने रैमी के यहाँ रात्रि में ही नहीं, दिन में भी जाना आरंभ कर दिया। उसके पास कार थी ही बीस हजार की। खट से जा पहुँचता उसके द्वार पर और कार को रोककर वह जैसे ही हॉर्न देता, रैमी पहले तो झाँकती, फिर उसकी अगवानी करने नीचे आ जाती। दोनों के हाथ मिलते, अभिवादन होते और फिर गैलरी में जाते ही मोहन उसकी कमर में हाथ डालकर उसके साथ ऊपर चला जाता। अब रैमी और मोहन का व्यवहार प्रॉस और कस्टमर का सा न होकर एक माशूका और लवर का सा होने लगा। शायद रैमी ने भी सोचा कि खूब फँसा है मूँजी उतरती जवानी में।

□

राजेंद्र आगरा अदालत के सम्मन को देखकर चौंक उठा। उसकी आँखों तले अँधेरा सा छा गया। उसने पहले तो उसे सरसरी दृष्टि से ही देखा था। पर अब उसने अपने को तनिक सँभालकर पढ़ा-

नोटिस : आज अदालत दीवानी आगरा

बाबत देने दरख्वास्त मंजूरी तलाक

प्रार्थी : मुसम्मात शांति देवी पुत्री गोविंद प्रसाद मिश्र निवासी मथुरा, हाल आवाद आगरा।

बनाम

मुद्दालय : श्री राजेंद्र कुमार पुत्र श्री कृष्णकुमार अध्यापक, किशोरी रमण हाई स्कूल, मथुरा।

उसमें उसको बुलाए जाने की तिथि लिखी हुई थी। पढ़कर राजेंद्र ने सोचा कि इसे ले या न ले। अतः वह सिपाही को वहीं बिठाकर अपने पिता के पास गया, जो वहीं एक दूसरी कक्षा को पढ़ा रहे थे, उन्होंने इस सम्मन को राजेंद्र के हाथ से लेकर पढ़ा और आश्चर्ययुक्त मुद्रा में बोले, इसे तो ले ही लो। फिर बात करेंगे इस विषय पर और राजेंद्र ने उसपर हस्ताक्षर करके अपनी प्रति रख ली और दूसरी प्रति सिपाही को लौटा दी।

सोचना क्या था, तारीख पर उपस्थित तो होना ही था। पर सबसे अधिक बात थी इन लोगों की लाज की, इन्हें दूसरों के सामने कितना लज्जित होना पड़ेगा, जब लोग यह सुनेंगे-देखेंगे कि कृष्णकुमार के बेटे राजेंद्र कुमार की बहू ने अपने पति को त्याग दिया है, वह भी अदालत के द्वारा। लोग क्या सोचेंगे, क्यों छोड़ा राजेंद्र को? क्या राजेंद्र चरित्रहीन था, निर्धन था, कमाऊ नहीं था, या वह वास्तव में नपुंसक था? कुछ लोग सोचेंगे, नहीं राजेंद्र में कोई कमी नहीं है। वही ठीक नहीं थी, दुश्चरित्र थी, आवारा थी, माता-पिता के मरते ही किसी के जाल में फँस गई है और राजेंद्र को छोड़ना चाहती है। इसी प्रकार लोगों के विचार बनेंगे और इन लोगों का माथा लज्जा से नीचा हो जाएगा।

कहते हैं, जितने मुख उतनी बातें। कुछ लोगों ने तो जब इसे सुना तो राजेंद्र तथा कृष्णकुमार से कहा, "घबराइए नहीं मास्टर साहब, आपकी साक्षी हम देंगे। उसने तलाक का कोई भी कारण लिखवाया हो, पर राजेंद्र पर ऐसा कोई भी लांछन नहीं लग सकता कि वह सत्य सिद्ध हो जाए।" कुछ लोगों ने कहा, "छोड़ो जी! अच्छा हुआ। आग लगे उस सोने को, जिससे नाक-कान छिदें। उसे तो छोड़ ही दो। अब इस घर में लाने की तो सोचो ही मत। दुश्चरित्र स्त्री का ऐसे सभ्य घराने में क्या काम?" इत्यादि। परंतु प्रश्न तो यह था कि राजेंद्र ने उसे स्वयं छोड़ने की प्रार्थना अदालत से

नहीं की थी। वरन् शांति ने ही राजेंद्र को छोड़ देने की इच्छा प्रकट की है अपने प्रार्थना पत्र में। बात तो समस्त यही है, जो इस समय उन्हें तीर की भाँति बेध रही है।

दी हुई तिथि से ४-६ दिन पूर्व ही राजेंद्र अपनी बहन अचला के घर आगरा आ गया। वहाँ उसने उसके पति बसंतराम को सब बातें बता दीं। सुनकर उन्हें भी आश्चर्य तथा रोष दोनों हुए। बसंतराम ने राजेंद्र को एक वकील कर लेने का परामर्श दिया। वह दोनों ही कचहरी गए, वहाँ पूछताछ करने पर लोगों ने उन्हें कमलनारायण तिवारी वकील को कर लेने का परामर्श दिया। कमलनारायण ने उन्हें सायंकाल घर पर आने को कहा। सायंकाल दोनों जब उनके घर पर पहुँचे, तो उन्होंने राजेंद्र से अपनी पूर्व स्थिति, शांति से कैसे विवाह हुआ तथा विवाह से अभी तक की सभी बातें पूछ डालीं। सब बातें सुन लेने पर कमलनारायण ने राजेंद्र से पूछा, ''क्या तुम अब उस स्त्री को रखना चाहते हो या छोड़ना?''

राजेंद्र की कुछ समझ में नहीं आया कि वह क्या करे? यदि तलाक स्वीकृत हो जाता है तो राजेंद्र की बदनामी है। और यदि अस्वीकृत हो जाता है तो क्या शांति फिर से उसके साथ प्रेम से रह सकेगी अथवा वह उसे रख सकेगा। वह खुद माँ के घर आ गई और सास, श्वसुर तथा पति के बार-बार प्रार्थना करने पर भी वापस नहीं आई। माँ के मरने पर उसने उन लोगों को बुलाया तक नहीं। एकाएक घर से भागकर आगरा आ गई और अब तलाक दे रही है। ऐसी स्त्री को क्या पुनः घर में रख लेना अच्छा होगा। क्या इसमें बदनामी न होगी? इन्हीं विचारों ने राजेंद्र को मौन बना दिया। वह अपने वकील को कोई उत्तर नहीं दे सका। तब कमलनारायण की बेटी साधना ने उसे मौन देख स्वयं ही कहा, ''ठीक है! आप चिंता न करें। मैं आपका आशय समझती हूँ। और वैसा ही होगा।''

''यानी?'' राजेंद्र ने पूछा।

''यानी पहले वकालतनामा भरो, फिर पूछना और हमारा पारिश्रमिक।''

राजेंद्र उस सुंदर और वाचाल सी लड़की की ओर ध्यानपूर्वक देखने लगा। उसकी भी समझ में नहीं आया कि यह कौन है, जो हमारे बीच में कूदकर बातें करने लगी है। परंतु उसकी उत्सुकता शीघ्र ही दूर हो गई, जब साधना ने अपने पिता की ओर देखकर कहा, ''पिताजी, ये केस मेरी समझ में आ गया है, इसे मैं लूँगी।''

"तुम ले लो।" कमल बाबू ने कहा।

"हाँ! आपका केस मैं लड़ूँगी, मैं भी वकील हूँ।"

राजेंद्र को संदेह हुआ कि एक स्त्री तो स्त्री का ही पक्ष लेगी। कहीं ऐसा न हो कि ये मेरे ही विरुद्ध कोई कदम उठा ले, यही सोचकर उसने कहा, "आप क्या करेंगी इस केस में?"

"मैं सब बता दूँगी, आप चिंता न करें। आप ये न सोंचे कि मैं स्त्री हूँ, इसलिए शांति का पक्ष लूँगी। देखिए, वकील सदैव अपने मुवक्किल का ही पक्ष लिया करता है, समझे! आप पहले पारिश्रमिक तय कर लें।" साधना ने उसे समझाते हुए कहा।

"वह कितना होगा?" बसंत ने पूछा।

"दो सौ रुपए! सौ अब और सौ केस जीतने के बाद।" साधना ने बताया। सुनकर राजेंद्र का मुख पीला पड़ गया, जिसे साधना ने देख लिया। और वह उसकी परिस्थितियों को विचारकर बोली, "अच्छा ठहरिए! आपसे हम पहले कुछ नहीं लेंगे। आप वकालतनामा भर दीजिए, बस।"

और तभी साधना के मोहर्रिर ने एक फार्म भरकर उसपर हस्ताक्षर करने को राजेंद्र की ओर बढ़ा दिया। राजेंद्र ने सोच-विचारकर उसपर हस्ताक्षर कर ही दिए।

इस कार्य से निश्चिंत होकर जब वे घर आए, तो राजेंद्र को उस महिला वकील की बातें, उसकी सुंदरता, उसकी योग्यता, उसकी कार्यक्षमता पर आश्चर्य हुआ। उसने मन में सोचा, अगर केस जीतने पर भी इसे कुछ न दूँ, तो ये क्या करेगी? शीघ्र ही उसके अंतर ने कहा कि नहीं, ऐसा कभी नहीं होगा। मुझे चाहे कर्ज लेना पड़े, पर दूँगा अवश्य।

निश्चित तिथि को राजेंद्र अदालत में पहुँच गया। उसके साथ बसंतराम भी गया। वहाँ जाकर उन्होंने साधना को बैठे देखा। वे दोनों भी वहीं जाकर मूढ़ों पर बैठ गए। राजेंद्र ने चारों तरफ दृष्टि डालकर देखा कि शांति भी एक नवयुवक वकील के पास बैठी है। वह उस समय अकेली ही थी, उसके साथ कोई नहीं था।

अदालत के चपरासी ने नाम ले-लेकर शांति तथा राजेंद्र दोनों को पुकारा। वे दोनों अदालत में अपने-अपने वकीलों के पीछे जाकर खड़े हो गए। कारवाई आरंभ हुई। शांति के वकील ने मजिस्ट्रेट को बताना आरंभ किया—

"श्रीमानजी। मुस. शांति देवी ने अपने पति राजेंद्र कुमार को त्यागने हेतु अदालत से प्रार्थना की है।"

"क्यों त्यागना चाहती हैं, क्या कारण दिया है?" मजिस्ट्रेट ने पूछा।

"श्रीमानजी! उसने लिखवाया है कि मेरा पति राजेंद्र एक गरीब घराने का है, कम पढ़ा-लिखा है, उसे कम वेतन मिलता है, जिसमें उनके घर का निर्वाह भी नहीं हो पाता है। इसके अतिरिक्त उसने लिखवाया है कि उसके पति का आचरण अच्छा नहीं है। वह पहलवानी करता है। मथुरा के गुंडे लड़कों के साथ उठता-बैठता है। अपनी पत्नी शांति की ओर, उसके दुःख दर्दों की ओर ध्यान नहीं देता है। घर में न अच्छे वस्त्र हैं पहनने को और न भरपेट भोजन है खाने को। जब ये कुछ कहती है, तो वह उससे झगड़ा करता है। मारपीट करता है और उसे पीटकर घर से निकाल दिया है। इसीलिए वह उसे त्यागना चाहती है।" वकील ने कहा।

"लड़की किस घराने की है?" मजिस्ट्रेट ने पूछा।

"जी! लड़की के पिता एक पंडित थे। पंडिताई करते थे, घर में भोजन और वस्त्रों की कोई कमी नहीं थी। चार पैसे भी उनके पास में थे। लड़की धनी घराने की है, पढ़ी-लिखी भी है।" वकील ने बताया।

सुनकर मजिस्ट्रेट को हँसी आ गई। इस पर साधना तथा अन्य व्यक्तियों को भी हँसी आए बिना न रह सकी।

"आप इस विषय में क्या कहना चाहती हैं?" मजिस्ट्रेट ने साधना से पूछा।

"श्रीमानजी! राजेंद्र कुमार एक अध्यापक हैं। उन्हें लगभग १०० रुपए मासिक वेतन मिलता है। उनके पिता कृष्णकुमार भी अध्यापक हैं। उन्हें भी लगभग इतना ही वेतन मिलता है। उनके घर में सात-आठ व्यक्ति खानेवाले हैं, जिनमें दो लड़कियाँ भी हैं। एक का विवाह उन्होंने कर दिया है। एक का अभी करना बाकी है। दो भाई अभी पढ़ रहे हैं। आय और व्यय लगभग बराबर है। अतिरिक्त खर्चों के लिए लगभग कोई गुंजाइश नहीं है।" साधना अभी बता ही रही थी कि शांति के वकील ने उसके दुर्बल प्वॉइंट को चिह्नित करते हुए कहा–

"देखिए सरकार! इसे यह भी स्वीकार करती हैं।"

"जी हाँ!" कहकर साधना ने फिर कहना आरंभ किया–

"तो सरकार! राजेंद्र को व्यायाम का शौक है, जो बुरा नहीं है, प्रत्येक

व्यक्ति को करना चाहिए। और वे लड़के उसके व्यायाम के ही साथी हैं, जिनके लिए गुंडे शब्द का प्रयोग किया गया है। राजेंद्र स्वयं मैट्रिक पास है, शिक्षित है, सभ्य घराने का है। जब वह अविवाहित था, शांति के घर के आगे-पीछे होकर जाया-आया करता था…बीच में ही मजिस्ट्रेट ने शांति से पूछा, "क्या यह सत्य है?"

"जी हाँ!" शांति ने नीचे की ओर देखते हुए कहा।

"उस समय शांति ने राजेंद्र को खूब देखा-भाला था। इसके पश्चात् ही शांति के पिता ने राजेंद्र के साथ इसका विवाह कर दिया। विवाह के कुछ समय पश्चात् ही शांति ने अपने माता-पिता के घर आना-जाना आरंभ कर दिया। राजेंद्र के परिवारवालों ने इसपर कोई आपत्ति नहीं की। फिर इसके माँ-बाप गंगास्नान को चले गए और वहाँ से लौटने पर ही शांति के पिता का स्वर्गवास हो गया। उसकी माता अकेली ही रह गई। शांति का आना-जाना उसके पास बराबर चालू रहा। कुछ दिन तक तो जब तक घर में पिता का शोक-संताप था। इन लोगों ने इसे रोका नहीं। परंतु माँ अकेली थी और ये बार-बार उसके यहाँ चाहे जब, कभी पूछे और कभी पूछे बिना ही जाने की अभ्यस्त होने लगी, तो राजेंद्र ने इसपर आपत्ति की। इस आपत्ति पर शांति ने उससे जिद की। कुछ अपशब्द भी कहे और चुपचाप अपनी माँ के घर चली गई।

"राजेंद्र, उसके पिता तथा सभी घरवालों ने जाकर शांति और उसकी माँ को समझाया और घर चलने को कहा। परंतु इसकी माँ ने इसे भेजने से मना कर दिया और आज तक भी नहीं भेजा। अभी कुछ समय पहले ही इसकी माँ का भी स्वर्गवास हो गया था। इसने अपने पति को न तो इसकी सूचना दी और जब वे सुनकर गए भी, तो उसने बातें भी नहीं की। और तभी राजेंद्र ने सोचा था कि उनकी तेरहवीं हो जाने पर वह उसे वहाँ से ले आएगा। किंतु दूसरे ही दिन शांति वहाँ से चुपचाप गायब हो गई।" इतना कहकर साधना रुकी। तभी मजिस्ट्रेट ने पुनः शांति तथा उसके वकील से पूछा–

"क्या ये सभी बातें सत्य हैं?"

शांति इस प्रश्न पर मौन हो गई। वह सोचने लगी, क्या उत्तर दे? हाँ ना करे? वह इस दुविधा में पड़ गई कि बातें तो सभी सत्य ही थीं। हाँ करने में है या ना करने में। इसे वह समझ भी न सकी और

उसका वकील भी इसका क्या उत्तर देता। अतः उसने भी शांति से ही इसका उत्तर देने को कहा। तब विवश हो शांति ने 'हाँ' कर ली। इसके पश्चात् ही साधना ने फिर कहना आरंभ किया–

''श्रीमानजी! शांति के पिता पंडिताई का काम करते थे, घर में पत्तल–परोसे आते रहते थे। शांति उनकी एकमात्र संतान थी। खूब खाती–पीती थी। इसे खाने–चाटने की आदत पड़ गई। इसके अतिरिक्त लाडली बेटी होने के नाते यह इधर–उधर भी पास–पड़ोस में आती–जाती थी, तो माँ कुछ नहीं कहती थी। पिता ने अवश्य शीघ्र विवाह करने की सोची कि कहीं ये चरित्रहीन न हो जाए, आवारा न हो जाए। पर विवाह से पहले ही यह चरित्र से गिर चुकी थी, विवाह पीछे हुआ। इसका बार–बार माँ के घर जाना, बिना पूछे जाना और फिर आपत्ति करने पर पति से झगड़ा करना, उससे अपशब्द कहना, उसे लांछन लगाना ही इस बात को सिद्ध करता है।

''दूसरी बात यह है कि माँ की मृत्यु के पश्चात् यहाँ आगरा में यह किसके पास रह रही है? घर से क्यों भाग आई और फिर यदि तलाक देना ही था तो मथुरा में ही क्यों नहीं दिया? आगरा आकर देने का क्या कारण है? ये सब बातें सिद्ध करती हैं कि यह लड़की दुश्चरित्र है और अपनी इस चरित्रहीनता को स्वतंत्रतापूर्वक चरमसीमा तक पहुँचाने के लिए ही अपने नेक पति को असत्य लांछन लगाकर उसका त्याग करना चाहती है। अतः श्रीमानजी से प्रार्थना है कि इसको अकारण तलाक देना स्वीकार नहीं किया जाए। अन्यथा यह खुलकर दुराचार करेगी, जो समाज के लिए घातक है।'' इतना कहकर साधना चुप हो गई।

''किंतु सरकार, शांति को ऐसा लांछन लगाना, उसे दुराचारिणी बताना सरासर उसका अपमान है। यदि शांति दुराचारिणी या आवारा थी, तो राजेंद्र ने उससे पहले विवाह ही क्यों किया। स्वयं उसने ही उसको तलाक देने का निश्चय क्यों नहीं किया, अतः यह लांछन असत्य है। वह तलाक इसलिए दे रही है कि उसे भरपेट भोजन नहीं मिलता और पहनने को वस्त्र राजेंद्र उसे नहीं दे सकता। इसके अतिरिक्त शांति की दृष्टि में राजेंद्र कम पढ़ा–लिखा है, वह स्वयं अच्छी पढ़ी–लिखी है, विदुषी है, खाने–पहनने की शौकीन है, जो बुरा नहीं है। अतः तलाक स्वीकार किया जाए।'' शांति के वकील ने जोर देकर कहा।

''किंतु आगरा आकर तलाक की प्रार्थना क्यों की गई, क्या मथुरा में

अदालत नहीं थी?'' साधना कहना चाहती थी कि यह प्रश्न स्वयं मजिस्ट्रेट ने ही पूछ लिया।

''हो सकता है, मथुरा में राजेंद्र अपने कुछ गुंडे साथियों द्वारा इसे तंग और परेशान करता, इसीलिए इसने यहाँ आकर प्रार्थना की।'' वकील ने उत्तर दिया।

''गलत बात है,'' कहकर मजिस्ट्रेट ने राजेंद्र की ओर देखकर कहा, ''आप इसे समझा-बुझाकर अपने साथ ले जाएँ और प्रेमपूर्वक रहें।'' फिर उसने शांति की ओर देखकर कहा, ''तुम भी जाओ इनके साथ। व्यर्थ अपने विवाहित पति को छोड़कर इधर-उधर भटकती फिरो, यह अच्छा नहीं है। नादानी छोड़ो और जाओ।''

शांति अभी मौन खड़ी थी। तभी साधना ने कहा–

''सरकार! इसने अपने पति पर असत्य लांछन लगाया है, एक साधारण पढ़ी-लिखी होकर यह अपने को अधिक पढ़ी मानती है। फैशनेबुल बनकर रहना चाहती है। इसके अंदर एक असत्य अभिमान भरा हुआ है–अपने को उच्च और राजेंद्र को तुच्छ समझने का। यह वास्तव में ठोकरें खाना चाहती है।''

''मैं यह तलाक स्वीकार नहीं करता।'' मजिस्ट्रेट ने कहा।

''धन्यवाद सरकार!'' कहकर साधना बाहर जाने लगी, तभी उसने उस ओर देखकर कहा, ''उसे भी अपने साथ ले आओ न!'' राजेंद्र शांति का अदालत से ही हाथ पकड़कर बाहर ले आया।

साधना ने राजेंद्र को अपमानित होने से बचा दिया। शांति को भी अदालत द्वारा स्वतंत्रता प्राप्त नहीं होने दी। तलाक स्वीकार न हो सका। वह राजेंद्र और शांति को अपने घर ले गई। वहाँ जाकर उसने शांति से स्नेहयुक्त शब्दों में पूछा, ''शांति देवी! अदालत ने तो अपना निर्णय दे ही दिया। पर वास्तव में अब तुम बताओ, क्या चाहती हो?''

''मैं इनके साथ जाना नहीं चाहती।'' उसने कहा।

''किसलिए, कोई कारण?'' साधना ने पूछा।

''बात ये है कि···'' वह चुप हो गई।

''हाँ, हाँ, डरो नहीं, कहो, क्या बात है?''

''इससे मुझे घृणा हो गई है। ये तेल लगाता है, नित्य कपड़े नहीं बदलता, धोती-कुरता पहनता है, सूट नहीं पहनता, ऐसे ही इसके सब घर

वाले हैं, न कहीं मुझे घुमाने ले जाता है, न कभी सिनेमा, न कभी मेला-तमाशा। और मैं कहीं जाना चाहती हूँ, तो मुझे रोकता है। ये सब मुझे नापसंद है।'' शांति ने कहा।

''तो तुम किसी भी हालत में इसके साथ नहीं रह सकतीं? तुम्हें ये वास्तव में पसंद नहीं है?'' साधना ने पूछा।

''बिलकुल पसंद नहीं।'' शांति ने कहा।

''देखो शांति! इतना सुंदर, सुशील, चरित्रवान, स्वस्थ और भला आदमी तुम्हें नहीं मिल सकता। मैं जानती हूँ, तुम इस समय किसी के चक्कर में फँस रही हो। हो सकता है, वह सूट पहनता हो, सिगरेट पीता हो, तुम्हें सिनेमा दिखाता हो, स्वयं भी फैशनेबुल हो और तुम्हें भी रखना चाहता हो। किंतु ऐसा व्यक्ति तुम्हें अधिक दिन तक इस प्रकार नहीं रख सकेगा। यह तुम्हारी भूल है, छल है तुम्हारे साथ। तुम्हें कहीं पीछे पछताना न पड़े, सोच लो?'' साधना ने उसे समझाते हुए कहा।

''सोच लिया।'' कहकर शांति पुनः चुप हो गई।

''क्या सोच लिया?'' साधना ने आगे कहा, ''देखो! कहीं ऐसा न हो कि राजेंद्र को तुमसे भी अधिक सुंदरी, अधिक पढ़ी-लिखी, धनी और कमाऊ बीवी मिल जाए, और फिर तुम उसे देखकर जलने लगो। फिर पछताने के अतिरिक्त और कुछ नहीं होगा।'' साधना ने उसे समझाने की चेष्टा की।

''कोई परी बैठी होगी इसके लिए, पढ़ी-लिखी। ऐसे बुद्धू को पाकर निहाल हो जाएगी। धनी और कमाऊ ऐसे निकम्मे व्यक्ति को पाकर क्या करेगी? कौन मूर्ख होगी?'' शांति ने निर्भीक होकर कहा।

राजेंद्र को यह सुनकर एकदम क्रोध आ गया। उसकी भौंहें तन गईं, वह गुर्राकर उसकी ओर देखता हुआ बोला, ''ओ निर्लज्ज! कुछ तो सभ्यता से बोल। तू समझती है अपने को परी, एम.ए. पास मालदार की बच्ची। मैं ही तुम जैसी को कब रखना चाहता हूँ। आवारा कहीं की!'' राजेंद्र की उत्तेजना और बढ़ने लगी। वह कुरसी से उठकर खड़ा हो गया, तभी साधना ने उसे रोकते हुए कहा—

''बस, बस, रहने दीजिए। क्रोध न करिए। यह स्त्री अब अपने आपे में नहीं है। इसपर गलत अभिमान और कोरी शान का नशा चढ़ा हुआ है। ये किसी अन्य व्यक्ति के स्वर में बोल रही है। छोड़िए इसे, आपका विवाह मैं कराऊँगी एक अच्छी लड़की के साथ।''

राजेंद्र उसके मुख की ओर देखने लगा। उसका क्रोध शांत हो गया। उसे अब शांति एक दुराचारी स्त्री लगने लगी। वास्तव में तो उसे उसके दुराचरण का पता ही नहीं था, जो वह आगरा आकर कर चुकी। किंतु साधना के कहने पर उसे विश्वास सा होने लगा। उसे शांति से घृणा होने लगी। उसका अंतर साधना की तुलना उससे करने लगा। वह उसे एक आदर्श महिला मानने लगा, एक धनी कमाऊ, पूर्ण विदुषी और सुंदरी तो वह थी ही। पर वह फैशनेबुल नहीं थी। और उसकी तुलना में शांति उसे एक नीच और मूर्ख स्त्री लगी। उसने तभी उत्तेजित होकर कहा–

"जा यहाँ से! अदालत ने तुझे मेरे साथ भेजा था, तेरा तलाक स्वीकृत नहीं हुआ, पर मैं तुझे ग्रहण नहीं करता। मैं किसी भी मूल्य पर तुझे रखने को तैयार नहीं हूँ। कुल कलंकिनी! जा, अब मेरी ओर से तू स्वतंत्र है।" राजेंद्र ने साधना की ओर देखकर कहा, "वकील साहिबा! आपके मेहनताने का प्रबंध करूँ। मैं अभी लेकर आता हूँ।"

"बैठिए आप! मेहनताने की कोई जल्दी नहीं है। पर आप मेरी एक बात मानेंगे?" साधना ने कुछ गंभीर सी होकर पूछा।

"आज्ञा कीजिए!" राजेंद्र ने पुनः कुरसी पर बैठते हुए कहा।

"आप मथुरा से यहाँ आ जाइए और मेरे पास रहिए, ताकि आपको इसकी दशा और इसको आपकी दशा की जानकारी होती रहे।" साधना ने कहा।

"किंतु नौकरी का क्या होगा?" राजेंद्र ने पूछा।

"उससे त्यागपत्र दे दो।"

"त्यागपत्र?" उसने आश्चर्यचकित होकर पूछा।

"हाँ! उससे अधिक आप यहाँ कमा सकेंगे। मैं इसको यही दिखाना चाहती हूँ कि आप क्या नहीं कर सकते? आपसे भी कहीं अधिक पढ़ी-लिखी लड़की आपको अपना पति बना सकती है। और भूल से नहीं, समझ-बूझकर।" साधना ने एक पहेली-सी रख दी उसके समक्ष, जिसे सुलझाने में वह अपने को पूर्णरूप से असमर्थ पा रहा था। वह चौंककर बोला, "मैं समझा नहीं आपका आशय?" और उसकी ओर देखने लगा।

"मेरा आशय! आपको मैंने अपना पति चुन लिया है, कहिए, स्वीकार है आपको?" साधना ने एकदम स्पष्ट कर दिया।

वह चौंक उठा एकदम और उसकी ओर विचित्र मुद्रा में देखने लगा।

वह जिसकी कल्पना भी नहीं कर सकता था, वह बात क्या सत्य है? क्या यह मुझसे व्यंग्य कर रही है? क्या यह मेरी परीक्षा ले रही है? या वह मुझे अपना पति बना लेगी? कौन है ये? वह एक उलझन में पड़ गया। उसके मस्तिष्क में उथल-पुथल सी मच गई। तभी साधना ने पुकारा–"माँ!" राजेंद्र पुनः चौंका–माँ, माँ को क्यों बुला रही है? और माँ आ गई। साधना ने उससे कहा, "माँ! चाय तैयार है क्या?"

"हाँ, बिलकुल तैयार है, अभी भेजती हूँ।" कहकर माँ अंदर चली गई। शांति, जो अबतक देख और सुन रही थी, उसे इस बात पर आश्चर्य हुआ कि एक इतनी शिक्षित और उच्च महिला ने सचमुच ही इस बुद्धू राजेंद्र को अपना पति बना लिया। वह झेंपकर कमरे से बाहर जाने लगी। तभी साधना ने उसे रोककर कहा, "चाय तो पीती जाओ, शांति।" पर वह ठहरी नहीं, चलती चली गई।

चाय आ गई, साधना ने राजेंद्र को चाय बनाकर दी और नाश्ता भी। दोनों पीने लगे। तभी कचहरी से कमलनारायण तिवारी भी आ गए। उन्हें देखकर साधना ने कहा, "पिताजी! चाय तैयार है।"

"अच्छा बेटा! अभी लो, जरा कपड़े तो उतार लूँ।" और कपड़े उतार वह भी चाय पीने लगे।

चाय पीने के पश्चात् साधना ने राजेंद्र को उलझन में पड़ा देख स्वयं ही उसे बताया–"देखिए, आपको घबराने की आवश्यकता नहीं है। मैंने अभी तक अपना विवाह इसलिए नहीं किया था कि मुझे एक ऐसे व्यक्ति की आवश्यकता थी, जो मेरे पिताजी का दामाद बनने के साथ-साथ पुत्र भी बन सके। क्योंकि एक यही अभाव माँ और पिताजी के समक्ष खटक रहा है। आप एक परिवार वाले व्यक्ति हैं। आपके ऊपर अपने परिवार की भी कुछ जिम्मेदारियाँ हैं। मेरा विचार यह नहीं है कि आपको आपके परिवार से भिन्न करके घरजमाई बनाकर रखूँ। मैंने सोचा है कि आपको कोई अच्छा सा कार्य दिलवाकर यहाँ रखूँ। आपकी आय आपके परिवार के लिए ही होगी और मेरा तो सबकुछ आपका होगा ही। बोलिए, आपका क्या विचार है?" साधना ने पूछा।

"फिर क्या मैं कभी अपने परिवारवालों से नहीं मिल सकूँगा?" राजेंद्र ने पूछा।

"क्यों नहीं, जब चाहो तब। अंतर केवल इतना ही पड़ेगा कि आप

अपने को इस परिवार का ही व्यक्ति समझोगे और उस परिवार को जो चाहे दे सकते हो, पर उनसे कुछ लेने या पाने की आशा मत रखना।'' साधना ने और स्पष्ट करके बताया।

''किंतु मैं अभी कुछ और पढ़ना चाहता हूँ। क्या आप इसमें मुझे सहायता कर सकेंगी?'' राजेंद्र ने पूछा।

''ओह, आपने तो मेरी ही बात छीन ली। मैं यही तो चाहती हूँ।'' साधना ने प्रसन्न होकर कहा।

''क्या यह सूचना मैं अपने पिताजी को दे सकता हूँ?''

''सूचना नहीं, आप वहाँ जाकर उनसे शांति का सब हाल बताकर, फिर उनसे कहें कि मैं अपनी दूसरी शादी करूँगा और पढ़ूँगा। किंतु आगरा रहकर, यहाँ नहीं।'' साधना ने कहा।

''धन्यवाद!''

''अब आप जा सकते हैं। और सौ रुपए आप अपने पिताजी को खर्च के लिए भी देते आइए।'' उसने अपने बटुए से सौ का नोट निकालकर देते हुए कहा।

''इसकी क्या आवश्यकता है?'' राजेंद्र ने संकुचित होकर कहा।

''है, मैं जानती हूँ। आप ले जाइए।'' उसने आग्रहपूर्वक कहा।

इसके बाद राजेंद्र अपने मन में प्रसन्न होता हुआ वहाँ से चला गया। वह वहाँ आया था उदासी लेकर, लौटा खुशियों का ढेर लेकर। साधना की भी समस्या हल हो गई। उसने सभी बातें अपने पिता और माँ को बता दीं। वे भी उसकी सूझबूझ पर खिल उठे।

□

''हैल्लो डियर! तुम किधर चला गया था। ओह माई मून!'' मिस रैमी स्टोनर ने मोहन के गले में हाथ डालकर उसका मुँह चूमते हुए कहा। ''डार्लिंग! माई प्रेटी मून लाइट!'' (प्रिये! मेरी सुंदर चाँदनी) रैमी की कमर में हाथ डालकर उसे अपने वक्षस्थल से सटाते हुए मोहन ने कहा, ''मैं कुछ दिन से कुछ उलझनों में फँसा था, नहीं आ सका।''

''क्या उलझन थी, डियर मोहन?''

''यही कुछ घर की, कुछ व्यापार की।''

''ओह! समझी,'' मोहन को कुरसी पर बैठाकर रैमी ने स्वयं बैठते हुए कहा।

''रैमी डार्लिंग! मैं तुमसे कुछ निजी बातें करना चाहता हूँ, बिलकुल गुप्त।'' मोहन ने कहा।

''विश्वास रखिए! मैं तुम्हारी हूँ!'' रैमी ने मुखमुद्रा को कुछ गंभीर बनाते हुए कहा।

''डू यू लव मी?'' (क्या तुम मुझे चाहती हो?)

''यस वैरी मच!'' (हाँ बहुत अधिक!)

''दैन डू यू लाइक टू मैरी विद मी?'' (तब क्या तुम मेरे साथ विवाह करना चाहती हो?)

''ओह माई गुड लक!'' (यह मेरा सौभाग्य!) रैमी ने क़हा और मोहन की ओर मिलाने को हाथ बढ़ा दिया। मोहन ने उसका हाथ अपने हाथ में लेते हुए कहा, ''ऑल राइट! (बिलकुल ठीक) बस यही आशा थी तुमसे प्रिये!'' मोहन ने प्रसन्न होकर कहा।

''बट ह्वेन?'' (किंतु कब?) रैमी ने पूछा।

''इन नियर फ्यूचर! वैरी अरली!'' (निकट भविष्य में ही, बहुत शीघ्र!) मोहन ने उत्तर दिया।

जब नर्मदा दुबारा अपनी ससुराल आई तो मोहन का व्यवहार उसके प्रति बदला हुआ था। नर्मदा ने एक दिन इस विषय में मोहन से साहस करके पूछा भी–''आजकल तो आप घर पर बहुत कम रहते हैं, कहाँ उलझे हुए हैं आप?'' उसके पूछने का भाव व्यंग्यपूर्ण था।

''बहुत सी उलझनें हैं, एक नहीं!'' मोहन ने उत्तर दिया।

''क्या मुझसे छिपाने योग्य कोई बात है?'' नर्मदा ने पूछा!

''नहीं! बात ही कोई ऐसी नहीं है!'' उसने उत्तर दिया।

''फिर दिन भर घर से गायब, रात्रि को भी ग्यारह बजे तक गायब! कल मैंने माँजी से पूछा तो पता लगा, आप दुकान पर भी नहीं थे?'' नर्मदा ने कहा।

''तो तुम्हारा आशय क्या है, मैं कहीं भी रहूँ, कहीं भी जाऊँ। माता और पिताजी ने कभी नहीं पूछा और तुम तीन दिन से आई हुई मेरे ऊपर प्रतिबंध लगाना चाहती हो।'' मोहन ने उत्तेजित होकर कहा।

''मैं प्रतिबंध तो नहीं लगा रही, केवल पूछ रही हूँ और पूछना कोई बुरी बात नहीं है।'' नर्मदा ने कहा।

''तुम कौन होती हो मुझसे पूछने वाली?'' मोहन ने उस पर रोब झाड़ते हुए कहा।

"मैं आपकी पत्नी हूँ और आपसे पूछताछ करने का मुझे अधिकार भी है। आप अकारण ही क्रोध न करें, शांति से बात करें!" नर्मदा ने कहा।

"यह ठीक है कि तुम मेरी पत्नी हो, पर पूछताछ करने की बात ही क्या है?" मोहन ने कुछ नम्र होकर कहा।

"बात यह है कि आप इतने बदल क्यों गए हैं? न वह पहले सा प्रेम है, न आरंभ की सी उत्सुकता है, न होंठों पर मुसकान है, न वह विनोदपूर्ण बातें ही हैं! क्या मैं असत्य कह रही हूँ?" नर्मदा ने भी अपनी उत्तेजना को थामकर कहा।

"हूँ", मोहन ने एक दीर्घ निःश्वास छोड़कर कहा, "खैर, छोड़ो इन बातों को।"

"क्यों छोड़ो? बताइए ना, यदि मुझसे ही कोई भूल हो गई हो, तो मैं उसे सुधारने को तैयार हूँ, उसके लिए क्षमा माँगने को तैयार हूँ! पर आप बताएँ तो सही मेरे देवता!" नर्मदा ने कहा।

"भूल तुमसे नहीं, नर्मदा, हमसे हुई है, पिताजी से नहीं, मुझसे ही हुई है!" मोहन ने कहा।

"वह क्या?" नर्मदा ने पूछा!

"वह यह कि जब तुम्हारे पिताजी मेरे पिताजी के पास विवाह पक्का करने आए थे, उस समय न तो उन्होंने ही मेरी शिक्षा के विषय में कुछ पूछा और न मेरे पिताजी ने ही! मैंने भी कुछ नहीं पूछा, बस यही सबसे बड़ी भूल हुई है।"

"तो फिर इसमें ऐसी कौन सी बड़ी हानि हो गई है।" नर्मदा ने हँसते हुए कहा, "वाह जी वाह! खोदा पहाड़ और निकली चुहिया! इतनी सी बात पर ही आप रूठ रहे हैं।"

"बात इतनी सी नहीं है, नर्मदा, ये मेरे संपूर्ण जीवन का प्रश्न है। मेरी होल लाइफ का।" मोहन ने रुककर कहा, "तुम्हें क्या पता मेरी क्या योजनाएँ थीं जीवन में, वे सब मिट्टी में मिल गईं! मेरी तमाम लाइफ बरबाद हो गई।"

"क्या योजनाएँ थीं? मुझे भी तो ज्ञात हो, शायद वे अब भी पूरी हो सकें?" नर्मदा ने पूछा।

"मैं चाहता था कि मेरा विवाह होगा, मेरी अपटूडेट वाइफ़ आएगी, हम लोग इंग्लैंड जाएँगे, अमरीका जाएँगे, वह फैशन बनाएगी, लोग देखेंगे उसे कार चलाते हुए और मेरी ओर देखकर मेरे भाग्य की सराहना करेंगे।" मोहन

ने लंबी आह भरकर कहा।

"तो इसमें क्या हुआ, यह तो अब भी हो सकता है। मैं फैशन बनाना भी जानती हूँ, कार चलाना सीख सकती हूँ, इंगलैंड-अमरीका भी जा सकती हूँ। इसमें क्या योजना बिगड़ गई!" नर्मदा ने मुसकराकर कहा, "दो चोटी निकालना, रूज, लिपस्टिक, पाउडर, क्रीम लगाना, नंगे सिर घूमना, ये सब तो मैं अब भी कर सकती हूँ। मैंने तो आपकी माता को देखा, आपके घर को देखा, इसलिए सादगी से रहने लगी। वही पसंद है, तो आज से ही मैं बदल जाऊँगी, बोलो?" नर्मदा ने कहा।

"ओह! सबकुछ कर लोगी, पर अंग्रेजी तो नहीं बोल सकती, नहीं समझ सकती! और इसके बिना सब व्यर्थ है, 'यूजलैस'।" मोहन ने बताया।

"मैं अंग्रेजी पढ़ लूँगी, आप किसी मास्टरनी का प्रबंध कर दीजिए।" नर्मदा ने स्वीकार किया।

"कब मरी सासू और कब आए आँसू।" कब मास्टरजी आए, तुम पढ़कर तैयार हुईं, कब हम यूरोप गए! बस तब तक हम बूढ़े हो जाएँगे! ओल्ड!" मोहन ने हताश होकर कहा।

"और क्यों जी, क्या यूरोप में अंग्रेजी पढ़ा-लिखा होना आवश्यक है! आपसे बातें करनी हैं, सो आप मेरी भाषा समझते ही हैं, अन्य से तो मुझे बातें करने की आवश्यकता भी क्या होगी?" नर्मदा ने प्रश्न किया।

"और यदि तुमसे किसी ने कुछ पूछा तो?" मोहन ने प्रश्न किया।

"तो उसका उत्तर आप दे देना!" नर्मदा ने कहा।

"और यदि मैं उस समय नहीं हुआ तो?" मोहन ने कहा।

"जब वहाँ आप आ जाएँगे, तभी उत्तर दिया जा सकता है!" नर्मदा ने कहा।

"सब व्यर्थ की बातें हैं, इनसे मेरी साध पूरी नहीं हो सकती, मेरे अरमान पूरे नहीं हो सकते, अब कुछ नहीं हो सकता। मेरी तो पूरी लाइफ बेकार हो गई।"

"तो फिर अब इसका उपाय क्या है?" नर्मदा ने पूछा।

"कोई उपाय नहीं! बस मेरे साथ ही तुम भी अपनी होल लाइफ बरबाद करो! पड़ी रहो इसी घर में, इंडियन डॉग की तरह टुकड़े खाती रहो।" पर नर्मदा अंतिम शब्द का अर्थ नहीं समझी। उसने तिलमिलाकर कहा, "क्या टुकड़े खाती रहूँ?" पर मोहन कोई जवाब न दे उठकर खड़ा हो गया और

शीशे के समक्ष अपनी टाई ठीक करने लगा। फिर कोट पहनकर कमरे से बाहर निकल गया।

नर्मदा को मोहन की बातें कुछ अजीब सी लगने लगीं। वह मन-ही-मन सोचने लगी, क्या विचित्र व्यक्ति है, अंग्रेजी न जानने के कारण ही उसे मैं अच्छी नहीं लगती, इसीलिए मुझसे प्रेम नहीं कर सकता, बात नहीं करना चाहता! वह अंग्रेज तो नहीं, आखिर एक भारतीय ही है और वह भी एक वैश्य! उसका कोई लंबा कारोबार भी नहीं है, एक साधारण सी दुकान है आढ़त की, और उस पर भी इतना दिमाग। मेरे पिता के तो कई काम हैं, इनसे अधिक मकान-जायदाद हैं, मेरे भाई भी खूब पढ़े-लिखे हैं, पर इतना दिमाग तो उनका भी नहीं है। और एक यह है थोथा चना बाजे घना! फिर उसे अपने पर विचार आया-तो क्या ये मुझसे कभी नहीं बोलेगा। ऐसे ही रहेगा, फिर मेरा क्या होगा? क्या वे बातें मैं अपनी सास से कह दूँ, श्वसुर से कहलवा दूँ या अपने पिताजी से कहूँ? वह क्या करेंगे? वह इन्हें दबाएँगे, समझाएँगे! पर नहीं! पहले यहाँ वालों से ही कहकर देखूँ। जब वे कुछ न करें तब ही पिताजी से कहूँगी! इतना सोचकर वह उठकर बाहर आ गई। गोमती भोजन बना रही थी।

जब से मोहन का ब्याह हुआ है, तब से उसके पिता ने एक पुरुष और एक स्त्री को और रख लिया है, पर गोमती भोजन सदैव अपने ही हाथ से बनाती है। नौकरानी से सहायता अवश्य ले लेती। नर्मदा सीधी उसके पास जाकर बैठ गई। गोमती उसे देखकर मुसकराती हुई बोली, "आओ बहू!"

"माँजी, एक बात कहने आई हूँ, आप गुस्सा तो नहीं करेंगी?" सहज भाव से नर्मदा ने पूछा।

"कैसी बात करती हो रानी! तुमसे अधिक प्यारा मुझे कौन है, क्रोध क्यों करने लगी?"

इसके पश्चात् नर्मदा ने अपने व मोहन के बीच हुई सभी बातें बता दीं और अपने भविष्य की दुखद कल्पनाएँ भी उसके समक्ष रख दीं। उसने यह भी स्पष्ट कह दिया कि ये बातें पहले आपसे ही कही हैं, यदि आप लोगों ने इन पर कोई ध्यान नहीं दिया, तो कदाचित् मुझे अपने पिताजी से कहना पड़ेगा। गोमती ने उसे आश्वासन दिया और आज ही अपने पति से कहने की बात उसे बता दी। सुनकर उसका भी मुख उदास हो गया।

मध्याह्न में जब गोपालदास भोजन करने आए, तो गोमती ने वे सभी

बातें उन्हें बता दीं। उन्हें यह भी बता दिया कि यदि आपने मोहन को नहीं समझाया, तो वे बातें रेवतमल तक पहुँचेंगी। यह अच्छा नहीं होगा। सुनकर गोपालदास के भी कान खड़े हो गए। उन्हें अपनी और रेवतमल की स्थिति का ध्यान आया–कहाँ मैं एक आढ़त की दुकान का मालिक और कहाँ वह कई फर्मों के मालिक! उनकी तीन कोठियाँ हैं, कार है, कितने ही गुमाश्ते और नौकर-चाकर हैं, और मेरे तो उनकी तुलना में कुछ भी नहीं है। मेरे जैसी स्थिति के तो उनके मुनीम हैं! उन्हें मोहन का अब तक का रहन-सहन, चाल-ढाल सब बुरी लगने लगी, उसके ऊपर किया गया लाड़-प्यार अब बुरी भाँति अखरने लगा, उसके प्रति अपनी जिम्मेदारी का भी उन्हें ध्यान आने लगा।

वह पुनः सोचने लगे–मेरा अकेला ही पुत्र है और वह भी दिन भर इधर-उधर घूमता रहता है, कभी दुकान पर नहीं बैठता, कभी अपने कारोबार की ओर नहीं देखता, कोई बच्चा तो है नहीं, पूरा बीस-बाईस साल का युवक है। अब उसे कार मिल गई है, तो दिन भर उसी को लिये फिरता है, हम उस कार में आज तक भी घूमने नहीं गए। सचमुच, उसकी आवारगी बहुत बढ़ गई है, इसको रोकना ही पड़ेगा। वह भोजन समाप्त कर गोमती से बोले, "उसे आने पर दुकान पर भेजना, आज मुझे उससे बहुत सी बातें करनी हैं।" और वह उदास मुँह बनाए सीधे दुकान चले गए।

उन्होंने एक नौकर को घर भेजकर मोहन को बुला लाने को कहा। पर उसने लौटकर बताया कि वह घर पर अभी नहीं आया है। उन्होंने पुनः एक घंटे पश्चात् उसी नौकर को भेजा। अब भी मोहन नहीं था घर पर। वह अभी भोजन करके भी नहीं गया है। उनकी उत्तेजना क्रोध में परिवर्तित होने लगी। उन्हें लगा, जैसे वह उसे खोजने स्वयं ही चल दें और पता लगाकर आज उसे खूब मारें, पर वह ऐसा कर न सके। बार-बार नौकर को भेजकर घर से पूछताछ करवाते रहे। प्रातः नौ-दस बजे का घर से गया हुआ मोहन जब शाम के पाँच बजे तक भी नहीं आया, तो उनकी चिंता और भी बढ़ गई। गोपालदास चिंता और क्रोध से उतावले हो उठे। कहाँ जाऊँ? क्या करूँ? वह गया कहाँ है? यही प्रश्न उनके मस्तिष्क में बार-बार चक्कर काटने लगे। कभी-कभी कुछ दुराशंकाएँ भी उनके मस्तिष्क को छू जातीं।

जब रात्रि को आठ बजे दुकान से निपटकर गोपालदास घर आए, तो भी मोहन घर पर नहीं आया था। उन्होंने गोमती से ही प्रश्न किया–"वह

आज ही ऐसे कर रहा है या और भी कभी देर से आता था?''

''जी, वह नित्य ऐसा ही कर रहा है, कभी दिन को भोजन नहीं करता और कभी रात्रि को।'' गोमती ने बताया–''और शाम को चाय-पानी तो उसने महीनों से छोड़ रखी है, कभी समय पर आता ही नहीं।''

''तो तुमने ये बातें मुझे पहले क्यों नहीं बताईं?''

''जी···।'' वह आगे कुछ न कह सकी।

''गोमती, ये सब तुम्हारे ही लाड़ करने का परिणाम है। एक ही बेटा है, तो इसका यह अर्थ नहीं कि उसे कुछ भी न कहो, उससे कुछ भी काम न लो। जब वह दुकान पर नहीं बैठेगा, काम नहीं करेगा, तो मेरे मरने के पश्चात् क्या होगा दुकान का?'' उन्होंने गुस्से में आकर कहा।

''मैं तो अब तक यही समझती थी कि वह दिन में दुकान पर ही रहता है।'' गोमती ने कहा!

''और मैं ये समझता था कि वह घर पर होगा, नई बहू आई है, उससे बातें करता होगा।'' गोपालदास ने बताया। इतना कहकर वह विचारों में डूब गए। गोमती ने धीरे से कहा, ''भोजन कर लो।''

''नहीं, मुझे भूख नहीं है, आज मेरी भूख-प्यास सब उड़ गई है, गोमती! मैं परेशान हूँ, दुःखी हूँ, क्या करूँ, कुछ समझ में नहीं आ रहा।'' उन्होंने खड़े होकर कहा।

घर की बड़ी घड़ी ने टन-टन कर दस बजाए। गोपालदास चौंककर बोले ''दस बज गए?'' तभी गली में कार के आने की आवाज हुई। वह उठकर गली की ओर दौड़े। देखा, कार अपनी थी। मोहन कार से धीरे-धीरे उतरकर लड़खड़ाता हुआ मकान के मुख्य द्वार में प्रवेश कर गया। वह वापस लौट आए और छुपकर देखने लगे। मोहन भारी-भारी पाँव रखकर ऊपर चढ़ता आ रहा है, ऊपर आकर वह अपने कमरे की ओर मुड़ गया। कोट उसके कंधे पर पड़ा था। उसने अपने कमरे की बत्ती जलाई, कोट को एक ओर फेंककर टाई-पेंट उतारते समय वह गिरते-गिरते बचा, पाजामा पहना और चुपचाप पलंग पर लेट गया, दूसरे पलंग पर नर्मदा सोई नहीं, बैठी-बैठी यह सब देख रही थी।

''भोजन तो कर लो!'' उसने कहा।

''हूँ, भोजन! नहीं···इच्छा नहीं है!'' उसने लड़खड़ाई सी भाषा में कहा।

''क्या कुछ पीकर आए हो?'' नर्मदा ने पूछा।

"शटअप!"'ब्लाडी फूल'"क्या बकती है?" उसने फिर उसी तरह भड़ककर कहा।

"मुँह से गंध आ रही है। उसे कैसे छुपाओगे?" नर्मदा ने पूछा।

इन बातों को सुनकर गोपालदास को भी यही आभास हुआ। उन्होंने आज प्रथम बार ही नर्मदा को खुले मुख देखा था, वह उस समय उन्हें एक अति सुंदरी, उदास और विरह-व्याकुल सी लगने लगी। उसकी बोली भी उन्होंने आज ही सुनी थी। उसमें कुछ तीखापन था, अवहेलना थी, किंतु अभ्यर्थना नहीं थी। तभी मोहन ने नर्मदा की बात सुनकर कहा–

"गंध! कोई गंध-बंध नहीं है, सो जाइए!" और उचककर नर्मदा की ओर देखकर बोला, "अरे! अभी बैठी है, सोई नहीं! फुलिश इंडियन वाइफ, सो जा जाके!"

उसने अंतिम शब्द तीव्र आवाज में कहा। गोपालदास समझ गए कि सत्य ही मोहन मदिरा पीकर आया है, बहू ने खूब भाँपा! उनसे अब नहीं रहा गया और वे कमरे में प्रवेश करते हुए बोले, "मोहन! इधर आओ तो!" नर्मदा उन्हें आया देखकर पलंग से उठकर घूँघट काढ़कर एक ओर खड़ी हो गई। पिता का स्वर सुनकर मोहन चौंक पड़ा। उसको लगा, ये कैसे आ गए आज इस कमरे में? शीघ्र ही बोला, "नींद आ रही है, पिताजी!"

"नींद फिर भी आ जाएगी, मेरे कमरे में चलो। कुछ आवश्यक बातें करनी हैं।" उन्होंने बहू की ओर पीठ करके खड़े होते हुए कहा।

मोहन का नशा उतर गया। आज पिताजी के स्वर सुनकर, उनकी भाषा सुनकर, उनका आग्रह देखकर! बोलने के विचार से उसने लेटे-ही-लेटे फिर कहा, "पिताजी, कल सवेरे बात कर लेना!"

"नहीं!" कहकर वह उसकी ओर बढ़ गए और उसका हाथ पकड़कर झटके से उठाते हुए बोले, "कमीने! इसीलिए तुझे लाड़-प्यार से पाला था, कभी तुझे उँगली तक नहीं लगाई।" उसे उठाकर बाहर घसीटते हुए गोपालदास ने कहा। मोहन चुपचाप बिना कुछ बोले ही उनके साथ चला गया।

अब तक तो गोपालदास छिपकर मोहन के कृत्यों को देख रहे थे और उसके उलटे-पुलटे शब्दों को सुन रहे थे। नर्मदा आड़ में खिड़की के सहारे चुपचाप जाकर खड़ी हो गई। मोहन को धम से कुरसी पर बिठाकर स्वयं पलंग पर बैठते हुए गोपालदास ने उससे पूछा, "हाँ लाडले बेटे! अब बता!"

उन्होंने तनकर कहा, "देख, मैंने आज तक न तो तुझ से पूछा कि तू

क्या पढ़ता है, कहाँ जाता है, क्या करता है? और न कभी तुझसे दुकान पर ही बैठने को कहा कि तू दो घड़ी बैठकर काम देख। और अब भी मैं नहीं कहता, पर सवेरे से ही तेरी बाट देखते-देखते ये समय हो गया। दस बज गए, चिंता बढ़ गई, घर पूछा। तो पता लगा कि तू नित्य ही इसी प्रकार गायब रहता है। माँ समझती है, दुकान पर गया होगा और मैं समझता हूँ, घर होगा; पर आज पूरी तरह ज्ञात हो गया है कि तू न घर पर, न दुकान पर! अब बता तेरी कौन सी जगह है तीसरी, जहाँ तू रहता है दिन-दिन भर? खाना भी घर पर नहीं खाता, शराब भी पीने लगा है।''

इतना कहकर उत्तर के लिए वह मोहन के मुख की ओर ताकने लगे। मोहन नतदृष्टि, नतमस्तक चुप बैठा सब सुन रहा था। वह अब भी कुछ न बोला। गोपालदास का क्रोध शराब का ध्यान आते ही भड़क उठा, बोले, ''बोलता क्यों नहीं, उत्तर दे न मेरी बात का?''

पर मोहन चुप था। गोपालदास ने झपटकर एक थप्पड़ उसके दाहिने गाल पर उलटे हाथ से जड़ दिया। मोहन की चेतना जाग्रत् हो गई। उसने मुख को ऊपर किया और पिता की ओर देखने लगा। गोपाल ने दूसरा थप्पड़ मारने को हाथ उठाया ही था कि गोमती ने कमरे में प्रवेश करते हुए पूछा, ''कहाँ गया था रे! उत्तर क्यों नहीं देता, इतना बड़ा हो गया, आज तक उँगली नहीं उठाई और आज पिटते हुए तुझे लाज नहीं आती!''

गोपालदास का हाथ रुक गया। वे फिर दहाड़ उठे-

''बोल न भाई!''

''वैसे ही घूमने गया था, स्टेशन की ओर।'' मोहन ने कहा।

''क्यों गया था स्टेशन पर?''

''कुछ नहीं, वैसे ही।'' मोहन ने कहा।

''सवेरे से अब तक स्टेशन पर ही घूम रहा था? लड़के, मुझे मूर्ख बनाने की चेष्टा मत कर। सच बता दे, अन्यथा पता लग जाने पर बहुत बुरा होगा, सोच ले।'' गोपाल ने उसे समझाने की चेष्टा करते हुए पूछा।

''क्लब गया था।'' मोहन ने धीरे से कहा।

''भोजन कहाँ किया, शराब कहाँ पी-क्लब में?'' गोपालदास ने और उखाड़ना चाहा।

''नहीं! भोजन अभी नहीं किया और शराब मैंने नहीं पी। मोहन ने पुनः टालने की चेष्टा की।

''तो फिर अब घर आकर खाना क्यों नहीं खाया? सोने क्यों चला गया चुपचाप?''

''आपके डर से।'' उत्तर दिया।

''खैर, कोई बात नहीं। सब पता लग जाएगा बच्चू। हमसे बचकर कहाँ जाएगा। अच्छा सुनो, कल से तुम पूरे दिन दुकान पर बैठोगे, घर पर खाने-पीने के समय आओगे। आठ बजे के पश्चात् रात्रि को कहीं नहीं जाओगे, समझे?'' गोपालदास ने उसे नित्य का नियम बताते हुए कहा। मोहन ने सिर हिलाकर उत्तर दिया।

''जाओ, खाना खाकर सो जाओ। मुझे सब ज्ञात हो गया है मोहन, तू कब तक छुपाता है, यही देखना चाहता हूँ।'' कहकर वह अपने पलंग पर जाकर लेट गए। उन्हें लेटते देख गोमती ने कहा, ''आप भी तो खाइये न! लेटते क्यों हो?''

''तुम लोग खाओ, मुझे भूख नहीं है।'' गोपालदास को अपने आप पर आज क्रोध आया था और प्रथम बार ही मोहन पर हाथ उठाया था। इसी का प्रायश्चित्त करने के लिए वह आज भोजन नहीं करना चाहते थे। परंतु बाहर से धीमी आवाज सुनाई पड़ी, ''माँजी! लालाजी भोजन नहीं करेंगे, तो मैं भी नहीं करूँगी।''

''अच्छा, अच्छा, मैं आ रहा हूँ, थाली लगाओ।'' चौंककर गोपालदास ने कहा, बहू की बातें सुनकर उनका क्रोध दूर हो गया। उसके बड़प्पन का उन्हें ध्यान आ गया--''ओह! उसने भी अभी तक भोजन नहीं किया। इस नालायक बेटे के पीछे हम सब भूखे बैठे हैं ग्यारह बजे तक।'' और वह उठकर बैठ गए, फिर रसोईघर की ओर चले गए।

रात बीत गई। प्रातःकाल मोहन का नशा उतर चुका था। वह नित्यकर्म से निवृत्त होकर सीधा दुकान पर चला गया। दोपहर भोजन करने घर आया, फिर दुकान चला गया, सांयकाल चाय-पानी लेने आया, फिर दुकान पर चला गया और रात्रि को आठ बजे पिता के साथ ही दुकान से सीधा घर आकर भोजन कर अपने कमरे में सोने चला गया। इसी प्रकार कई दिन चलता रहा। वह घर में बोला किसी से भी नहीं! माँ कुछ पूछती तो 'हाँ-हूँ' कर देता, नर्मदा कुछ कहती तो उसे भी ऐसा ही कुछ ऊल-जुलूल उत्तर दे देता। पिता से भी नहीं बोलता। हाँ, दुकान पर मुनीमों और नौकरों से वह कुछ-कुछ बातें अवश्य कर लेता। अब उसने कार को भी प्रयोग में नहीं लिया और

न साइकिल को। घर से दुकान पर पैदल ही जाता और वापस भी पैदल ही आता।

इतना सब होते हुए भी वह दुकान पर जाकर बैठा ही रहता, कारोबार की ओर उसका कोई ध्यान नहीं था। वह दिन भर बैठा-बैठा यही सोचता रहता था, क्या करना चाहिए? रैमी क्या सोचेगी? आज कई दिन से वहाँ नहीं गया! वह रूठ तो नहीं गई होगी। किसी और के जाल में तो नहीं फँस गई होगी? उसे कैसे अपना बनाया जाए? क्या नर्मदा को तलाक दे दूँ? नहीं-नहीं! ऐसा नहीं हो सकेगा। उसका पिता बड़ा आदमी है, फिर क्या उसे वैसे ही पड़ी रहने दूँ? हाँ, यही ठीक है, ऐसे ही चलने दो। पर हाँ, रैमी के यहाँ कैसे जाऊँ? वह सोच रहा था कि गोपालदास ने मुनीमजी से बिल्टी का माल छुड़ा लाने को कहा। मोहन को अवसर मिला, बोला, "मैं छुड़ाकर लाऊँगा। मुनीमजी बिल्टी मुझे दो।" और बिल्टी लेकर वह सीधा घर की ओर चला गया। गोपालदास ने सोचा, कदाचित् काम में जानकारी प्राप्त करने के विचार से ही उसने स्वयं बिल्टी का माल छुड़ा लाने की सोची है। पर उनका विचार गलत था।

मोहन घर से कपड़े बदलकर कार लेकर सीधा रैमी के यहाँ पहुँचा, रैमी ने बड़ी अधीरता दिखाकर पूछा, इतने दिनों से न आने का कारण। उसने भी उसे कारण बताकर उसके साथ विवाह करने का प्रस्ताव रख दिया। रैमी ने भी उसे स्वीकार कर लिया।

□

चौबिया पाड़े और शीतला घाटी के दोनों मुहल्लों में यह समाचार भाँति-भाँति से फैल गया। शांति के पड़ोसी-पड़ोसिन तो राजेंद्र को निर्दोष और शांति को दोषी, आवारा बताने लगे। राजेंद्र के मुहल्लेवाले लोग इन लोगों को सीधा, कमजोर, कायर और दोषी बताने लगे। कुछ आंतरिक शत्रुता रखने वाले इन पर व्यंग्य भी कसने लगे। इस प्रकार कुछ दिन चर्चा चलकर समाप्त सी हो गई।

राजेंद्र के पिताजी तथा अन्य घरवालों की समझ में चाहे साधना वाली बात न आई, पर राजेंद्र को तो साधना की बात सोलह आने जँच गई। उसने आते ही अपने स्कूल में त्यागपत्र प्रस्तुत कर दिया और मथुरा छोड़कर आगरा रहने की तैयारी में व्यस्त हो गया। जहाँ तक भी संभव हो सकता था, उसने अपनी माँ को समझाने की चेष्टा की। वह तो केवल यह चाहती थी कि

वह घर पर आ जाए और बेटा भी ही उसके पास ही रहे। आगरा जाकर रहेगा, पढ़कर ऊँचा चढ़ेगा, वह वकील है, यह सब उसकी समझ में नहीं आया।

त्यागपत्र स्वीकार हो गया, वेतन का भी पूरा-पूरा हिसाब हो गया और माता-पिता से विदा लेकर उनके चरण-स्पर्श करके, भाई-बहनों को प्यार करके राजेंद्र आगरा के लिए चल दिया। आगरा जाकर वह सीधा डरता-सा साधना के घर आया। साधना देख रही थी कि राजेंद्र ने कमरे में प्रवेश कर उससे नमस्ते की और अपना सामान एक ओर रख दिया। साधना उसकी नमस्ते सुनकर चौंककर बोली, "आ गए आप! बैठिए, सामान कुली पर रखवाकर क्यों नहीं लाए?"'

"कुली! हाँ, ये तो मुझे ध्यान ही नहीं आया। विशेष बोझा नहीं था, मैं ही ले आया।" राजेंद्र ने झेंपते हुए कहा।

"खैर, कोई बात नहीं। आप बैठिए, मैं अभी फाइल देखकर आपसे बातें करूँगी! ठीक है न! आप फील तो नहीं करेंगे?" उसने संकुचित होकर पूछा।

"नहीं, नहीं! मैं बैठा हूँ, आप पढ़ लो।" और वह कुरसी का सहारा लेकर आराम से बैठ गया।

साधना ने सारी बातें अपने पिताजी को बताई थीं और उन्होंने उसकी माँ को बताई थीं। वे जानते थे, साधना योग्य है, समझदार है, वह जो कुछ करेगी, उचित ही करेगी। साधना की अब तक की सभी कार्य-प्रणालियों में उन्हें उसकी बुद्धि तीव्र दिखी। उन्होंने इन बातों पर अधिक सोच-विचार करना उचित न समझा।

साधना ने राजेंद्र को एक कमरा अलग ही दे दिया। उसे कुरसी, मेज, पलंग, तस्वीरें, अलमारी तथा अन्य आवश्यक वस्तुओं से सजा दिया गया। दूसरे दिन से ही उसे एक अध्यापक पढ़ाने को नियुक्त कर दिया। उसके लिए नए सूट सिलवा दिए। उसके लिए घर के सभी नियम, बोलने-चालने के ढंग, उठने-बैठने की शिक्षा समय-समय पर वह स्वयं देती रहती थी। राजेंद्र का कमरा साधना की बैठक के कमरे के साथ ही था। साधना स्वयं ऊपर के एक कमरे में अपनी माँ के साथ ही सोया करती थी। ऊपर ही उसके बराबर वाले कमरे में कमलनारायणजी का शयनकक्ष था।

साधना प्रातः उठकर अपनी नित्य क्रियाएँ करते-करते राजेंद्र को भी साथ ले लेती। खाना-पीना, चाय-पान इत्यादि सभी वह साथ-साथ करते थे।

दस बजे भोजन कर वह कचहरी चली जाती थी। अब तक कमल बाबू ने ताँगे को ही अदालत लाने, ले जाने के लिए मासिक रूप में तय कर लिया। अब साधना भी उसी में उनके साथ जाती थी। कोर्ट समाप्त होने पर दोनों साथ ही आते थे। कमलनारायण और साधना की आय लगमग दो-तीन हजार रुपए मासिक पड़ जाती थी।

कमलनारायण और साधना कोई भिन्न-भिन्न तो थे नहीं। अतः दोनों ही अपनी आय को लाकर कौशल्या के हाथ में दे देते थे। वह घर में खर्च करने के अतिरिक्त जो बचता, उसे अपने पास ही तिजोरी में जमा करती रहती। अब तक घर में तीन ही प्राणी थे। कमल और साधना तो घर के किसी कार्य की ओर देखते भी नहीं थे। केवल कौशल्या ही दिन भर खाने-पकाने, बरतन-झाड़ू में व्यस्त रहती थी। परंतु अब साधना को यह अच्छा नहीं लगता था कि माँ ही दिन भर अकेली सब कार्य किया करे। अब तो वे तीन से चार हो गए थे। अतः उसने ऊपर के कार्य को करने के लिए एक महिला को बीस रुपए मासिक पर लगा लिया। अब कौशल्या केवल भोजन बनाती।

राजेंद्र के व्यायाम के शौक को उसने रोका नहीं, वरन् और अधिक प्रोत्साहन दिया, खुराक बढ़ा दी, मालिश आदि का भी प्रबंध कर दिया, पर यह सब बगीची आदि स्थानों पर जाकर नहीं, घर पर ही चलता था। अब वह नित्य ही अपने कपड़े बदलता, तेल-साबुन से स्नान करता, टूथपेस्ट से ब्रुश द्वारा दातौन करता। हाथ में घड़ी बाँधता, घूमने जाते समय कोट-पैंट पहनकर अथवा स्वच्छ धोती-कुरता पहनकर जाता। खूब ठाट से रहता। पढ़ाई करने की उसकी पहले ही इच्छा थी। स्वतः मन लगाकर पढ़ता। उसे उस घर में सब प्रकार का आनंद था। कोई अभाव था तो यही कि साधना रात्रि को कभी एक पल के लिए भी उसके निकट नहीं आती थी। कभी उससे कामोत्तेजक बातें नहीं कीं। यद्यपि राजेंद्र आरंभ से ही कामी पुरुष नहीं था। उसे वासना की भूख नहीं थी। साधना ने उसका पूरा ठाट बनाया है, पर स्वयं इतनी दूर क्यों रहती है? घूमने भी जाती है, बातें भी खूब करती है, पर आश्चर्य है कि कभी प्रेम का प्रसंग नहीं छेड़ती! पति-पत्नी जैसी कोई बात ही नहीं प्रतीत होती।

राजेंद्र को साधना के यहाँ रहते-रहते एक वर्ष हो गया। इस बीच वह स्वयं भी एक बार मथुरा आया। उसके पिता कृष्णकुमारजी भी आगरा आए, राजेंद्र के पास ठहरे, खूब स्वागत-सत्कार हुआ। कमल बाबू ने उनसे प्रेम-पूर्वक

बातें कीं, साधना को भी उन्होंने देखा, उसने भी उनकी आवभगत की, पर विवाह की कोई बात उनके समक्ष नहीं आई। न तो कमल बाबू ने कुछ कहा, न साधना ने और न स्वयं राजेंद्र ने ही इस विषय में कोई बात उनसे की। उनकी कुछ समझ में नहीं आया, राजेंद्र का ठाट-बाट देखकर भी वह अवाक् रह गए। उसके रहने-सहने का ढंग इत्यादि सबकुछ उच्च प्रकार के थे। पर इस सबका अर्थ क्या है? ये लोग विवाह क्यों नहीं करते?

राजेंद्र ने इंटर पास कर लिया। इसकी सूचना उसके पिताजी को दे दी गई और साथ-ही-साथ विवाह की पत्रिका भी उनके पास भेज दी गई। उनको सूचना दे दी गई कि नियत तिथि को वह अपने संबंधियों, इष्ट-मित्रों को वर यात्रा के रूप में लेकर आ जाएँ। कुछ सामान लाने की आवश्यकता नहीं है। सो कृष्णकुमार अपने साथ कुछ घराती लेकर नियत समय पर आगरा आ गए। उनके दामाद बसंतराम और उनके पिता भी उसमें यहीं सम्मिलित हो गए। बारात एक स्थान पर ठहरा दी गई, राजेंद्र भी उन्हीं में सम्मिलित हो गया। रात्रि को प्रीतिभोज देकर फिर विवाह का कार्य आरंभ हुआ। सबने देखा—न वह राजेंद्र ही पहले जैसा है और न ही साधना वकील सी साधना है। वर और वधू के रूप में दोनों की युगल जोड़ी बहुत सुंदर लग रही थी। कमलनारायण के सैकड़ों साथी वकील, जज और मजिस्ट्रेट भी थे और भी सरकारी कर्मचारी वहाँ उपस्थित थे। गाजे-बाजे भी बज रहे थे। घर में स्त्रियाँ भी मंगलाचार गा रही थीं।

लग्न, कन्यादान समाप्त हुआ। कन्यादान में हजारों रुपए और भाँति-भाँति के आभूषण तथा आधुनिक वस्तुएँ भेंट स्वरूप आ गईं। तभी कमल बाबू ने अपनी ओर से दिया जाने वाला दहेज सभी आगंतुकों को दिखाया। मथुरा वाले तो देखकर अवाक् रह गए और राजेंद्र के भाग्य को सराहने लगे। अनंतराम को भी बुलाया गया था। पर वह बारात के साथ न आकर चुपचाप एक ओर छिपकर सबकुछ देखता रहा और अंत में चुपचाप चला भी गया। किसी को उसका पता भी न लग सका।

प्रातःकाल के चाय-पान के पश्चात् वरपक्ष को पुनः भोजन कराकर वर-वधू सहित बारात को विदाई दे दी गई। साधना अपने साथ सारे दहेज को लेती आई, ससुराल में एक साधारण वधू की भाँति ही आ गई। माँ भी हर्ष से फूली नहीं समाई। वह पिछली और अब की बहू की, उनके साज-सामान की तुलना करने लगी। उसे लगा—शांति एक सुंदर वेश्या थी,

निर्लज्ज और अभिमानी। जबकि साधना एक सुंदर देवी है, चतुर है, लज्जाशील है। दहेज के सामान को घर में एक ओर सुरक्षित रख दिया गया। इस बार भी सुहागरात मनाई गई और पूरे दस दिन तक मनाई गई। कृष्णकुमार को समधी की ओर से दो हजार रुपए की नकद भेंट दी गई। दस दिन पश्चात् साधना राजेंद्र को लेकर पुनः आगरा आ गई। उसका कार्य फिर चलने लगा। साधना अब भी वकील थी, परिवर्तन केवल इतना हुआ कि वह अब माँग में कुंकुम लगाती थी। माथे पर बिंदी, हाथों में चूड़ियाँ भी पहनने लगी थी।

साधना के आग्रह पर राजेंद्र अपने घर भी कुछ-न-कुछ भेज देता था। यद्यपि वह स्वयं कोई कार्य नहीं करता था। कमाती साधना ही थी, पर साधना उसे अपना ही घर समझती थी। वह जानती थी कि मुझे उस घर से कुछ लाभ नहीं है, वहाँ रहना भी नहीं है। पर वह उनकी यथासमय सहायता फिर भी करती रहती थी। अब तो विवाह के पश्चात् ही साधना ने अपने पिताजी से परामर्श करके एक छोटी सी नई कार भी बारह हजार में ले ली। जो सामान उसको दहेज में मिला था, वह सब तो मथुरा ही छोड़ आई थी। पर यहाँ के लिए उसने नया रेडियो, नई घड़ियाँ, सिलाई की मशीन इत्यादि खरीद लिया था। एक दिन राजेंद्र ने पूछा भी–

"वह सब सामान था, तो फिर और क्यों खरीद लिया?"

"वह हमारा नहीं रहा, दहेज के रूप में तुम्हारा था।" साधना ने हँसकर कहा।

"मैं और तुम कोई भिन्न-भिन्न हैं क्या?" राजेंद्र ने कहा।

"सचला को देने के लिए भी तो खरीदना पड़ता।" साधना ने कहा और राजेंद्र चुप हो गया। साधना की सहृदयता और उदारता देखकर उसका हृदय भीतर-ही-भीतर फूल गया।

अब साधना और राजेंद्र का कमरा एक था, स्टडी के कमरे भिन्न-भिन्न थे। नव-दंपती का नया जीवन सुखद बनकर शुरू हो गया।

□

अनंतराम, जब पहले शांति उसके पास आई थी, तब से ही अपने घर से दूर सा हो गया था। वह अपने माता-पिता पर कोई भेद प्रकट होने देना नहीं चाहता था। इसीलिए कभी-कभी घर पर चक्कर लगा आता था। कभी-कभी खाना भी खा आता था। उसने घरवालों को कह दिया था कि दुकान पर काम

अधिक होने के कारण कभी-कभी देर-अबेर हो जाती है, तब वहीं सो जाता हूँ और खाना होटल से ही खा लेता हूँ। घरवालों ने भी उसकी चिंता छोड़ दी। शांति के आ जाने पर उसने भोजन का प्रबंध एक होटल से ही कर लिया था। होटल से दोनों का भोजन कमरे पर आ जाता था।

शांति को वह स्वयं मथुरा जाकर कला चाची की मृत्यु के पश्चात् ले आया था। वह अपने साथ पर्याप्त सामान लेती आई थी। भोजन स्वयं ही बना लेती थी। इस बार वह पूर्ण रूप से अनंत की पत्नी के ही रूप में रहने लगी थी। वह भली-भाँति जानता था कि शांति को इस प्रकार रखना समाज विरुद्ध है और ज्ञात हो जाने पर रिश्तेदारी में भी अंतर आ जाएगा। राजेंद्र तथा उसके घर वाले यही समझेंगे कि अनंत ने ही शांति को बहकाकर यह सब कराया है। जबकि शांति ने ही अनंत से प्रेम-संबंध स्थापित कर उसके साथ रहने की इच्छा प्रकट की थी। अनंत तो विधुर था ही, दूसरे वह प्रकृति से भी कामी था। अतः उसने उसके उस प्रस्ताव को अपना ही सौभाग्य समझकर स्वीकार कर लिया।

परंतु अनंत को राजेंद्र की ओर से तथा अपने परिवारवालों की ओर से सदैव भय बना रहता था कि यदि यह भेद प्रकट हो गया, तो अच्छा न होगा। अतः उसने शांति को बताया कि वह पहले अपने पति को तलाक दे, स्वयं अदालत द्वारा स्वतंत्रता प्राप्त करे और इसके पश्चात् कुछ समय के लिए अलग मकान लेकर रहे। परंतु दुर्भाग्य से वैसा हुआ ही नहीं। शांति स्वतंत्र न हो सकी और न उसका तलाक ही स्वीकार हुआ। वह वैसी-की-वैसी ही रही। अनंत ने अदालत में प्रार्थना-पत्र देने के समय से ही उसे एक अलग मकान में रख दिया। वैसे वह स्वयं भी वहीं खाता-पीता और सोता था।

शांति को मजिस्ट्रेट ने भी राजेंद्र के साथ ही वापस भेज दिया था। साधना ने भी उसे समझाने में कोई कसर न उठा रखी, पर वह जब न मानी तो स्वयं राजेंद्र ने घृणा करके उसे फटकार दिया। अंत में जब साधना ने उसके समक्ष ही उससे कह दिया कि राजेंद्र को वह अपना पति बना लेगी, तो भी शांति को विश्वास नहीं हुआ। वह वहाँ से चली तो गई। पर उसने सब बातें अनंत को बता दीं।

अनंत ने अपने कुछ घनिष्ठ मित्रों पर यह भेद प्रकट कर उनसे इस उलझन को सुझलाने का उपाय पूछा। परंतु किसी ने भी उसे ऐसा उपाय नहीं

बताया, जिससे उसकी समस्या सुलझती। वह शांति को यूँ ही छोड़ना भी नहीं चाहता था। इसी उधेड़बुन में उसने एक वर्ष निकाल दिया। वह सोचता रहा कि यदि राजेंद्र का विवाह साधना से हो जाए, तो वह अदालत में प्रार्थना-पत्र लगवा देगा कि उसके पति ने अपना दूसरा विवाह कर लिया है। अतः शांति को स्वतंत्र किया जाए। उसे इस बात पर विश्वास ही नहीं होता था कि साधना जैसी एक पूर्ण उच्च स्तरीय लड़की राजेंद्र जैसे साधारण स्थिति के कम पढ़े-लिखे व्यक्ति से विवाह कर लेगी। परंतु जब उसे ज्ञात हुआ कि राजेंद्र आगरा आ गया है। साधना के मकान पर ही रह रहा है, तो उसे साधना और राजेंद्र की शादी पर विश्वास होने लगा।

इन्हीं विचारों में एक वर्ष बीत गया। और जब बीच में वह साधना के घर राजेंद्र से मिलने गया, तो साधना ने उससे कह दिया कि वे पढ़ रहे हैं। किसी से नहीं मिलेंगे। अनंत ने एक-दो बार और ऐसे मिलने का प्रयत्न किया, पर वह उससे मिल नहीं सका। जब उसके घर पर बसंत ने उसे बताया कि उसके साले राजेंद्र का आज साधना से विवाह हो रहा है, तब ही उसे इस आकस्मिक विवाह का पता लगा। उस विवाह का निमंत्रण तो कृष्ण कुमार ने बसंत के सभी परिवारवालों को दिया था। बसंतराम, उसके पिताजी तथा अन्य सभी उसमें सम्मिलित हुए थे। पर न जाने क्यों अनंत को उसमें सम्मिलित होने से किसी अज्ञात भय ने रोक लिया।

अनंत ने यह समाचार शांति को भी जाकर सुना दिया। उसे आश्चर्य तो हुआ ही, साथ-साथ कुछ क्षोभ भी हुआ। उसने मन-ही-मन सोचा–'राजेंद्र इतना बुरा भी नहीं था, सुंदर था, हृष्ट-पुष्ट था, पढ़ा-लिखा भी था, कमाता भी था, पर उसमें अभाव था केवल यही कि वह विलासिता प्रिय नहीं था। वह अब साधना जैसी उच्च और अधिक विदुषी, कमाऊ और सुंदर लड़की का पति बन गया है! उसका तो भाग्य ही बदल गया। और अपना भाग्य उलटा हो गया।'

'अनंतराम मुझे खुलकर अपने साथ रख नहीं सकता। तो क्या मेरा जीवन ऐसे ही बीतेगा? मैं ऐसे ही छुपकर पाप कमाती रहूँगी? हाय! ये मैंने क्या किया?'

वह पश्चात्ताप की अग्नि में दहक उठी और बैठी-बैठी रो पड़ी। उसके मुख से मंद-मंद स्वर निकलते चले जा रहे थे–

''हाय रे राजेंद्र! यह मैंने क्या कर डाला? मैंने अपने उज्ज्वल पति

को क्यों छोड़ दिया? हाय! मुझे क्या हो गया? अनंत! कौन है अनंत? कहाँ का अनंत? क्या अनंत राजेंद्र हो सकता है? यह विलासी है, शराबी है, नीच है, वासना का भूखा कुत्ता है। अरे राम! अब क्या होगा?'' उसके आँसू रुकते ही न थे। उसे अब कोई उपाय भी तो नहीं सूझ रहा था अपने निस्तार का! तभी अचानक अनंत ने आकर उसे अपनी भावी योजना बताई।

शांति के पास अब चारा ही क्या था? यदि वह अब अनंत की भी अवहेलना करे, तो फिर कहीं की भी नहीं रहेगी। उसने अनंत के कहने से पुनः स्वतंत्र होने की प्रार्थना अदालत में कर दी। इस पर उसने लिखवाया कि मेरे पति ने अपना दूसरा विवाह कर लिया है। अदालत ने उसके पति राजेंद्र के पास भी सूचना भेजी कि आपको इसमें कोई आपत्ति तो नहीं है। राजेंद्र ने अदालत में आकर कह दिया, मुझे कोई आपत्ति नहीं है और शांति स्वतंत्र हो गई।

अब अनंत ने उसे अपनाने का मार्ग खोजा। वह शांति को उसी मकान में छोड़कर सीधा अपने पिता के पास गया। उनसे सब हाल कहा और अंत में उनसे शांति को अपने घर में रख लेने की अनुमति माँगी। किंतु उन्होंने स्पष्ट रूप से मना कर दिया। साथ ही यह भी कह दिया कि यदि वह अपने रिश्तेदार की परित्यक्ता स्त्री को अपने पास रखेगा, तो वह अपने को इस परिवार से अलग ही समझे। विकट समस्या थी अनंत के समक्ष। फिर भी वह निरुत्साह नहीं हुआ। सीधा राजेंद्र के पास पहुँचा। उसने राजेंद्र से पूछा–

''मैंने सुना है, शांति स्वतंत्र हो गई है?''

''जी हाँ!''

''फिर अब उसका क्या होगा, वह कहाँ जाएगी?''

''कहीं भी, जहाँ वह चाहे।''

''राजेंद्र बाबू! ये अच्छा नहीं हुआ, आखिर तो वह आपकी पत्नी रही है। इसमें आपकी बदनामी है, यदि वह कोई ऐब करती है, दुराचार करती है?'' उसने भूमिका बाँधना आरंभ किया।

''परंतु मैंने उसे कब त्यागा था। उसी ने तो मुझे त्यागना चाहा था, पर ईश्वर ने मुझे उस कलंक से बचा लिया। अब वह चाहे जो करे, चाहे जहाँ जाए, मुझे उससे कोई लेना-देना नहीं है।'' राजेंद्र ने कहा।

"तो फिर···एक काम करें, तुम अपने रिश्तेदार हो, तुम्हारी बदनामी हमारी बदनामी है। यदि तुम कहो तो उसे अपने यहाँ लिवा लाएँ।" अनंत ने हिचकिचाहट के साथ बात कह ही डाली।

"तो क्या वह आपके साथ आ जाएगी?"

"चेष्टा करूँगा भाई।" वह इतना ही कह पाया था कि इतने में साधना ने कमरे में प्रवेश करते हुए वकील की ट्यून में पूछा, "क्या?" अनंत ने उसे नमस्ते की। साधना उसे बैठने को कहकर स्वयं भी बैठ गई।

उसने राजेंद्र से पूछा, "आपका परिचय?"

"आप मेरे बहनोई बसंतराम के बड़े भाई अनंतराम हैं। अचला के जेठ!"

"ओह! क्षमा करना। मैंने कोई मुवक्किल समझा था।"

उसने कुछ शिष्टता दिखाते हुए कहा, "तो फिर तो मुझे बीच में नहीं आना चाहिए।"

"नहीं-नहीं, ऐसी कोई बात नहीं है।" अनंत ने कहा।

"आप शांति की बात कहने आए हैं।" राजेंद्र ने बताया।

"क्या?" साधना ने उत्सुकता से पूछा।

"आप कहते हैं कि वह स्वतंत्र हो गई है, न जाने क्या दुराचार करे, दुष्कर्म करे? इसमें हमारी और आपकी बदनामी है।" राजेंद्र ने इतना ही कहा कि बीच में ही साधना ने पूछा, "तो फिर इसका उपाय भी क्या है?"

"आप कहते हैं कि उसे अपने घर ले आऊँ।"

"यानी अचला के पास?"

साधना ने जो प्रश्न किया, उसमें एक भेद था, जिसे वह जानना चाहती थी। अतः उसने वकील की भाँति ही प्रश्न करके पूछा।

"जी···अपने पास।" अनंत ने कहा।

"तो क्या आप उस घर में नहीं रहते?"

"जी नहीं।' मैं प्रायः अलग ही रहता हूँ, वैसे घर भी आता-जाता हूँ, पर मेरी दुकान है। वहीं रहता हूँ। सोता भी वहीं हूँ।"

"क्या आपकी पत्नी नहीं है?"

"जी वह मर गई, लगभग तीन वर्ष पहले।"

"तब तो आप अपने घर ही रहते थे न?"

"जी हाँ।"

"अब घर जाना कब से छोड़ दिया आपने?"

"यही लगभग एक-डेढ़ वर्ष से कम कर दिया है।" अनंत ने बताया और साधना ने निचोड़ निकाल लिया। पर अनंत इसे समझ नहीं सका। अतः साधना ने फिर एक तीर फेंका, "लेकिन उसे रखने पर आपके परिवार वाले कोई आपत्ति तो नहीं करेंगे?"

"देखिए जी! बात यह है कि यदि वे आपत्ति करेंगे भी, तो राजेंद्र बाबू की बदनामी के कारण मैं उनकी ओर ध्यान न देकर उसे अपने पास रखूँगा। मैं नहीं चाहता कि वह कहीं अन्यत्र चली जाए, आखिर तो वह इनकी विवाहिता पत्नी ही है।" उसने अपनी जान में बात को तौलकर ही कहा। पर साधना की वाक्-पटुता के समक्ष वह मूर्ख बन गया-

"अब तक वह कहाँ रह रही थी?"

"यह तो पता नहीं!" वह झिझका!

"अनंत बाबू! क्षमा कीजिए, आप बनते तो बहुत चतुर हैं, पर आप पकड़ में आ गए।"

"कैसे?" चौंककर अनंत ने पूछा।

"शांति डेढ़ वर्ष से आपके अधिकार में है। आपने उसे अपने पास रखा है। आपने ही उसे रंगीन दृश्य दिखाकर बहकाया और अब आपने ही उसे स्वतंत्र करा दिया है। आप अब उसे खुले रूप में अपनी बनाना चाहते हैं, चाहे इसमें परिवारवाले आपका विरोध भी करें। अब राजेंद्र बाबू के बुरे न बनने के विचार से, अपने पिछले सब कृत्यों को दबाने के विचार से, इनसे ये चाल खेलने आए हैं। आप अब भी राजेंद्र को मूर्ख बनाना चाहते हैं। अब राजेंद्र का शांति से कोई रिश्ता नहीं है। वह अब इनकी पत्नी नहीं रही, आप बड़े शौक से उसे अपनी पत्नी बना सकते हैं!"

इतना कहकर साधना चुप हो गई और अनंत पानी-पानी हो गया। राजेंद्र साधना की बातों का आशय समझकर चुप रहा। अनंत से कोई उत्तर न बना और वह चुपचाप उठकर चला आया।

जब वह वापस घर आ गया, तो शांति को अपना इंतजार करते पाया। वह उसे गुमसुम पाकर कुछ सोचने लगी।

"तो फिर अब क्या करने का विचार है आपका?" शांति ने पूछा।

"यही तो मैं भी सोच रहा हूँ कि क्या करूँ?"

"तो इसे कब तक सोचेंगे आप?"

''शीघ्र ही कुछ-न-कुछ हल निकल जाएगा। तुम चिंता न करो।'' कहकर अनंत दुकान पर चला गया।

□

मोहन दुकान से कोई-न-कोई अवसर निकालकर दिन में एक बार रैमी के पास हो आता था। उसने रैमी के साथ विवाह करने की बात तो सोच ली, पर वह यह निश्चय न कर सका कि रैमी के साथ विवाह हो जाने पर वह रहेगा कहाँ और करेगा क्या? अब तो उसे घर से या दुकान से एक भी पैसा नहीं मिलता था। दो-चार दिन रैमी के यहाँ खाली हाथ जाने पर रैमी ने एक दिन उसको स्वयं तो नहीं कहा, पर खान से कहलवा दिया। खान ने एक दिन, जब मोहन शाम को उसके यहाँ पहुँचा, तभी उसे गैलरी में ही रोककर कहा, ''किधर जाता बाबू साब?''

''ऊपर?'' चौंककर मोहन ने पूछा।

''इधर मैमसाब नहीं है, घूमने वास्ते गया है।''

''किसके साथ?''

''जो पैसा खर्चता है, उसके साथ। तुम इधर मुफ्त में मैमसाब को दोस्ती करता है, इधर ऐसा नहीं चलेगा।'' खान ने कड़क स्वर में कहा। मोहन चौंक पड़ा। ऐसी बात सुनकर वह सोचने लगा, ये खान बोलता है या मैम साब। फिर भी उसने पूछा, ''खान तुम, क्या बोलता है, क्या ऐसा मैमसाब ने बोला है या तुम बोलता है?''

''अरे! हम क्या, मैम साब क्या एक बात है। प्रौस का कोठा है, बिना पैसा इधर कोई कदम नहीं मार सकता। आप दो-चार बार फ्री आया है, ऐसा नहीं चलेगा। पैसा लाया, तो ऊपर जा सकता है।'' खान ने पैसे लेने को हाथ खोलकर कहा।

''ओह! मैमसाब इधर ही है? अच्छा हम उनसे थोड़ा बात करना माँगता है।''

''जाओ!'' खान ने सोचा, इतना ही बहुत कह दिया। अब वह खुद समझ लेगा, वरना हमसे बचकर कहाँ जाएगा?

मोहन झट से ऊपर चला गया। ऊपर जाकर उसने देखा, सेठ हजारीमल का बड़ा लड़का राधेश्याम मैमसाब के पास सोफे पर बैठा हुआ सिगरेट पी रहा है। यह देख पहले तो मोहन झिझका, फिर साहस करके आगे बढ़ गया। रैमी ने उसे देखकर केवल इतना ही कहा-

"हल्लो मिस्टर मोहन!" और मोहन इसका कोई उत्तर न दे बराबर वाले दूसरे सोफे पर बैठ गया। वह सोचने लगा, रैमी से राधे के समक्ष कैसे बातें की जाएँ। फिर भी उसने धीरे से कहा, "रैमी, कुछ समय दोगी मुझे?"

"बोलो! ये तो आपका ही फ्रैंड है।"

"बट··· (किंतु)

"कोई बात नहीं यार, हमसे क्या छुपाते हो, जैसे तुम वैसे हम।" राधे ने हँसकर कहा। मोहन समझ गया।

"अच्छा! बात पक्की है न!"

"कौन सी बात? ओह मैरिजवाला?" रैमी ने कहा।

"हाँ।"

"हम तैयार है, लेकिन आपने सब सोच लिया है?"

"सोचना क्या है?"

"यही कि मैरिज करने के बाद कहाँ रहोगे, क्या करोगे? माता-पिता राजी हैं या खिलाफ। पैसा कितना है अपने पास? यही सोचने का है। " रैमी ने स्पष्ट किया। मोहन को जैसे झटका मारा हो किसी ने। वह मन-ही-मन चौंक पड़ा, उत्तर न देना अपनी दुर्बलता थी। यही सोचकर बोला, "इसकी तुम्हें क्या चिंता है, यह मेरी बात है!"

"नो-नो! मिस्टर मोहन! हम पहले सब बात सैटिल करना माँगता है। ये हमारी लाइफ का सवाल है।" रैमी ने दृढ़तापूर्वक कहा।

"अच्छा भाई! हम जाते हैं, आप लोग बातें करो।" कहकर राधेश्याम खड़ा हो गया।

"ऑल राइट डियर!" (अच्छा प्यारे) कहकर खड़े होकर रैमी ने उससे हाथ मिलाकर उसे विदा किया। पर वास्तव में राधे गया नहीं, वह एक अन्य कमरे में परदे के पीछे खड़ा होकर इनकी बातें सुनने लगा।

"यस, अब बोलो!" रैमी बोली।

"देखो रैमी! इस घर पर तो मैरिज करके हम रह नहीं सकते, न ये कार-वार ही रख सकते हैं। पर तुम्हें पाने के लिए मैं अपना सबकुछ त्यागने को तैयार हूँ। रुपया-पैसा मैं अपनी वाइफ का सारा जेवर बेचकर ला सकता हूँ, वह लगभग बीस-पच्चीस हजार का होगा।" मोहन ने योजना बताई।

"फिर?"

"फिर हम दोनों इंग्लैंड चलकर रहेंगे, कोई बिजनेस कर लेंगे।" मोहन

ने आगे कहा।

''ऑल राइट! तो पहले रुपए लेकर आओ, हम उसी दिन चल देगा तुम्हारे साथ…ठीक!'' उसने अपना जाल फेंका।

''अच्छी बात! मैं एक-दो दिन में ही प्रबंध कर लूँगा, डार्लिंग! मगर तुम्हें नहीं छोड़ सकता।'' कहकर उसने रैमी के गले में हाथ डालकर उसका एक चुंबन लेना चाहा, परंतु रैमी ने अपना मुख पीछे हटाकर कहा, ''ये सब पीछे! अभी नहीं।'' फिर मोहन झेंपकर खड़ा हो गया और नीचे चला गया।

राधेश्याम उसके जाते ही बाहर आ गया और रैमी की ओर कुछ हाथ का इशारा कर वहाँ से चला गया। राधेश्याम ने वही सब बातें जाकर गोपालदासजी को ज्यों-की-त्यों बता दीं। सुनते ही गोपालदास को बड़ा क्रोध और उत्तेजना हुई। पर वह सतर्क हो गए। उन्होंने यही बातें गोमती को भी बता दीं। राधेश्याम का नर्मदा के साथ भाई का रिश्ता था। अतः उसने स्वयं नर्मदा के पास आकर उसे भी सतर्क रहने को कह दिया। इस प्रकार चारों ओर से मोहन को रुपए-पैसे के मामले में बंदिश कर दी गई। पर उससे घर में किसी ने कहा कुछ नहीं। उसपर कुछ भी प्रकट नहीं होने दिया गया।

मोहन ने एक-दो दिन पश्चात् एक दिन नर्मदा से मीठी-मीठी बातें करना आरंभ किया। वह बखूबी समझ रही थी कि आज कोई चाल चली जा रही है।

''नर्मदा! मेरा विचार है, हम दोनों इंग्लैंड चलें।'' मोहन ने कहा।

''अवश्य चलिए!''

''मैंने सोचा, तुम अंग्रेजी नहीं जानती हो, तो कोई बात नहीं है, मैं तो तुम्हारे साथ रहूँगा ही।''

''जी हाँ।''

''तो फिर तैयारी करो। एक-दो दिन में ही हम यहाँ से चल देंगे।''

''क्या तैयारी करूँ, बताओ?''

''अपने सारे कपड़े, सारा जेवर, मेरे कपड़े, बिस्तर आदि बस यहीं सँभालकर रख लो।''

''और सब तो तैयार सा ही है, पर…''

''पर क्या?''

''जेवर माताजी के पास हैं।''

''क्यों? तुम्हारा जेवर उनके पास क्यों? और वह तो तुम्हारे मायके से

मिला है न?'' उसने चौंककर आश्चर्य से पूछा।

''हाँ, यहाँ का और वहाँ का सब मिलाकर उन्हीं के पास रखा है।'' उसने बताया।

''ओह! माई बैड लक।'' (अरे मेरा दुर्भाग्य) कहकर वह कुछ सोचकर बोला, ''अच्छा तो ऐसा करो, देखो यह तो तुम जानती ही हो कि पिताजी न तो विलायत जाने देंगे हमें और न जाने को पैसा ही देंगे। अत: या तो तुम अपने पिताजी के यहाँ से किसी प्रकार बीस हजार रुपए का प्रबंध करो अन्यथा माताजी से जेवर माँग लो! पर देखो, हमारे जाने की ये बात किसी पर भी प्रकट न होने पाएँ। अन्यथा सब योजना विफल हो जाएगी, समझी?''

इस प्रकार की बातों में उसे ललचाकर फिर उसने उसके साथ प्रेमपूर्ण व्यवहार किया। दोनों एक ही बिस्तर पर सोये। नर्मदा इस चाल को भली प्रकार समझ रही थी। राधेश्याम की बातें उसके सामने आने लगीं। फिर भी उसने खुद को उस भेद से अलग ही रहने दिया।

अब मोहन नित्य ही नर्मदा से इस कार्य के लिए पीछे पड़ने लगा। उसने सभी बातें अपनी सास को बता दीं और गोमती ने गोपालदास को। गोपालदास ने योजना को सत्य करने जैसा दिखाने के विचार से नर्मदा को समझा-बुझाकर उसके मायके भी भिजवा दिया। और कुछ दिन पश्चात् ही बुलवा लिया। इससे मोहन को यह विश्वास हो गया कि वह सत्य ही रुपए का प्रबंध करने गई थी। रात्रि को उसने पूछा, ''कहो! क्या रहा?''

''असफल!''

''क्यों?''

''बस पूछो मत, मैंने सब उपाय कर लिया, पर कोई सफलता नहीं मिली।'' नर्मदा ने बनकर कहा।

''आखिर हुआ क्या?''

''ये तो आप जानते हैं कि रुपया तो सब बैंकों में जमा रहता है। आवश्यकता पड़ने पर ही चैक द्वारा निकाला जाता है और जेवर सारे तिजोरी में बंद हैं। चाबी पिताजी के पास है। ऊपर पहनने वाले सब जेवर घर में सभी स्त्रियाँ पहने हुए हैं। बताइए, मैं क्या करूँ?'' उसने मोहन को बताया।

''तो फिर यहीं माताजी के अधिकार से किसी प्रकार उन्हें निकाल लो।''

''कैसे निकालूँ, आप ही बताइए न?'' उसने विवशता सी दिखाते हुए

पूछा। मोहन सोच में पड़ गया।

इस प्रकार योजना असफल हो गई, तो उसने कुछ और ही उपाय सोचा। उसने पहले सोचा था कि कुछ रुपए का तो प्रबंध मैं कर लूँगा और बाकी रैमी के पास दस-बीस हजार रुपए होगा ही, वह इंग्लैंड जाने को और मेरे साथ विवाह करने को राजी हो जाएगी। हम चुपचाप यहीं से भाग जाएँगे! पर अब जब रैमी ने उससे ही पहले ऐसी बातें कीं, तो उसे रैमी के कृत्रिम प्रेम पर क्रोध आ गया। उसने अब उसी के रुपए को निकालने की योजना बनाई। उसने किसी प्रकार अपनी पत्नी नर्मदा से पचास रुपए ऐंठ लिये और एक इंग्लिश शराब की बोतल लेकर रैमी के यहाँ रात को जा पहुँचा। उसने वहाँ सब लोगों के चले जाने पर रैमी के समक्ष बोतल खोलकर कहा–

"लो डार्लिंग! हमारा स्कीम सक्सेज (योजना–सफल) हो गया है, हम अब जल्दी ही इंग्लैंड जाने को तैयार हैं, इस खुशी में आज पिलाने आया हूँ।"

"सच! कितना रुपए है आपके पास?"

"पूरा बीस हजार है। चिंता न करो डार्लिंग! ऐश करेगा हम दोनों। तो पियो!" कहकर उसने बोतल उसकी ओर बढ़ा दी। रैमी कितनी ही चालाक थी, फिर भी स्त्री जाति की ही तो थी, उसकी बातों में आ गई और बोतल खोलकर दोनों पीने लगे। मोहन को पता था कि रैमी कहाँ कैश रखती है और कहाँ चाबी रखती है? दोनों ने बोतल खाली कर दी। नशे में चूर होकर दोनों उसी पलंग पर लुढ़क गए। धीरे-धीरे रैमी बेहोश हो गई। मोहन ने चुपचाप उसकी कमर में बँधी चाबी निकाल ली, उस चाबी से मेज का ड्रॉअर खोला, ड्रॉअर में से चाबियों का बड़ा गुच्छा निकाला और उनमें से कुछ चाबियों से सेफ का ताला खोलने की चेष्टा करने लगा। एक चाबी लग गई। उसने सेफ खोला और उसमें से एक चेस्ट निकाली। उसको खोलकर देखा, सौ-सौ के कितने ही नोटों की गड्डियाँ थीं, कुछ आभूषण भी थे। पुनः बंद किया, सेफ का ताला लगाया, गुच्छा ड्रॉअर में रखा और ड्रॉअर बंद कर उसका ताला लगाया। इससे टेबिल कुछ हिली, उस पर रखा टेबिल लैंप गिरा। कमरे में अँधेरा हो गया। बाहर से किसी का कर्कश स्वर गूँजा।

"क्या है मैमसाब?"

"हलो मैमसाब?"

वह कमरे में आ गया। बटन दबाया, प्रकाश हो गया। उसने देखा, मोहन पलंग के पास हक्का-बक्का सा खड़ा है। कैश बॉक्स उसके हाथ में है और रैमी अचेत पड़ी है। उसने अविलंब मोहन का हाथ पकड़ लिया। बोला–"डैम फूल! सुअर का बच्चा! चोरी करता है।" और कैश बॉक्स उसके हाथ से छीन लिया। पुनः रैमी को पुकारा। वह अचेत थी। उसे क्रोध आ गया। उसने कैश बॉक्स को एक ओर रखकर मोहन को दो-चार हाथ कस-कसकर जमाए। पठान का हाथ था, बिजली सी चमक गई। मोहन तिलमिला उठा। उसकी जुबान बंद हो गई। मुख से रक्त बहने लगा।

पठान ने उसका हाथ पकड़े-पकड़े ही छज्जे की ओर आकर जोर से पुकारा–"पोलिस, पोलिस!"

नीचे से आवाज आई–"कौन है?"

पठान ने पुकारा–"इधर चोर है, जल्दी आइए, ऊपर आइए।"

और दो-तीन सिपाही ऊपर आ गए। पठान मोहन को उनके समक्ष खड़ा कर कैश बॉक्स पुलिसवालों को दिखाकर बोला, "ले जाइए इस बदजात को, थाना ले जाइए!"

पुलिसवाले ने मोहन का हाथ पकड़ लिया और बोला, "कौन है यह? यहाँ क्या करने आया था रात के बारह बजे?" दूसरे ने पूछा।

पर मोहन अवाक् था। नशा तो उसका काफूर हो ही गया। जुबान बंद कर दी भविष्य की कल्पना ने। पुलिस ने खान से कहा, "तुम भी चलो खान हमारे साथ, थाने में रिपोर्ट दर्ज करना है!"

"हम कैसे जाएगा? देखता नहीं, मैम साब सोया पड़ा है।"

"अच्छा तो हम इसे लिये जाते हैं, फिर दारोगाजी आकर सब काररवाई करेगा। ठीक है न?"

"बिलकुल ठीक है!"

आज मोहन पैदल ही आया था। न तो वह कार ही लाया था और न सूट पहनकर आया था। क्योंकि उसे तो दूसरा ही कार्य करना था। आज कमीज पाजामा पहने हुए ही चला आया था वह। पुलिसवाले उसे नीचे ले आए और बोले, "अरे भाई! बता तो सही कौन है तू?"

"मैं सेठ गो···नहीं रेवत···नहीं नहीं।" वह यह सोचकर घबरा गया कि कैसे अपने पिता अथवा श्वसुर का नाम बताए। वह पुनः चुप हो गया।

"हाँ-हाँ! बताओ न! किसी सेठ के यहाँ नौकर हो क्या?" एक ने पूछा।

मोहन को एक युक्ति सूझी। उसने एक हाथ से अपनी जेब के पूरे रुपए निकालकर पुलिस की ओर बढ़ा दिए। कांस्टेबल ने उन्हें अपने हाथ में लेकर सँभाला, कुल पच्चीस ही थे! वह उन्हें वापस करता हुआ बोला, "रख लो! फिर काम आएँगे।" और उसे सीधे थाने ले गए।

□

बाबू कमलनारायण और साधना दोनों लाइब्रेरी में बैठे-बैठे कानूनी पुस्तकें देख रहे थे। दोनों के अलग-अलग मुंशी थे, वह उन्हें किताबें निकाल-निकालकर देते जा रहे थे। लाइब्रेरी एक ही थी। तभी अचानक सेठ गोपालदास ने कमरे में प्रवेश कर नमस्ते किया। चश्मा ऊपर उठाकर देखते हुए नमस्ते का उत्तर देकर कमल बाबू ने कहा, "आइए, बैठिए!" गोपालदास एक कुरसी पर बैठ गए।

"कहिए, क्या आज्ञा है?" कमल बाबू ने उनकी ओर उत्सुकता से देखते हुए पूछा। गोपालदास मौन थे। उनकी आँखें भीगी-भीगी सी लग रही थीं। जेब से रूमाल निकालकर आँखें पोंछते हुए उन्होंने भर्राए स्वर में कहा, "तिवारीजी!" और फिर चुप हो गए, गला भर आया। कमल बाबू ने उन्हें सांत्वना देते हुए कहा, "धैर्य रखिए, क्या मामला है बताइए तो, सब ठीक हो जाएगा, चिंता न करो।"

"मैं लुट गया, बरबाद हो गया। मुँह दिखाने योग्य नहीं रहा, वकील साहब।"

"कैसे, क्या कोई डकैती पड़ गई?" कमलनारायण ने पूछा।

"नहीं, यह डकैती से भी बढ़कर हुआ है। मेरा लड़का मोहनदास चोरी के मामले में पकड़ लिया गया है।" उन्होंने बताया।

"आप आरंभ से अंत तक सब बातें बताते जाइए, फिर मैं सब समझ लूँगा।" कमल बाबू ने कहा।

गोपालदास ने सब कच्चा चिट्ठा खोलकर वकील साहब के समक्ष रख दिया। उन्होंने मोहन की बचपन से लेकर अबतक की सभी बातें वकील साहब को बता दीं। कमल बाबू और साधना कान लगाकर उसकी कथा को सुनते रहे। जब वह समाप्त हो गई, तब कमल बाबू ने कहा-

"ठीक है! समझ गया! चोरी तो उसने की है, यह निश्चित है। पर बचाया जा सकता है।"

"आपका भरोसा है, तिवारीजी। तभी तो आपके पास आया हूँ।"

गोपालदास ने आश्वस्त होकर कहा।

''किंतु आपको पता है, हम सच्चे केस ही लेते हैं। इसमें सच्चे को झूठ साबित करना पड़ेगा। यही हमारे सिद्धांत के विरुद्ध है।'' कमल बाबू ने कुछ नाक-भौं सिकोड़कर कहा।

''कुछ भी हो तिवारीजी, ये केस आपको लेना ही पड़ेगा। मेरे मान-अपमान का प्रश्न है। सेठ रेवतमलजी मेरे संबंधी हैं। मेरी सारी इज्जत मिट्टी में मिल जाएगी।'' गोपालदास ने गिड़गिड़ाकर कहा।

कमल बाबू सोच में पड़ गए। तभी साधना ने अपने मुंशी से कहा-

''आप ले लो इनका केस और वकालतनामा भरवा लो।''

और गोपालदास से कहा, ''पारिश्रमिक होगा दो हजार।''

''दो हजार?'' चौंककर गोपालदास ने पूछा।

''जी!''

''वकील साहब!'' दाँत निकालकर गोपालदास बोले।

''जी हाँ, केस सच्चा है और उधर मुद्दई है मिस रैमी स्टोनर, एक एंग्लो इंडियन प्रॉस। देख लो और सोच लो।'' साधना ने बताया।

कुछ देर सोच-विचार और वाद-विवाद के पश्चात् गोपालदास ने वकालतनामे पर हस्ताक्षर कर दिए और एक हजार अग्रिम देकर विदा हो गए। साधना के उत्साह और इतने भारी मेहनताने को देखकर कमल बाबू का हृदय गर्व से फूल उठा। उन्होंने मुसकराकर पूछा, ''केस समझ में आ गया न?''

''बहुत अच्छी तरह बाबूजी!'' साधना ने उत्तर दिया।

''इस केस का भेद पीछे खुलेगा, देखना।''

''हूँ!'' कहकर कमल बाबू पुनः किताबें देखने लग गए।

जब से राजेंद्र दामाद के रूप में कमलनारायण के घर में रहने लगा है, तब से ही कमल बाबू और कौशल्या के हृदय से एक अभाव मिट चुका है। इसका श्रेय तो साधना को ही मिला था। क्योंकि फैसला तो उसी का था। वह राजेंद्र की एक सच्ची, ईमानदार, निरभिमान और आज्ञाकारिणी पत्नी थी। उसकी शिक्षक भी थी। मित्र भी थी और सहायक भी थी। राजेंद्र उसकी प्रत्येक बात को मानने में, उसपर चलने में अपना सौभाग्य समझता था। वह कमल बाबू और कौशल्या को अपने निजी माता-पिता से अधिक मानकर उनकी सेवा करता था, उनका आदर करता था। अपने को उनका दामाद न समझ पुत्र ही समझता था। वे दोनों भी उसके व्यवहार से पूर्ण संतुष्ट ही

नहीं, वरन् राजेंद्र को अपने किसी पुण्य का प्रताप समझते थे।

उधर कृष्णकुमार और मोहिनी को भी यह आभास नहीं होने दिया जाता था कि राजेंद्र कमल बाबू का घरजमाई बन गया है। क्योंकि हर महीने कुछ-न-कुछ आर्थिक सहायता उन्हें मिल ही जाती थी। दो-चार दिन की लंबी छुट्टियों में राजेंद्र और साधना दोनों ही वहाँ चले जाते थे। उधर साधना अपने श्वसुर, सास-ननद और देवरों से एक अच्छी बहू जैसा व्यवहार करके उन्हें प्रसन्न रखती थी।

साधना ने प्रार्थनापत्र प्रस्तुत कर मोहन की जमानत स्वीकार करा ली। वह दस हजार की जमानत पर अपने घर आ गया। पर अच्छी हो या बुरी, कोई भी बात छिपी नहीं रहती। इसका पता सेठ रेवतमलजी को भी लग गया। उन्होंने इस कृत्य पर धूल डालना ही उचित समझा। उसे बचाने का ही प्रयत्न किया। वे स्वयं भी कार लेकर साधना से जाकर मिले और उसे बचाने के लिए उससे जोरदार शब्दों में सिफारिश कर आए। साधना को बैठे-बैठे एक नई बात सूझी। उसने लाला रेवतमल से कहा कि वह किसी बहाने से अपने यहाँ एक पार्टी दें और उसमें पुलिस के बड़े-बड़े अफसरों को, सभी मजिस्ट्रेटों को, जिला कलक्टर को और मुख्य-मुख्य वकीलों को निमंत्रित कर दें।

रेवतमल के लिए यह कोई कठिन काम नहीं था। उन्होंने इस बात को स्वीकार कर लिया और दिन भी नियत कर लिया। बात असत्य भी नहीं थी। उनके बड़े लड़के के पहले ही बेटे का दूसरा जन्म दिवस मनाने का मौका था। सो प्रमुख सरकारी अधिकारियों, वकीलों, सेठों आदि की सूची बनकर तैयार हो गई और निमंत्रण-पत्र भिजवा दिए गए।

साधना का सभी बड़े अफसरों से परिचय हो गया था। आगरा की एक ही महिला वकील होने के कारण प्रायः सभी अधिकारी उसे जानते थे। और वह भी सबको जानती थी। आज के इस आयोजन में राजेंद्र भी निमंत्रित था। अतः वह भी अपनी पत्नी तथा श्वसुर के साथ कार में आया था। उसने अपने अब तक के जीवन में न तो इस प्रकार घुल-मिलकर बातें करते हुए इतने उच्च अधिकारियों को देखा था और न ऐसी किसी पार्टी में ही वह सम्मिलित हुआ था। आज अपने को इतने ठाट-बाट से अपनी शिक्षित तथा सम्माननीय पत्नी के साथ पाकर वह मन-ही-मन गर्व से फूला नहीं समा रहा था। वह आज के दिन की तुलना अपने अतीत से करने लगा। उसे ऐसा लगा जैसे वह एक कुएँ में से निकलकर एक विशाल सागर में आ गया है। उसे साधना का

व्यक्तित्व बहुत उच्च दिखाई पड़ने लगा। उसे लगा, जैसे वह स्वयं एक अज्ञानी यात्री था और साधना उस यात्रा में उसे एक सफल और सबल साथी मिल गई, जिसने उसकी उस तुच्छ-सी जीवन-नौका को खेने में अपनी कुशलता का पूर्ण परिचय दिया।

पार्टी में खाना-पीना चल रहा था। एक सुंदर भारतीय नर्तकी का नृत्य भी चल रहा था। बातें चल रही थीं इधर-उधर की। साधना बातों को मोड़-तोड़कर अपने लक्ष्य पर लाना चाहती थी। अवसर की खोज में ही थी। उसने चुपके से राजेंद्र को मोहन की ओर इशारा करके कुछ कहा। राजेंद्र ने मोहन की ओर कौतूहलपूर्ण दृष्टि डाली। उसे मोहन की ओर देखते हुए देखकर जिलाधीश, जज, मजिस्ट्रेट, एस.पी. आदि ने स्वयं भी उसकी ओर देखा, तभी साधना ने अपना तीर फेंका–

"पहचानते हैं आप इसे?" उसने एस.पी. से पूछा।

"नहीं तो, कौन है। लाला रेवतमल का लड़का है शायद।" एस.पी. ने कहा।

"जी नहीं, ये लालाजी का दामाद है मोहनदास, जिसे चोरी के केस में पकड़ लिया गया था।" साधना ने बताया।

"चोरी के केस में? किसकी चोरी?" जिला न्यायाधीश ने आश्चर्य से पूछा।

"मिस रैमी स्टोनर! एक एंग्लो इंडियन प्रॉस है।" साधना ने बताया।

"मैं समझा नहीं, थोड़ा क्लीयर करो।" पुनः एस.पी. ने पूछा।

अन्य सब भी इस केस को सुनने के लिए उत्सुकता से साधना की ओर ध्यान लगाने लगे। साधना ने कहना आरंभ किया–

"सेब के बाजार में एक एंग्लो इंडियन प्रॉस है, जो अपने को प्रौस न मानकर इंग्लिश नर्तकी और गायिका मानती है। उसके यहाँ कुछ सेठ लोगों के ऐसे लड़के जाया करते हैं, जिन्हें अंग्रेजी से अधिक प्यार है। जो हैं तो मामूली ही अंग्रेजी पढ़े-लिखे, पर अपने को समझते खूब हैं। अपने को अंग्रेजों से कम नहीं समझते। उन्हीं में ये लड़का मोहनदास भी है। लाला रेवतमल की पुत्री नर्मदा इसे ब्याही है। वह केवल हिंदी पढ़ी है, अंग्रेजी नहीं जानती। लाला गोपालदास का यही लड़का मोहन उस प्रौस के यहाँ जाकर अपनी अंग्रेजियत को शो करता है। अपना शौक पूरा कर लेता है।" बीच में ही कलेक्टर साहब ने पूछा, "वह स्वयं कितना शिक्षित है?"

“केवल मैट्रिक पास। वह भी ले-देकर।” हँसकर साधना ने बताया। अन्य व्यक्ति भी हँस पड़े। मजिस्ट्रेट तो कहकहा लगाकर हँस पड़े। खाना-पीना धीरे-धीरे चलता रहा। साधना ने पुनः कहना आरंभ किया-

“हाँ तो, मैंने अर्ज किया कि हो सकता है कि इस लड़के के उस प्रौस से सेक्स संबंध भी हों। ये हजरत एक दिन रात्रि को वहाँ पहुँच गए और रुपए-पैसे के मामले पर उससे इसकी चखचख हो गई। इसपर ये वहाँ से निकल आना चाहता था कि प्रौस के एक पालतू पठान ने इसे पकड़ लिया। कुछ हाथापाई भी हो गई बताते हैं। अंत में उसने पुलिस बुलाकर उसे चोर बताकर पकड़वा दिया। वही केस चल रहा है।” साधना ने थोड़ा ब्रेक लगाया।

“किंतु इसके कब्जे से तो एक कैश बॉक्स बरामद हुआ था, जिसमें उसके जेवर और कैश था।” सिटी मजिस्ट्रेट महोदय ने कहा।

“ये सब बकवास है सरकार। एक लखपति का अकेला बेटा और एक करोड़पति का बड़ा दामाद रात-दिन हजारों रुपए में खेलता है। भला यह विश्वास करने योग्य बात है?” उसने तीर को निशाने पर मारते हुए कहा।

“यस! क्वाइट रांग।” (हाँ! बिलकुल गलत) जिला न्यायाधीश ने दृढ़ता से कहा।

“तो फिर केस बनाने में पुलिस का हाथ होगा।” एक एम.एल.ए. साहब बोल पड़े। और फिर हँसी का एक कहकहा लगा। एस.पी. साहब को भी हँसी आ गई। वे बोले, “हो सकता है। कोई आश्चर्य नहीं। मैं इसकी जाँच करूँगा। मुझे पता नहीं इस केस का।”

“यही केस नहीं, आए दिन ऐसी घटनाएँ होती रहती हैं। कुछ तो बढ़ जाने पर सिटी मजिस्ट्रेट साहब की अदालत तक पहुँच जाती हैं। और कुछ को थाने में रफा-दफा कर दिया जाता है।” साधना ने जिला न्यायाधीश की तरफ देखकर कहा।

“हाँ-हाँ! ऐसा ही होता है, मैं जानता हूँ।” जिला न्यायाधीश ने साधना की बात की पुष्टि की।

“अजी, ये ससुरे वहाँ जाते ही क्यों हैं?” एम.एल.ए. महोदय ने कहा।

“वेश्याओं को ही वहाँ से क्यों न हटाया जाए। न रहेगा बाँस, न बजेगी बाँसुरी। जब गंदगी होगी तो मक्खी-मच्छर होंगे ही। अतः उस गंदगी को ही क्यों न समाप्त किया जाए?” कालीचरण प्रधान, नगर कांग्रेस कमेटी ने अपना सुझाव रखते हुए कहा। इसपर पुनः एक हँसी का कहकहा लगा। भोज समाप्त

हुआ। उठते-उठते साधना ने फिर एक आखिरी तीर फेंकते हुए कहा, ''ये काम तो श्रीमान कलक्टर साहब ही कर सकते हैं।''

''मैं इसपर विचार करूँगा।'' कलक्टर ने कहा।

सब लोग वहाँ से आकर बड़े हॉल में जमा हो गए। लाला रेवतमल भी आकर सबको धन्यवाद देते हुए बोले, ''कुँवर साहब मोहनदासजी, आप लोगों को पान-इलायची खिलाओ न!''

और मोहन दूसरी ओर चला गया। सबने उसे पुनः देखा और सब एक-एक कर लाला रेवतमल से विदा लेकर हाथ मिलाते हुए बाहर चले गए। सबसे अंत में साधना, कमल बाबू और राजेंद्र ने भी उनसे विदा ली।

दो-चार तारीखों में गवाह शहादत समाप्त हो गए। एस.पी. साहब की जाँच-पड़ताल ने पुलिस के उन सिपाहियों और हेड कांस्टेबलों को ढीला कर दिया। अतः उन लोगों ने अपने बयानों में स्पष्ट कह दिया–

''पठान ने हमें आवाज देकर ऊपर बुलाया था और मोहन को चोर बताकर हमारे हवाले कर दिया था। जेवर और रुपयों का डिब्बा उस समय रैमी के पास पलंग पर पड़ा हुआ था और मोहन बाहर छज्जेवाली गैलरी में था। इसके हाथ में उस समय कुछ नहीं था।''

उन्होंने यह भी बताया, ''रैमी उस समय सोई पड़ी थी।''

जबकि रैमी ने अपने बयान में बताया कि ''मोहन जब डिब्बा चोरी कर जाने लगा, तब मैंने शोर मचाया, पठान को बुलाया और पठान ने इससे डिब्बा छीनकर इसे मारा तथा पुलिस के हवाले कर दिया।''

मुकदमा खारिज कर दिया गया। मजिस्ट्रेट ने सबके बयानों को असत्य मानकर मोहन को बरी कर दिया। यद्यपि साधना ने कोई सिफारिश नहीं की थी। पर उस कहानी का प्रभाव उन सभी अधिकारियों पर ऐसा पड़ा कि उस घटना को सभी ने असत्य समझा। मोहन की जीत साधना की विजय थी। साधना ने मोहनदास से कहकर मिस रैमी पर दस हजार का मानहानि का उलटा दावा करा दिया। और सचमुच, वह दावा स्वीकृत हो गया। मोहन को दस हजार मिल गए। मिस रैमी का जीवन भर का कमाया धन व्यर्थ ही नष्ट हो गया। साथ ही उसे आगरा छोड़ने का नोटिस भी मिल गया।

मोहनदास को घर बुलाकर साधना ने समझाया कि वह अपनी कृत्रिम अंग्रेजियत को छोड़कर अपनी वास्तविकता को समझे। अपने कारोबार को सँभाले और अपनी सुंदर, सुशील पत्नी को प्रेम से रखे। शांति का उदाहरण देकर उसने

उसे बताया कि तुम्हारी सारी शान मिट्टी में मिल जाएगी। मोहन ने उसी समय प्रतिज्ञा करते हुए कहा कि वह अब कभी ऐसा नहीं करेगा। साधना के इस कार्य से लाला गोपालदास इतने प्रसन्न हुए कि उन्होंने दो हजार मेहनताने के अतिरिक्त और दो हजार रुपए पुरस्कार-स्वरूप साधना को दे दिए। मोहन भी सही मार्ग पर आ गया। उनकी चिंता दूर हो गई। कहते हैं, सुबह का भूला अगर शाम को घर आ जाए, तो उसे भूला नहीं कहते।

□

बसंतराम के पिताजी को इस बात का पता चल गया कि अनंत के घर पर न आने का कारण क्या है? उन्होंने इसकी कुछ दिन खोजबीन की, तो पता चला कि राजेंद्र की बहू शांति को उसने रख छोड़ा है। उसके साथ उसके अनैतिक संबंध हैं। उन्हें यह भी पता चल गया कि शांति का राजेंद्र के घर को त्यागकर आना, तलाक देना आदि बातों में अनंत का ही योगदान था। राजेंद्र के घर को नष्ट करने वाला यही अनंत है। अतः उन्हें उससे घृणा हो गई।

अनंतराम शांति को अपने कमरे में खुले रूप से रखने में अपने परिवारवालों से, अपने मिलनेवालों से व समाज से भय खाता था। उसके अंदर इतना साहस नहीं था कि वह इन सबके विरोध का सामना निर्भीक होकर कर सके। वह यह नहीं चाहता था कि अपनी पैतृक संपत्ति में से उसे छिटका दिया जाए और यह भी नहीं चाहता था कि उसके दुकान के कारोबार में बदनामी के कारण कोई बाधा उपस्थित हो जाए, आय में कमी आ जाए। परंतु इन सभी बातों के साथ-साथ वह शांति को भी बिलकुल छोड़ देना नहीं चाहता था। अब शांति को जिस मकान में उसने छोड़ा था, उसमें और भी किराएदार रहते थे। नीचे के भाग में एक कमरा और एक रसोई शांति के पास थी। अनंत उस मकान में जब भी जाता था, तब मन में कुछ डरता-डरता ही जाता था। वह कभी रात्रि को वहीं रुक जाता था, तो कभी अपने कमरे पर आकर सो जाता था।

शांति ने पहली बार आकर अनंत के साथ रहकर जो आनंद प्राप्त किया था, वह उसके दुबारा आने पर आधा रह गया। न वह भोजन, न वह फैशन, न वह घूमना-फिरना और न वह चिंता रहित विलासिता। कुछ भी नहीं रहा अब तो। कभी दो-चार रुपए का अनाज लाकर रख दिया। कभी साग-सब्जी ला दी। कभी ईंधन ला दिया। कभी अनाज खत्म हो गया, तो पड़ोसियों से

आटा माँगकर भोजन बना लिया। कभी साग नहीं आया तो रूखी-सूखी रोटी ही खा ली। कभी ईंधन के अभाव में दूसरे के चूल्हे पर रोटी सेंक लाई। अपनी इस दुःख भरी हालत से तंग आकर शांति सोचने लगती–अजीब बात है, क्या इसीलिए इसने मेरा जीवन बिगाड़ा, मेरा घर बिगाड़ा? इस तरह मैं यहाँ कब तक पड़ी रहूँगी? क्या वह मुझे अपने साथ नहीं रख सकेगा? ऐसे न जाने कितने प्रश्नों की झड़ी लग जाती उसके मस्तिष्क में। पर उत्तर देने वाला कोई न था।

उसने साहस करके एक दिन अनंत से पूछ ही लिया–"क्यों जी, अब क्या सोचा है आपने मेरे विषय में?"

"सोच तो रहा हूँ, पर अभी कुछ निश्चय नहीं कर पा रहा हूँ।" अनंत ने उत्तर दिया।

"आखिर कब होगा वह निश्चय? आखिर मैं कब तक यहाँ पड़ी रहूँगी?" उसने पूछा।

"तुम्हें यहाँ कोई कष्ट है क्या?" अनंत ने उलटा पूछा।

"हाँ! कष्ट है, एक नहीं अनेक कष्ट हैं। खाने का, पहनने का, रहने का, सभी तो हैं। मुझे आराम क्या है यहाँ पर? तुम भी कभी आते हो, कभी नहीं आते। मैं यहाँ रखैल की भाँति पड़ी-पड़ी रूखी-सूखी खाती रहूँ।" शांति ने इतना सब साहस करके कह डाला।

"तो फिर तुम्हीं बताओ, मैं और क्या करूँ? मैंने जो भी उपाय सोचे, सब नष्ट हो गए। जो योजनाएँ बनाईं, वह विफल हो गईं। अब बताओ और क्या करूँ?" अनंत ने खिन्न होकर कहा।

"आप मेरे साथ पुनर्विवाह क्यों नहीं कर लेते?" अनंत कोई उत्तर न देकर चुप हो गया, सोचने लग गया। शांति ने उसे चुप देखकर फिर पूछा,

"क्यों, क्या सोचने लगे?"

"पुनर्विवाह?"

"हाँ, पुनर्विवाह। अन्यथा और किस तरह रख सकोगे अपने साथ?"

"शांति अभी और थोड़ा-सा अवसर दो सोचने का। मेरे समक्ष एक विचित्र उलझन है, मैं परेशान हूँ।" अनंत ने खिन्नता से कहा।

"कुछ भी हो, मैं अब और अधिक इस तरह नहीं रह सकती। तुम्हारे लिए मैंने अपना घर छोड़ा, मायका छोड़ा, अपना सोने सा पति छोड़ा। पूरी तरह बदनाम हो गई। क्या तुमने इसीलिए मुझे सब्जबाग दिखाए थे? क्या इसी

मर्दानगी पर मुझे वहाँ से बुलाया था? अब क्या हो गया है तुम्हें, मुझे अपने साथ नहीं रख सकते? क्या बात है, बताओ न?'' उसने खीजकर कहा।

सुनकर अनंत चौंक पड़ा। उसने शांति के अंतर में अपने प्रति विरोधी भावनाओं का उभार अनुभव किया। उसे लगा, शांति मेरे इस व्यवहार से खिन्न होकर कहीं चली न जाए। अतः वह गिड़गिड़ाकर बोला, ''शांति! अप्रसन्न न हो। मैं सब समझता हूँ, पर कुछ विवशताएँ हैं मेरे समक्ष। मैं मार्ग खोज रहा हूँ। समय दो मुझे।'' वह उदास-सा हो गया।

''आप मेरे कहने से साधना के पास जाइए। वह आपको सही मार्ग बता देगी। उसने तो मुझे भी उस दिन कितना समझाया था। पर मेरा तो दुर्भाग्य था कि उस समय तुम्हारे इस बनावटी प्रेम के नशे में मुझे कुछ नहीं दिखाई दिया और उन्हें छोड़कर चली आई, वरना वह देवता थे। हाय...'' कहकर उसका हृदय उमड़ने लगा, आँखें डबडबा आईं। आँसू टपक पड़े कपोलों पर। वह फफक-फफककर रोने लगी। अनंत घबरा गया इस त्रियाचरित्र से। उसके भी अंतर का उत्साह उबाल खाने लगा। वह चुपचाप उठकर चला गया।

साधना की उस दिन की बातों से वह इतना लज्जित हो गया था कि अब वहाँ जाने को उसके पाँव नहीं पड़ते थे। फिर भी उसे ऐसा लगा, जैसे राजेंद्र सत्य ही देवता है। मैंने उस देवता के मंदिर से उसकी संगिनी प्रतिमा चुरा ली है। फिर भी देवता ने भोलेपन से कहा था–

''मैंने उसे कब त्यागा था, उसी ने तो मुझे त्यागना चाहा था...मुझे उससे कोई लगाव नहीं है।''

और साधना ने अब उसी चुराई हुई प्रतिमा का स्थान ले लिया है। सत्य ही अब उस देवता के उपयुक्त ही उसे देवी मिली है। वह देवी ही है। शिक्षित है, सभ्य है। अवश्य ही कोई मार्ग बताएगी। यही सोचता हुआ वह सीधा साधना के घर जा पहुँचा। बैठक का द्वार तो खुला ही था। वह भयभीत सा बाहर ही खड़ा होकर इधर-उधर झाँकने लगा, सोचने लगा–'ऐसे ही चला जाऊँ अंदर या आवाज दूँ?'

सहसा अंदर से किसी की मधुर कंठ ध्वनि उसे सुनाई पड़ी–

''आइए! आप अंदर आ जाइए।'' और झिझकता हुआ सा अनंत धीमे-धीमे पग बढ़ाता हुआ अंदर प्रवेश कर गया। उसने साधना को ही बैठे देखा, नमस्ते की।

"आइए! बैठिए!" साधना ने उसे पहचानते हुए सभ्यतापूर्वक कहा। और अनंत संकुचित सा एक कुरसी पर बैठ गया।

"क्या उनसे मिलने आए हो? बुलाऊँ उन्हें?" साधना ने पूछा।

"जी नहीं। मैं आपके ही पास आया था, कुछ परामर्श लेने। बात यह है कि आपसे क्या छिपा है। मुझसे यह अपराध तो हो ही गया है कि मैंने शांति को राजेंद्रजी के यहाँ से बुलाकर रखना चाहा। जो कुछ मूर्खताएँ मैंने कीं, वो सब भी आप जानती ही हैं। पर अब बताइए कि शांति को मैं किस प्रकार अपने घर में रखूँ। यदि उसके साथ विवाह या पुनर्विवाह करता हूँ, तो घर वाले अप्रसन्न हो जाएँगे। पिताजी मुझे अपनी जायदाद से महरूम कर देंगे और यदि उसे ऐसे ही छुपा-छुपी रखता हूँ तो कब तक रख सकूँगा?" अनंत ने बताया।

"सुनिए, मैं समझ गई आपकी परिस्थिति। आप अभी अपने हिस्सेदारी की बात छोड़ दीजिए, लालच में न पड़िए, पहले आप साहस करके शांति के साथ अपना पुनर्विवाह करिए। चाहे आर्य समाज से, चाहे अदालत से। फिर निश्चिंत होकर अपना कार्य करते रहिए। अपने घर भी जाते रहिए। यदि हो सके, तो शांति को वहीं रखिए और यदि कोई बाधा आए, तो फिर अपने साथ अलग रखिए। जब हिस्साकशी का मामला चले, तो मुझसे बात करिए। बस और आज्ञा दीजिए।" साधना ने दो शब्दों में अपना निर्णय सुनाकर कहा।

बात लगभग कोई नहीं थी। इसे तो वह भी जानता था, पर साधना ने जिस निष्पक्षता और निर्भीकता से बताई है, उसी ने अनंत में साहस भर दिया। वह प्रसन्न हो गया। समस्त उदासी दूर हो गई।

"तो अदालत से ये कार्य आप करा देंगी?" अनंत ने उससे पूछा।

"फीस लूँगी?" साधना ने मुसकराकर उत्तर दिया।

"वह मैं अवश्य दूँगा।" अनंत भी मुसकरा उठा।

"बस तो शांति को लेकर कल १० बजे अदालत आ जाइए।" साधना ने बताया।

"रुपए कितने ले आऊँ?" अनंत ने पूछा।

"केवल दो सौ रुपए", साधना ने उत्तर दिया। अनंत चला गया नमस्ते करके।

दूसरे ही दिन अदालत में साधना ने दोनों की ओर से अलग-अलग प्रार्थना-पत्र लिखवाकर सिटी मजिस्ट्रेट के समक्ष प्रस्तुत कर दिए। उन्होंने तुरंत ही विवाह

करने की अनुमति दे दी। साधना ने फैसले की प्रतिलिपि लेकर अनंत के लिए दे दी और अपने दो सौ रुपए लेकर उन्हें अदालत से ही विदा कर दिया। शांति साधना के समक्ष कुछ झेंपी-झेंपी सी रही। वह उससे कुछ कहना चाहती थी। पर लज्जा और संकोच के कारण कुछ कहने का साहस नहीं हुआ।

अब दोनों अपना सारा सामान उस किराए के घर से लेकर ताँगे द्वारा सीधे अपने घर में चल दिए। वहाँ पहुँचकर अनंत ताँगे से उतरकर सीधे अपनी माँ के पास गया। उसके चरण स्पर्श करके बोला–

"माँ, मैं अपना विवाह करके आया हूँ। बहू को ताँगे से उतार लाओ।"

माँ मुसकराती हुई बोली, "चल रे पागल, कैसी बातें करता है?"

"नहीं माँ, असत्य नहीं है। आओ न।" उसने माँ का हाथ पकड़कर उसे बाहर लाकर ताँगे में बैठी शांति को दिखाते हुए कहा।

माँ सचमुच स्तब्ध रह गई। कुछ सोच में पड़ गई। फिर ममता ने अपना प्रभाव जमाया और वह ताँगे के पास जाकर शांति से बोली, "उतर आओ बहू!" वह वास्तव में शांति को जानती भी नहीं थी। उसने उसे कभी देखा भी नहीं था।

शांति तुरंत ही ताँगे से उतरकर सीधे माँ के पीछे-पीछे मकान में अंदर चली गई। और अंदर जाकर उनके चरण-स्पर्श कर चुपचाप घूँघट मारकर बैठ गई।

वह मन-ही-मन भयभीत हो रही थी कि कहीं अचला न आ जाए। अन्यथा अभी सब भंडाफोड़ हो जाएगा और मुझे पानी-पानी हो जाना पड़ेगा। और अनंत के साथ भी न जाने क्या बीते। वह इधर-उधर कनखियों से देख भी लेती थी। पर अचला कहीं दिखाई न दी। उसने अपनी शंका का समाधान करने के विचार से पूछा–

"आपकी छोटी बहू कहाँ है?"

"वह अभी दो-चार दिन हुए मथुरा चली गई है।" माँ ने बताया।

"कब तक आएगी?" शांति ने पूछा।

"अभी कुछ पता नहीं, कब तक आए?" माँ ने कहा। शांति को शांति मिल गई।

अनंत ने ताँगे से सारा सामान उतारकर एक कमरे में रख दिया और ताँगेवाले को विदा किया। उसे भय था तो केवल पिताजी का। और किसी से वह डरता नहीं था। वे अभी दफ्तर से आए नहीं थे। बसंतराम भी अभी नहीं आया

था। अतः अनंत ने अवसर पाकर एक कमरे पर अपना अधिकार जमा लिया। वह बाकी सामान लेने अपने कमरे पर चला गया और एक ताँगे में उसे भी रखवाकर शीघ्र ही ले आया। घर में सब जमाकर शांति से बोला–

"उस कमरे में चली जाओ।" वह उठकर तुरंत ही उस कमरे में जा बैठी। माँ ने अनंत से पूछा, "कौन है ये? कहाँ से ले आया, स्पष्ट क्यों नहीं बताता?" शंकित भाव से उसने पूछा।

"माँ अदालत से इसके साथ विवाह करके लाया हूँ। अपनी जाति की ही है।" उसने बताया।

"तेरे पिता को पता है इसका?" माँ ने पूछा।

"अब हो जाएगा आने पर।" अनंत ने यूँ ही कहा।

"कहीं ऐसा न हो, वो बिगड़ें मुझपर और तुझपर भी? तू उनका स्वभाव तो जानता ही है।" माँ ने उसे सचेतकर कहा।

"देखा जाएगा माँ! उन्हें आने तो दे।" अनंत ने भी मन-ही-मन भयातुर होकर कहा।

सायं के छह बजते-बजते पिताजी और बसंत दोनों आ पहुँचे। माँ ने उनके आते ही यह बात उन्हें बता दी। सुनते ही वह एकदम उबल पड़े और बोले, "कहाँ है वह, किसे ले आया है?"

"अपने उसी पहले वाले कमरे में है।" माँ ने भयभीत होकर बताया। वह सीधे उसी कमरे की ओर जाकर द्वार के बाहर ही खड़े होकर बोले, "अनंत!"

"हाँ, बाबूजी!" कहकर उसने उनके पाँव पकड़ लिये। और चुपचाप आक़र शांति ने भी उनके पाँव छूने चाहे, तभी पीछे हटकर उन्होंने कहा,

"कौन है ये, क्या वही है राजेंद्र की बहू?" अनंत चुप था, शांति स्तब्ध खड़ी रह गई।

"मुझसे पूछे बिना तूने ये क्या कर डाला, अनंत? अब मैं क्या मुँह दिखाऊँगा कृष्णकुमार और राजेंद्र को?" उन्होंने अपने क्रोध को कुछ दबाकर कहा। अनंत फिर भी चुप रहा। बसंत ने भी वही आकर पूछा–

"क्या शांति को तुम ले आए, भाईसाहब?"

"हाँ", अनंत ने कहा।

बाबूजी कुछ सोचकर पीछे हट गए और अपने कमरे में आरामकुरसी पर बैठ सोच में निमग्न हो गए।

वह इस सोच में पड़ गए कि अनंतराम अपना बड़ा पुत्र है और इस तुच्छ से अपराध के कारण उसका त्याग करना या उससे क्लेश करना उचित होगा? इसके अतिरिक्त वह विधुर है। वैसे भी उसका विवाह करना न्यायसंगत है। शांति अब चाहे कुछ भी हो, परंतु राजेंद्र की विवाहिता पत्नी तो थी ही। यह माना कि उसने युवावस्था के उफान में आकर ऐसा अनुचित कार्य कर डाला, जो किसी भी रूप में क्षम्य नहीं है। फिर भी यह अनुचित कार्य इसने अनंत के साथ ही, यानी अपने बहनोई के बड़े भाई के साथ ही किया। उसी के प्रेम जाल में फँसकर उसने ऐसा अपमानजनक कार्य किया है, काश! यह किसी अन्य के साथ भाग जाती या अनैतिक कार्य कर लेती, तो और भी भयानक बदनामी का कार्य होता। परंतु ये सब तो हो गया। राजेंद्र का दूसरा विवाह भी हो गया। अब उसे शांति से कोई लगाव नहीं रहा। परंतु वह समझेगा कि ऐसा कार्य शांति को बहकाकर अनंत ने ही कराया है। बस यही बात बुरी है, उसका प्रभाव बसंत और अचला पर भी बुरा पड़ सकता है। तो फिर अब इसका उपाय क्या है?

"बाबूजी चाय!" बसंत ने चाय की ट्रे उनके समक्ष छोटी टेबल पर रखते हुए कहा और स्वयं भी वहीं बैठ गया दूसरी कुरसी पर। बाबूजी कुछ चौंक से पड़े–

"ऐं! चाय? अच्छा!" बसंत चाय बनाने लगा। उन्होंने कुछ सोचते हुए कहा, "उसे भी बुला लो!"

बसंत ने चौंककर पूछा, "भाई साहब को?"

"हाँ! उसने अच्छा तो नहीं किया बसंत।" उन्होंने खिन्न होकर कहा।

बसंत ने पुकारा–"भाई साहब?"

अनंत ने सुन लिया, बोला, "हाँ, क्या है बसंत?"

"चाय पी लो।" उसने वहीं से बैठे-बैठे कहा।

अनंत कुछ संकुचित सा, भयभीत सा कमरे में आ गया।

बसंत ने कुरसी की ओर इशारा करके कहा, "बैठो भाई साहब।"

अनंत बैठ गया।

बसंत ने चाय बनाकर पिताजी को और अनंत को देकर एक प्याला स्वयं भी लेकर पीना आरंभ कर दिया।

चाय समाप्त करके पिताजी ने अनंत की ओर बिना देखे ही कहा, "मुझसे पूछा तो होता ऐसा करने से पहले।"

"पूछा तो था, शायद आपको ध्यान नहीं रहा, बाबूजी।" उसने मंद स्वर

में कहा।

"फिर मैंने क्या उत्तर दिया?" उन्होंने चौंककर पूछा।

"आपने मना किया था।" उसने दबे स्वर में बताया।

"फिर?"

अनंत ने सोचा, बातें तो करनी ही हैं, फिर ऐसे दबे-भिंचे रहने से कैसे काम चलेगा। अतः बोला, "बाबूजी, परिस्थितियों ने मुझे विवश कर दिया था। किंतु मैंने राजेंद्र और साधना के परामर्श से ही यह काम किया है।"

"हैं! क्या उनको यह बात ज्ञात हो गई है?" उन्होंने पुनः चौंककर पूछा।

"जी।"

"तो राजेंद्र और साधना तुमसे इस मामले में नाखुश नहीं हैं?" उन्होंने पूछा।

"अब नहीं रहे। उन्हें इस बात का रहस्य किसी प्रकार ज्ञात हो गया था। फिर भी साधना ने मुझे अब यही परामर्श दिया कि शांति को मैं आर्य समाज द्वारा या अदालत द्वारा अपनी पत्नी बना लूँ। अंत में अदालत से उसी ने सब कार्य संपन्न करा दिया है।" अनंत ने पिता को बताते हुए कहा।

"फिर ठीक है।" अनंत के पिताजी ने कहा।

अनंत के पिताजी कोई अशिक्षित या रूढ़िवादी व्यक्ति नहीं थे। रात-दिन ऐसी बातें समाचार-पत्रों में पढ़ते थे। अतः वह मन-ही-मन सोचकर प्रसन्न ही हुए कि अच्छा हुआ, अनंत इसे लेकर यहीं आ गया। अन्यथा डर से कहीं अन्यत्र भाग जाता तो अच्छा नहीं होता। परंतु वह एक तो समाज से डरते थे, बदनामी से डरते थे और तीसरा डर था उन्हें अपने संबंधी कृष्णकुमार के समक्ष लज्जित होने का। परंतु इस समय वे इन बातों की ओर से नेत्र बंद कर घर में बैठ गए। सोचा, समय आने पर जैसा होगा, देखा जाएगा। अनंत उनकी चुप्पी का अर्थ समझ गया। अतः पिता को विचारमग्न देखकर अपनी शंका का समाधान पूछ बैठा–

"मेरे यहाँ रहने पर आपको कोई आपत्ति तो नहीं है, बाबूजी? यदि कोई बात हो तो आप मुझे निःसंकोच बता दें, मैं आपकी आज्ञा को नहीं टालूँगा?"

"खैर, तुमने जो कुछ भी किया है, सोचकर नहीं किया है अनंत! हो सकता है, इसका परिणाम कुछ और ही निकले।" पिताजी ने कहा।

पुनः उन्होंने ही कहा, "खैर, अभी यहीं रहो। समय की प्रतीक्षा करो।"

कहकर वह उठकर शौच आदि के लिए चले गए। अनंत भी उठकर

पिता के इस व्यवहार से कुछ संतुष्ट होकर अपने उसी कमरे में आकर सामान को यथास्थान लगाने लगा। धीरे-धीरे समय ने सब शांत कर दिया।

□

राजेंद्र ने बी.ए. पास कर लिया और वकील कमलनारायण तिवारी ने उसके लिए एक कानूनी पुस्तकों की बड़ी दुकान खुलवा दी, जिससे उसे अच्छी आय होने लगी। उसकी इच्छा प्रोफेसर बनने की थी। अत: वह और पढ़ता रहा। साधना ने एक पुत्र को जन्म दिया, जिसे उसने पैदा होने के कुछ समय बाद ही अपने पिताजी को गोद दे दिया और स्वयं अपने लिए एक अलग कोठी बनवा ली, कार खरीद ली। उसने अपनी सास और अपने संपूर्ण परिवार को भी अपने पास ही बुलाकर रख लिया। सचला का विवाह भी आगरा के एक प्रतिष्ठित वकील के पुत्र से करा दिया। कृष्णकुमार को यहीं के एक प्राइवेट स्कूल में अध्यापक का कार्य दिलवा दिया। स्वयं भी वकालत करती रही।

मोहन ने रैमी के चले जाने तथा मुकदमे से बरी होने पर अपनी पत्नी नर्मदा तथा अपनी दुकान के कारोबार को सँभाल लिया और मन लगाकर कार्य करने लगा। नर्मदा अब प्रसन्न थी। मोहन के अंदर जो अंग्रेजियत का भूत था, वह भाग गया। अब वह पूर्ण व्यवसायी बनकर कार्य करने लगा।

अनंत अपने कार्य को पहले से और अधिक सुचारू रूप से चलाता रहा और अपने पितृगृह में ही रहने लगा। अचला ने आने पर शांति को घृणा की दृष्टि से देखा, उससे बोली भी नहीं। पर जब उसने विचारकर देखा कि यदि शांति राजेंद्र को छोड़कर नहीं आती, तो आज वह इतना बड़ा आदमी नहीं बनता। अत: इसका उसे छोड़कर आना एक प्रकार से अच्छा ही हुआ। धीरे-धीरे उसका मन शुद्ध होने लगा और वह प्रेम से रहने लगी।

इस उच्च गृहस्थ में रहकर शांति की विलासप्रियता नष्ट हो गई। कुछ ठोकरें लगने से भी उसका मन शुद्ध हो गया और वह भी अब एक सद्गृहिणी की भाँति रहने लगी। अब वह कभी-कभी अचला के साथ साधना के घर भी चली जाती थी। साधना का व्यवहार सब के साथ निर्मल और शुद्ध था। उसकी योग्यता और चातुर्य ने अपने जीवन के साथ-साथ राजेंद्र, मोहन, अनंत और नर्मदा, शांति के भी जीवन को स्वर्ग बना दिया। और न जाने उसने ऐसे कितने कार्य किए थे कि वह घर में और घर के बाहर भी सबकी प्रशंसा की पात्र बनी रही। साधना की साधना ने उसे सफलता के शीर्ष पर पहुँचा दिया।

साधना के घर पर कोई उत्सव था। अतः सभी आए थे। एक बड़े कमरे में खाने की मेज लगी थी। उस पर शांति-अनंत, मोहन-नर्मदा, साधना-राजेंद्र, अचला-बसंत, सचला-विनोद जोड़े के जोड़े बैठे थे। इस समारोह में प्रौढ़ व्यक्तियों को सम्मिलित नहीं किया गया था। सभी युवक-युवतियाँ थे। साधना को व्यंग्य सूझा, उसने सबसे पहले शांति पर ही व्यंग्य कसा—''कहिए डॉक्टरनीजी, अब तो चैन की गुजर रही है न?''

''चैन की तो आपकी गुजर रही है, वकीलनीजी।''

''क्यों डॉक्टर पति अच्छे नहीं हैं क्या?''

''डॉक्टर साब तो बस डॉक्टर ही हैं। पर आपको तो पहलवान मिल गए।'' वह हँसकर बोली। सब भी हँस गए।

''ये कृपा तो आपकी ही हुई है।'' साधना बोली।

''आप सुनाइए साहब बहादुर। अब तो कोई नई मेमसाहब नहीं पाल ली है।'' मोहन की ओर देखकर वह बोली।

''जी हाँ, हैं क्यों नहीं।'' मोहन नर्मदा की ओर देखकर बोला, ''क्या ये मेमसाहब से कम हैं?''

''पर मैंने आपको विलायत जाने को बीस हजार दिलवाए थे, वह तो आप पूरे ही हजम कर गए।'' नर्मदा ने हँसकर कहा। सभी हँस पड़े।

''अब तो पहलवान साहब के भाग खुल गए।'' शांति ने राजेंद्र पर व्यंग्य कसा।

''आपकी बला से।'' राजेंद्र ने मुसकराकर कहा।

''ये सब जो हुआ बहनजी, सब भाग्य का खेल है।'' नर्मदा ने साधना से कहा।

''इसे भाग्य कहो या कुछ भी कहो, पर ये सब किन्हीं भूलों के परिणाम हैं, जो जाने-अनजाने मनुष्य कर बैठते हैं। इनमें प्रेम का नशा, वासना की भूख, झूठी शान ये सभी भूलें मनुष्य की हैं।'' साधना ने बताया।

''तभी तो शेक्सपीयर ने एक नाटक लिखा था 'कॉमेडी ऑफ एरर्स', यह ऐसी ही कहानी है।'' राजेंद्र अंग्रेजी में एम.ए. था। उसने पूरी कहानी का सार यही बताया।

□

मिस साहब सलाम

सन् १९४० में द्वितीय विश्वयुद्ध चल रहा था। अमेरिकन-इंग्लिश फौजों की स्पेशल ट्रेनें रात-दिन बंबई-दिल्ली आया-जाया करती थीं। मैं भरतपुर स्टेशन पर रिफ्रेशमेंट रूम में मैनेजर था। यह एक बड़ा जंक्शन था। यहाँ सभी स्पेशल ट्रेनें ठहरती थीं। ब्रिटिश सैनिकों के भोजन, चाय आदि के ऑर्डर मिलते थे। मैं दिन-रात यहीं व्यस्त रहता था। नगर के कुछ मित्रगण स्टेशन पर घूमने आते थे और मुझसे भी मिलते-जुलते रहते थे। उन्हीं में एक प्रतिष्ठित राजपंडित के पुत्र श्री कृष्णदत्त शास्त्री भी नित्य ही आते रहते थे। वैसे ये शास्त्रीजी मेरे पड़ोसी भी थे। मेरे साथ इनके अच्छे संबंध थे। शास्त्रीजी का सारा दिन इधर-उधर सुंदरियों के आखेट में घूमते-फिरते ही व्यतीत होता था। घर से स्वच्छंद व धनी थे। कमाने की चिंता न थी।

एक दिन खान-पान के पश्चात् शास्त्रीजी ने मेरी ओर देखकर कहा, "शर्माजी! आप हमारी रिजर्व वस्तु पर भी हाथ साफ करने लगे।"

"आपकी रिजर्व वस्तु? मैं हाथ साफ करने लगा, क्या आशय है आपका, मैं समझा नहीं?"

उन्होंने मुझे निकट आने को कहा। मैं उनके निकट ही कुरसी पर बैठ गया।

वह बोले, "आप मिसेज जॉन के लिए प्रेम भरी कविताएँ लिखकर भेजते हैं?"

मेरी दृष्टि शीघ्र ही उस कागज पर गई। वह वास्तव में वही कविता थी, जिसे मैंने धन्यवाद के रूप में मिसेज जॉन के पास डाक से भेजा था। परंतु मैं हैरान था कि यह कविता इनके पास कैसे? मैंने उनसे पूछा, मिसेज जॉन से आपका परिचय कब से है?

"मेरा परिचय, वह मेरी पैट है, शर्माजी। एक मात्र मेरी ही। उसी ने यह कविता रोमन में टाइप करने के लिए मुझे दी है। क्योंकि वह हिंदी नहीं जानती।" शास्त्रीजी ने बड़ी शान के साथ कहा।

बात इतनी सी थी कि जब मैं अस्पताल से ठीक होकर घर जाने लगा, तो मिसेज जॉन ने मुझसे चलती बार इनाम माँगा और मैंने उनकी प्रशंसा में यह कविता लिखकर भेज दी।

कुछ सोचकर शास्त्रीजी ने पुनः कहा, "एक नर्स लखनऊ से हाल ही में आई है। उस पर आपकी कविताओं का असर नहीं हो सकता। उसका नाम है मिस पी. डेविड। बुलबुल जैसी है। वह तो पुरुषों की परछाईं से भी घृणा करती है।" यह चुनौती देकर शास्त्रीजी चले गए।

कुछ महीने बाद मैं जब अपनी पत्नी और नवजात शिशु को देखने अस्पताल गया, तो एक मेड सर्वेंट बाहर ही खड़ी थी। उसने मुझे इशारे से बताया कि अंदर सिस्टर रोगियों की परीक्षा कर रही हैं। साथ में बड़ी मैट्रन भी हैं। इस समय अंदर जाना ठीक नहीं। मैं वहीं बाहर बेंच पर बैठ गया। कुछ समय बाद सिस्टर और मैट्रन दोनों अपनी सफेद वेश-भूषा में बाहर आईं। मैट्रन तो दूसरी ओर चली गई, परंतु सिस्टर उसी ओर आकर मुझे वहाँ बैठा देखकर बोली, "कहिए, आप यहाँ क्यों बैठे हैं?"

"जी, मेरी पत्नी यहाँ एडमिट है।"

"तो क्या हुआ। आप जानते हैं कि यह महिला वार्ड है, यहाँ कोई पुरुष नहीं आ सकता।"

"जानता हूँ, मैं तो केवल हाल पूछने आया था। आप अप्रसन्न हैं तो मैं जाता हूँ।" मैंने विनम्र स्वर में कहा।

"कौन सी पत्नी है आपकी? क्या जानना चाहते हैं आप?" उसने पूछा।

"जी...रेखा। उसके अभी बच्चा हुआ है, वही है।"

"ओह समझी। वह और उसका बच्चा दोनों स्वस्थ हैं। क्या नाम है आपका? क्या काम करते हैं आप?" उसने पुनः पूछा।

"जी अनिल शर्मा, स्टेशन के रिफ्रेशमेंट रूम में मैनेजर हूँ।" मैंने कहा।

"स्टेशन पर ही रहते हैं क्या?"

"जी नहीं, बड़े बाजार में मकान है।" मैंने खड़े-खड़े ही उत्तर दिया।

"बड़े बाजार में। फिर तो के.डी. शास्त्री को भी जानते होंगे? उसने पहले चौंककर, फिर उत्सुकता से पूछा। मेरा माथा ठनका कि हो-न-हो यह

वही लखनऊ वाली नर्स है। फिर भी मैंने सोच-समझकर उत्तर दिया।

"के.डी. शास्त्री? कौन वही काला-मोटा, लंबी चोटी वाला, माथे में रोली का टीका लगाता है। मगर आप उसे कैसे जानती हैं?"

"जानती-वानती कुछ नहीं। वह तो रोजाना मिसेज जॉन के यहाँ आता है। मुझे अच्छा आदमी नहीं लगता। चलिए छोड़िए।" यह कहकर उसने कलाई पर बँधी घड़ी की ओर देखा और सेविका की ओर देखकर कहा, "इन्हें मरीज से मिला लाओ।" यह कहकर वह अगले वार्ड में चली गई।

मेरी पत्नी स्वस्थ होकर घर जा चुकी थी। मेरा नियमित अस्पताल जाना बंद हो गया।

महीनों बीत गए। मैं स्टेशन के रिफ्रेशमेंट रूम (होटल) में मैनेजर की हैसियत से ड्यूटी देता था। उस नर्स ने मेरी पत्नी की बड़ी सेवा की थी। उस जमाने में अस्पताल के नौकर-नौकरानी तो दो-चार आने टिप स्वीकार करते थे। मगर नर्सों या सिस्टरों को रिश्वत देना कठिन था। वे अपने कर्तव्य और धर्म की पक्की थीं। स्वभाव से सख्त थीं और पुरुषों से चिढ़ती थीं। ज्यादातर दक्षिण भारत की क्रिश्चियन कुमारियाँ थीं। पी. डेविड और जॉन—एक कुमारी, एक विवाहित होते हुए भी साथ ही रहती थीं। दोनों की उम्र में भी अंतर था। पी. डेविड अस्पताल में 'बुलबुल' के नाम से मशहूर हो गई। जब वह खड़ाम-खड़ाम सेंडिलों को पत्थर के फर्श पर खटाखट करती हुई सीना ताने, नजर झुकाए अस्पताल के गलियारों से निकलती तो मरीज, कंपाउंडर, चपरासी, आया सभी रुककर उस काली प्रतिमा को खड़े-खड़े देखते रहते। कुछ ही क्षणों में वह आगे निकल जाती। उसके सेंडिलों की आवाज देर तक कानों में गूँजती रहती।

गलियारे के एक ओर एक युवा विवाहित डॉक्टर चोपड़ा आउटडोर के मरीजों को देखते थे। उनका मुख अलबत्ता रास्ते की ओर ही रहता। सीढ़ियों की ओर से जैसे ही सेंडिलों की खड़ाम-खड़ाम आवाज शुरू होती, उनका दिल उछलने लगता। वे कलम छोड़कर परचा बनाना रोक देते। जम्हाई और उबासी लेते हुए सीढ़ियों से वार्ड की ओर जाने वाले रास्ते पर नजरें गड़ा देते। उस दिन मैं भी आउटडोर मरीजों में वहीं बेंच पर बैठा नंबर के इंतजार में था। सहसा डॉक्टर चोपड़ा अटेंशन होकर उठ खड़े हुए। तपाक से गरदन झुकाकर जोर से बोले, "मिस साहब सलाम!"

मिस पी. डेविड (बुलबुल) ने चौंककर देखा। उसकी आँखें आग

बरसाने लगीं। वह रुक गई। एक क्षण डॉ. चोपड़ा को घूरती रही। फिर बोली, ''डॉक्टर साहब आप बड़े हैं। डॉक्टर हैं, मैं सिस्टर हूँ। आप उठकर रोजाना मुझे मिस साहब कहकर सलाम करते हैं। इसका क्या मतलब है। आप क्या चाहते हैं? सलाम तो मुझे आपको करना चाहिए।''

डॉ. चोपड़ा काँपने लगे। खिसियाकर बोले, ''नहीं मिस साहब, आप नई आई हैं। मैंने आपके काम की तारीफ सुनी, तो मेरा मन उमड़ने लगा कि मैं ही आपको सैल्यूट करूँ।''

''ठीक है, अगर आप नहीं मानते तो पी.एम.ओ. साहब को आपकी रिपोर्ट करूँगी।'' कहते-कहते मिस डेविड सेंडिल फर्श पर तड़तड़ाती हुई आगे बढ़ गई। उसका मूड खराब हो गया। डॉक्टर साहब मरीजों के पर्चे बनाना भूलकर सिगरेट सुलगाने लगे। मुझे इशारे से पास बुलाया-''देखा शर्माजी, मेरी कोई गलती है। आप भी गवाह हैं। क्या कर दिया मैंने। क्या स्टाफ के लोगों से आपस में दुआ-सलाम करना भी गुनाह है।''

मैं बड़े असमंजस में पड़ गया। क्या कहूँ, क्या न कहूँ। मैंने जरा सोचकर जवाब दिया-''घबराइए मत। मैंने उस नर्स का चेहरा पढ़ लिया है। यह उसकी घुड़की भर है, वह आपकी रिपोर्ट पी.एम.ओ. से नहीं करेगी।''

डॉ. चोपड़ा कुछ आश्वस्त हुए। फिर कलम व स्टेथिस्कोप उठाकर मरे मन से मरीज देखने लगे। मैं दवा लिखवाकर चला तो मेरा हाथ पकड़कर बोले, ''शर्माजी, अगर जरूरत पड़ी तो आप हमारी मदद करेंगे। मैं बेकसूर हूँ।''

''जरूर!'' कहकर मैं वार्ड के सामने के गलियारे को पार करता हुआ अस्पताल के सदर गेट की ओर चलने लगा।

आखिरी वार्ड पार करने के बाद मैं जैसे ही बाहर निकलने के लिए सीढ़ियाँ उतरने लगा, किसी ने मीठी, पर कड़कती आवाज में पुकारा-

''ऐ मिस्टर!'' मैंने चौंककर पीछे मुड़कर देखा तो पाया कि मिस बुलबुल वार्ड के दरवाजे पर खड़ी हैं।

''इधर आइए!'' मैं रुककर दो सीढ़ियाँ ऊपर चढ़ आया।

''आप तो वही शर्माजी हैं न, जिनके हाल में बच्चा हुआ था।''

''जी हाँ, फरमाइए।''

''आपका बच्चा ठीक है न! मैं आपकी कोई मदद कर सकती हूँ? आपको मैंने बुलाया था, आप आए ही नहीं।''

''बस किसी दिन आने की सोच ही रहा था कि आज आपसे अचानक भेंट हो गई।''

''ठीक है, मैं आपको बड़े ही अच्छे डॉक्टर से मिलवा दूँगी। आप इस डॉक्टर के पास न आएँ। बड़ा बदतमीज आदमी है। आज देखा न आपने, किस तरह जवान नर्सों को झुककर सलाम करता है।''

''जी, जी'', मैं सकपका गया। बड़ी इल्लत में फँस गया। क्या कहूँ।

''छोड़िए मिस साहब! आप दोनों एक ही अस्पताल में नौकरी करते हैं। आपस में लड़ना ठीक नहीं। मैं डॉक्टर चोपड़ा को समझा दूँगा। बात को बढ़ाइए मत।'' कहकर मैं सीढ़ियाँ उतरने लगा।

मिस बुलबुल ने कुछ चैन की साँस ली।

''ठीक है, ठीक है! आप तो आ नहीं सके। किसी दिन मैं ही आपके पास स्टेशन के होटल में आऊँगी।''

''जी जरूर, मैं इंतजार करूँगा। आप ही का होटल है।''

□

गरमी के दिन थे। शाम के ७ बजे थे। सूरज डूबते-डूबते अपना अंतिम प्रकाश बिखेर रहा था। मैं होटल के बाहर टेबल-कुरसी लगाकर बैठा था। सामने से रेशमी साड़ियाँ पहने दो चुस्त महिलाएँ पास आकर रुकीं। देखा तो मिसेज जॉन व मिस बुलबुल–विक्टोरिया हॉस्पिटल की नर्सें थीं। मैं उन्हें रंग-बिरंगी साड़ी के परिधान में देखकर यकायक पहचान न सका।

''ओह! आइए सिस्टर'', मैंने खड़े होकर अभिवादन किया और उन्हें पास में पड़ी कुरसियों पर बिठा दिया।

''शर्माजी, आज हम चिकन-बिरयानी खाने आ पहुँचे। आपने दावत जो दी थी।''

''आप दोनों का स्वागत है।''

दोनों को डाइनिंग-रूम में बिठाकर डटकर भोजन कराया। भरतपुर शहर पुराना था। होटल क्या, शहर में कहीं भी चाय का भी स्टॉल नहीं था। केवल स्टेशन पर ही चाय व भोजन मिलता था। स्टेशन शहर से ३ कि.मी. दूर था। दोनों महिलाओं को मनचाहा भोजन मिलने पर अतीव प्रसन्नता हुई। फिर दुबारा आने का वायदा कर दोनों सिस्टर शहर के अस्पताल की ओर वापस लौट गईं।

दोनों का व्यवहार सामान्य था। एक नर्स मिसेज जॉन तो वही थीं,

जिन्होंने मेरी बीमारी में शुश्रूषा की थी। मैंने भेंट में उन्हें एक हिंदी की कविता लिख भेजी थी। दूसरी मिसेज बुलबुल थी, जो परित्यक्ता नर्स मिसेज जॉन के क्वार्टर में ही रहती थीं। उन्हें आदमीजात से नफरत थी, ऐसा सुना जाता था। मगर मुझे आज ऐसा लगा कि उन्हें नफरत किसी से नहीं है। उन्हें ठीक से समझनेवाला और व्यवहार करनेवाला सही व्यक्ति मिला ही नहीं। सभी उचक्के और लफंगे मिले। दकियानूस संस्कृति के पुराने शहर में औरत को चटक-मटक के साथ बेपरदा देखते ही ये लोग, क्या डॉक्टर, क्या शास्त्री, क्या दुकानदार–उनके निर्लज्ज व बाजारू होने की कल्पना कर उनसे वैसा ही व्यवहार करते थे। यही था सही समझ का अंतर। मेरा आज का व्यवहार और बातचीत बहुत ही सामान्य थी। मैंने उनके व्यक्तिगत जीवन में कोई रुचि नहीं ली।

कुछ दिन बाद शास्त्रीजी बाजार में पान खाते मिले। मुझे भी पान ऑफर किया। मैंने देखा, उनके आगे के दो बड़े-बड़े दाँत सोने के हैं। यह देखकर मैंने पूछा, "असली दाँत कहाँ गए, ये सोने के क्यों?"

शर्माजी आपको पता नहीं। एक रात को जामा मसजिदवाली गली के पास ताँगे से एक्सीडेंट हो गया। ताँगे की बम मुँह में लगी और दोनों दाँत जाते रहे। क्या करता, फिर सोने के लगवाने पड़े।"

"ओफ हो! बड़ा बुरा हुआ।"

"चलिए, छोड़िए, कहिए मिस बुलबुल के कभी दर्शन हुए।"

"हाँ, कल ही वे मेरे पास स्टेशन पर खाना खाने आई थीं।"

"कोई कविता-वविता लिखकर नहीं दी आपने…?"

"नहीं, उन्हें कविता नहीं, प्रोज चाहिए।"

"क्या मतलब?"

"यही कि वे मृदुभाषी व्यक्तियों से साफ-सुथरी बातें करने में आनंद लेती हैं। काव्य-प्रेमी नहीं हैं। उन्हें फ्लूएंट अंग्रेजी बोलनेवाला चाहिए।"

"मगर मैं तो मिसेज जॉन के यहाँ रोज जाता हूँ। मिस बुलबुल घर पर नहीं होती। रात की ड्यूटी में होती है। मुझे तो लगा कि वह निहायत बददिमाग और घमंडी लड़की है। मेरा तो एक दिन झगड़ा होते-होते बचा।"

"मैं क्या कह सकता हूँ। सभी लोग सभी के लिए अच्छे नहीं होते। मगर मिसेज जॉन से तो आपका ठीक ही चल रहा है। मिस बुलबुल का चक्कर छोड़िए।"

"क्या आपकी उस पर नजर है।" शास्त्रीजी ने सुनहरी दंतपंक्ति से हँसते हुए कहा और चल दिए।

□

लगभग चार महीने बीत गए। मैं होटल और घरेलू-धंधों में उलझ गया। बीच-बीच में दिल्ली भी जाना पड़ा। कई बार दोनों सिस्टर होटल में खाना खाने आईं। मुझे पूछपाछ कर चली गईं। एक दिन डॉक्टर चोपड़ा शहर के बाजार में सामान खरीदते मिले, तो बोले, "आजकल मिस बुलबुल बहुत बीमार हैं। शायद आशिकों की नजर लग गई।"

मैंने कहा, "डॉक्टर साहब, आप तो बच गए, वरना वह रिपोर्ट करने वाली थी। अच्छा हुआ। हसीनों से खुदा बचाए।"

और इसी तरह बातचीत करते-करते हम अस्पताल की हद तक पहुँच गए। डॉक्टर चोपड़ा अपने क्वार्टर में घुस गए। सहसा मेरा मन हुआ, क्यों न आज मिसेज जॉन के घर चलकर मिस बुलबुल का हाल पूछा जाए। वह कई बार बुला भी चुकी हैं।

मैं क्वार्टर का पता पूछते-पूछते वहाँ पहुँचा। दरवाजा खटखटाया। उस जमाने में कालबेल का रिवाज न था। शहर में बिजली भी न थी। कुछ मिनटों बाद पीतवर्णी मिस डेविड (बुलबुल) उठकर आईं।

"ओह शर्माजी! आज हमारी याद आई। अंदर आ जाइए।" मैं आँखें झुकाए छोटे से कमरे में उनकी चारपाई के पास पड़ी टूटी सी कुरसी पर बैठ गया। वह पुनः बिस्तर पर लेट गई।

"सुनाइए, सब ठीक है न! मैं तो एक सप्ताह से तेज बुखार में पड़ी हूँ। जॉन अपने भाई के पास आगरा गई है। अकेले मन भी नहीं लगता। सभी से झगड़ा है। कोई फटकता नहीं। केवल वार्ड की पुरानी जमादारनी रेशमा ही आकर देखभाल कर जाती है।"

"बहुत दुःख हुआ मुझे आपकी हालत देखकर। अभी कोई बाजार का काम हो, तो बताइए।"

"नहीं, अब तो एक-दो दिन में ठीक होकर मैं ड्यूटी पर जाने लगूँगी। आज शाम को जॉन भी आ जाएगी। एक बात बताइए। वह पाजी शास्त्री तो नहीं मिला आपको।"

"कल-परसों ही मिला था।"

"क्या बोला?"

''कहता था, ताँगे से एक्सीडेंट हो गया। दो दाँत टूट गए, सो सोने के लगवाए हैं। वही दिखा रहा था।''

''नॉनसेंस। यू वांट टू नो द रियल स्टोरी।''

''व्हाट स्टोरी?''

''उसका दाँत हमने तोड़ा। इसी सेंडिल से, साला कुत्ता…।'' यह कहते-कहते मिस डेविड को गरमी सी आने लगी। वह उठकर बैठ गई।

''मगर ऐसा क्यों? आप तो…।''

''यू लिसिन द होल स्टोरी…।''

''टैल मी पेशेंटली। डोंट बी एक्साइटेड…।''

''आप जानते हैं, वह जॉन का तो यार है ही। साला रोज शाम को यहाँ आकर कोयले की अँगीठी पर मछली पकाता था। मैं ड्यूटी पर जाती थी। रात को ११ बजे तक जॉन के साथ रहता था। पर मुझे क्या? वे दोनों जानें। मगर शर्माजी मुझसे एक गलती हो गई।''

''वह क्या?''

''माई डैडी वाज इल। जॉन ने मुझे १०० रुपए उससे उधार दिलवा दिया। ऐंड आई टुक इट…।''

''फिर।''

''बस एक दिन मेरा रेस्ट था। उस शाम वह बोतल लाया। शराब पी। मीट बनाया, खाया। मुझे भी खिलाया। मगर मुझे जॉन और शास्त्री के साथ पीना अच्छा नहीं लगा। इसके बाद उसे नशा चढ़ता गया और उठकर उसने मेरी कलाई पकड़कर मुझे अपनी ओर खींचा।''

''मैं जोर से अकड़ी और कलाई छुड़ाकर जोर से उसे धक्का मारा।''

साला बोला, ''अच्छा रुपए खाना जानती है, हाथ लगाने से धक्का मारती है। रंडी कहीं की।''

''बस उसका इतना कहना था कि मैंने सेंडिल उठाकर उसके मुँह पर मारा। वह चीखता हुआ दरवाजे की ओर भागा। जॉन खामोश रही। वह बीच में न बोली। बोलती भी क्यों?''

''ओह! अब समझा, तो शास्त्री के सोने क़े दाँत बदलवाने वाली आप ही हैं।''

''मगर शर्माजी, वह मुझे बदनाम कर रहा है। धमकियाँ भी भिजवाता है। यह देखिए, यह परचा बिना दस्तखत के। मुझे बेइज्जत करने की धमकी

भेजी है। लिखा है, तुझे शहर के कुत्तों से न फड़वाया, तो मेरा नाम नहीं। बताइए! अब मैं क्या कदम उठाऊँ?''

दाँत का राज तो खुला। मिस बुलबुल की हिम्मत की दाद भी मैं मन-ही-मन देने लगा। मैंने समझा, वह अंदर से कुछ घबराई हुई है। हिम्मत देते हुए मैंने कहा, ''आप जरा भी न डरें। वह बड़े इज्जतदार घराने का लड़का है। जो सेंडिल से पिटने की बात छिपा सकता है, वह आपका क्या बिगाड़ेगा?''

''मगर आप जरा मुझसे मिलते रहिए। शायद आपकी मदद की जरूरत पड़ जाए।''

मैंने उन्हें पूरा भरोसा दिलाया और अस्पताल में कभी-कभी मिलने का वायदा भी किया।

पता चला, अब शास्त्रीजी ने जॉन के यहाँ जाना छोड़ दिया है। वे मिस बुलबुल की वजह से अब उसकी गैर-हाजिरी में ही रात को वहाँ जाते। उन्हें भय था, वह कहीं पुलिस में मेरी रिपोर्ट न कर दे।

शास्त्रीजी शांत हुए। मिस बुलबुल को अलग क्वार्टर अलॉट हो गया। उसके माँ-बाप आ गए। साथ रहने लगे। वह भी कभी-कभी स्टेशन के होटल पर आती, कभी-कभी मैं भी उसके यहाँ कॉफी पी आता। दोनों को भाई बहन जैसा प्यार हो गया। मैंने सोचा, ये औरतें कितनी कुरबानी देकर मरीजों की अथक सेवा करती हैं। तभी इन्हें सिस्टर कहकर सम्मान दिया जाता है।

एक बार शास्त्रीजी भी होटल पर मांसाहार करने आए। बोले, ''यार, हमारा पत्ता काटकर तुमने मिस डेविड (बुलबुल) को फँसा लिया। यह क्या चक्कर है?''

मैंने कहा, ''बंधु! जाकी रही भावना जैसी, प्रभु मूरत देखी तिन तैसी। वह मेरी बहन है। अगर तुम उसे बहन मानो, तो कल तुम्हें भी उसके घर ले चलूँगा।''

''न बाबा, माफ करो। मैं उस चांडालिनी के घर कभी न जाऊँगा।'' शास्त्रीजी ने कहा।

''मगर मैं वायदा करता हूँ कि तुम्हें मेरे साथ चलने पर अच्छा व्यवहार मिलेगा।'' शास्त्री के मन में बहुत बड़ा बदलाव हुआ। वह उसके जन्मदिन पर कुछ दिनों के बाद मिठाई लेकर प्रातःकाल मेरे साथ उसके घर चल दिए।

पहले तो मिस बुलबुल ने आँखें तरेरीं। मगर मुझे साथ देखकर आश्वस्त हुई।

''आइए शर्माजी!''

''आपको तेईसवीं सालगिरह मुबारक हो। आप स्वस्थ और सानंद रहें। बस यही आशीर्वाद देने हम आपके यहाँ आए हैं। शास्त्रीजी ने अपनी भूल मान ली है। आज से आप इनकी छोटी बहन हैं। जो कुछ हुआ, उसे माफ कर दें।''

साफ दिल इनसान दोस्ती-दुश्मनी कुछ नहीं मानते। मिस बुलबुल ने तुरंत दोनों का स्वागत किया, बिठाया, बातें कीं, माता-पिता से मिलवाया और गरम कॉफी पिलाकर विदा किया।

और सभी शिकवे-गिले जाते रहे।

□

जोग–संजोग

सन् १९४४, भारत का विभाजन नहीं हुआ है। मथुरा के पास वृंदावन में अर्धकुंभ का मेला जोरों से भर रहा है। युवक विनोद की बहन मथुरा रहती है और वह स्वयं भरतपुर का रहनेवाला है। नौकरी के सिलसिले में मथुरा आता-जाता रहता है। धार्मिक परिवार कुंभ नहाने और कृष्ण मंदिरों के दर्शन को चारों दिशाओं से आ रहे हैं। दिल्ली मथुरा के समीप ही है और पंजाब की हिंदू महिलाएँ भी कुंभ नहाने मथुरा-वृंदावन आ रही हैं।

इसी समागम में विनोद की भेंट एक समृद्ध खत्री परिवार की मातृविहीन किशोरी नीना से हो जाती है। वह एक महिला दल में विनोद की बहिन नलिनी के यहाँ आ जाती है। दो ही मुलाकातों में कुछ ऐसा सिलसिला बनता है कि दोनों एक हो जाते हैं...हमेशा-हमेशा के लिए। ब्राह्मण उच्च कुल का विनोद और अनजानी पंजाबी खत्री कन्या–भाषा, कुल, जाति, संप्रदाय, संस्कृति को भूलकर बह जाते हैं–यौवन उन्माद की नदी में, जो दोनों को इसी अर्धकुंभ में स्नान करा देती है। उस अनोखी मधुर रात्रि में जागते-सोते इंतजार करते हैं एक नई सुबह का। सुबह होते ही यह आकस्मिक मिलन दोनों के लिए जीवन भर का सपना पूरा कर देता है।

□

प्यारे भाई विनोद को मथुरा आया देखकर नलिनी फूली नहीं समा रही थी। उसने मथुरा के नामी पेड़े और खुरचन खिलाकर भाई का स्वागत किया और एक कमरे में उसके ठहरने का प्रबंध कर दिया। विनोद कुछ देर बातें कर सोने चला गया। उसे सोये अधिक समय नहीं हुआ था कि किसी ने द्वार खटखटाया। विनोद का कमरा मुख्य द्वार के पास ही था। उसने तुरंत

उठकर दरवाजा खोला, तो देखा कि एक अधेड़ महिला अन्य तीन स्त्रियों के साथ बाहर खड़ी थी। द्वार खुलते ही उसने पूछा, ''नलिनी कहाँ है?''

''जी, वह ऊपर हैं, शायद सो गई हैं।''

उनके हाथों में बक्सा, बिस्तर, अटैचियाँ आदि देखकर विनोद समझ गया कि वे कहीं बाहर से आई हैं। वह बोला, ''आइए! आइए! अंदर तो आइए!''

वह आगे बढ़ी और अंदर आ गईं। आगंतुक अधेड़ महिला की आवाज कुछ भारी थी। उसने अंदर आकर विनोद के कमरे के सामने ही अपना सामान रख दिया। उसके साथ वाली अन्य महिलाओं ने भी अपना सामान वहीं रख दिया। वह बोली, ''आप जरा नलिनी को जगा दो।'' उसके भारी स्वर को सुनकर नलिनी स्वयं जाग गई।

''कौन है भैया?''

''नीचे आओ,'' विनोद ने कहा और आगंतुक महिलाओं की ओर देखने लगा।

नलिनी नीचे आ गई और उस अधेड़ महिला की ओर देखकर बोली, ''अरे चाची! तुम खूब आईं। क्या प्रभा नहीं आई?'' और मेरी ओर देखकर बोली, ''विनोद, ये मेरी सहेली प्रभा की चाची हैं। दिल्ली से आई हैं। तुम तो इन्हें नहीं जानते।'' इतना कहकर उसने चाची को मेरा परिचय देते हुए कहा, ''विनोद है, मेरा छोटा भाई।''

नलिनी ने एक और बड़ा कमरा खोला, प्रकाश किया। सभी ने कमरे को देखकर कहा, स्थान तो अच्छा है। एक स्त्री जो सलवार-कुरता पहने थी, बोली, ''क्या मकान आपका है?''

''जी!'' नलिनी ने उत्तर दिया। वह सब अपना-अपना सामान उठाकर अंदर ले आईं।

चाची कोई ४० वर्ष की, दूसरी पंजाबी महिला ३० वर्ष की थी। एक महिला खादी की साड़ी पहने थी। चौथी एक लड़की कोई १८ वर्ष की आयु की होगी। नीली जार्जेट की साड़ी, ब्लाउज, गोरा रंग, चाँद सा चेहरा। वह चुपचाप खड़ी थी।

बिस्तर बिछाकर चाची बैठ गई। वह सबका परिचय नलिनी को देने लगी। वह पंजाबिन महिला की ओर इशारा करके बोली, ''ये मेरी सहेली हँसमुखी हैं, इनके पति थानेदार हैं। ये बड़ी मिलनसार हैं।''

दूसरी खादीधारिणी महिला की तरफ देखकर बोली, ''आप भाई कमला त्रिपाठी की पत्नी हैं। कई बार राष्ट्रीय आंदोलन में जेल हो आई हैं। आपका नाम कामिनी है। कमला भाई मुझे बहिन की तरह मानते हैं।''

चाची आगे बोली, ''ये लड़की! इसकी मत पूछो, ये बड़ी चंचल लड़की है। प्रभा की सहेली नीना है। इसने हमें तमाम सफर में परेशान कर डाला। बड़ी शैतान है। इसके पिता लाहौर से अभी बदलकर दिल्ली आए हैं। इनकम टैक्स इंस्पेक्टर हैं। इसकी माँ नहीं है, सारी देखभाल मेरे ही जिम्मे है। इसी वर्ष मैट्रिक किया है।'' इतना कहकर चाची अपने बिस्तर पर लेट गईं और सभी को सो जाने का आदेश दिया।

प्रातः होते ही यमुना-स्नान का प्रोग्राम बन गया। सब अपने-अपने कपड़े लेकर तैयार हो गईं। विनोद को साथ लेने का तय हुआ। वह यहाँ के सभी स्थानों से परिचित था। अतः वह भी तैयार हो गया। मौसम बड़ा सुहाना था। न तो सर्दी ही अधिक थी, न गरमी ही। स्नान के पश्चात् ही मंदिरों के दर्शन का तय हुआ। सर्वप्रथम द्वारकाधीशजी के दर्शन को आए। सबने अपनी-अपनी चप्पलें उतारीं और मंदिर में चली गईं, विनोद बाहर ही खड़ा चप्पलों की चौकसी करता रहा। नीना की चंचलता पर वह बार-बार विचार कर रहा था। वह खड़ा-खड़ा सोच ही रहा था कि अचानक किसी ने उसका कंधा पकड़कर झकझोर दिया। वह चौंक पड़ा, देखा–नीना थी। नीना ने हँसकर पूछा, ''आप यहाँ खड़े-खड़े क्या कर रहे हैं?''

''मैं चप्पलें जो देख रहा हूँ, वरना नंगे पाँव घर जाना पड़ेगा। यहाँ चोरी हो जाती है।'' विनोद ने उत्तर दिया।

''वाह! क्या खूब! आप अंदर चलिए। कोई नहीं लेगा हमारे जूते।'' नीना ने हँसकर कहा।

''आप मानिए नीनाजी, मैं सच कह रहा हूँ। मुझे दर्शनों की इच्छा नहीं है। मैंने तो दर्शन कर भी लिये?'' विनोद ने तनिक मुसकराकर कहा।

''कहाँ कर लिये? अभी तो पट खुला भी नहीं है।'' नीना बोली।

''प्रातः ५ बजे से ही कर रहा हूँ और अब भी सुंदरता की देवी चंचल मेरे समक्ष है।'' विनोद ने पुनः हँसकर कहा।

''ओह! समझी! ये बात है। तो फिर मैं भी नहीं जाती। लो, खूब दर्शन कर लो।'' नीना ने मटककर कहा और वहीं मंदिर की सीढ़ियों पर बैठ गई। दोनों के चेहरे पर मुसकराहट खेल गई। प्रातः हवा के ठंडे झोंके आ रहे

थे। इससे विनोद सिहर उठता था। उसने खड़े-खड़े अपनी बगलों में हाथ दबा लिये। नीना ने यह देखा और झट से अपना शॉल उतारकर विनोद के कंधे पर स्वयं ही ओढ़ा दिया।

"नहीं-नहीं, इतनी ठंड नहीं है।" कहकर वह शॉल को उलटा उसी को देने लगा। परंतु नीना ने उसका हाथ रोककर कहा, "तो फिर ये समझो कि मुझे गरमी लग रही है।"

इस बार विनोद कुछ न बोला और चुपचाप शॉल ओढ़ लिया। मंदिर में जै-जैकार और आरती की ध्वनि सुनाई पड़ी, नीना पुनः भागकर अंदर चली गई। थोड़ी देर में दर्शन करके सभी वापस आ गए। नीना की शॉल को विनोद के कंधों पर देखकर चाची कुछ मुसकराई, पर कहा कुछ नहीं। वह भी झेंपा-सा उनके साथ-साथ चलता रहा और कई मंदिरों के भी दर्शन किए। बाजार घूमते हुए सभी घर पर आ गए।

दोपहर बाद बरसाना, नंदगाँव, वृंदावन, गोकुल आदि जाने की बात तय हुई। परंतु रात को वापस आना संभव न था। अतः गोकुल जाने का ही निश्चय हुआ। दो ताँगे लाए गए। एक में चाची, नलिनी, हँसमुखी और कामिनी बैठ गए। दूसरे ताँगे में नीना और विनोद बैठ गए। ताँगे चल दिए। लगभग एक घंटे में सब गोकुल में थे। वहाँ पहुँचते ही इन सबको एक पंडे ने घेर लिया और सब उसी के पीछे-पीछे हो लिये। यहाँ घर-घर में मंदिर थे। अतः उसने सभी मंदिरों के दर्शन कराए। वहाँ से कुछ प्रसाद आदि लेकर पुनः वापस चल दिए। वे ६ बजे के लगभग वापस मथुरा आ गए। रात होने में देर थी। अतः यमुनाजी में नौका विहार का प्रोग्राम बन गया। सभी नाव में बैठ गए। इस बीच नीना और विनोद में घनिष्ठता हो गई थी। घर आने पर सभी थके हुए थे। विनोद अपने कमरे में चला गया और सो गया। प्रातः वह अपनी बहन नलिनी से आज्ञा लेकर भरतपुर लौट गया।

जहाँ विनोद सुंदर, स्वस्थ, गंभीर और भावुक था, वहीं नीना सुंदरी, चंचल, चपला तथा यौवन की पहली सीढ़ी पार कर आगे बढ़ रही थी। उसके स्वभाव में अभी बचपना था। उसकी मुखमुद्रा बदलती रहती थी। वह कभी-कभी जरा-जरा सी बात पर हँसने लगती। कभी रूठकर रोनी सी सूरत बनाकर मुँह फेर बैठ जाती। विनोद को उसकी यही बातें रह-रहकर याद आती रही थीं। नीना उसके हृदय पर नाचती सी लगती। विनोद को अपने घर आए आठ दिन हो गए।

मोहिनी तथा माताजी भी कुंभ मेला जाने को पीछे पड़ रहे थे। परंतु प्रमोद भाई घर पर नहीं थे। अतः उनके आने पर ही जाने का तय हुआ। प्रमोद किसी सरकारी कार्य से बाहर गए हुए थे। जब १० दिन तक वह न आए, तो मोहिनी ने फिर विनोद को उकसाया। विनोद ने उनको तो रवाना कर दिया, पर आप प्रमोद के आने तक घर पर ही रहा। प्रमोद १५वें दिन आए, तब विनोद उनसे आज्ञा लेकर मथुरा रवाना हो गया। नलिनी के घर मथुरा पहुँचकर विनोद ने देखा, नीना अभी तक ठहरी हुई है। मोहिनी के आ जाने से घर एक धर्मशाला की भाँति भर गया है। उसका कमरा भी घिर गया है। विनोद ने आते ही अपनी माताजी के सामने वृंदावन चलने का प्रस्ताव रखा। परंतु सबों ने इस प्रस्ताव को रद्द कर दिया। गत सप्ताह सभी नंदगाँव, बरसाना और वृंदावन हो आए थे। विनोद की माताजी तथा प्रभा की चाची ने एकादशी को जाना तय किया। फिर विनोद ने अकेले ही वृंदावन जाने का निश्चय किया। सबने उसे जाने से मना किया और कहा कि वह सबके साथ एकादशी को चले। पर वह न माना और जाने को तैयार हो गया। वह जब से आया था, तभी से उसकी नजरें नीना को खोज रही थीं। नीना अभी तक अपने उसी कमरे में, जिसमें वह सभी ठहरी हुई थीं, लेटी थी। वह चुप्पी साधे हुए थी और विनोद की बातों को ध्यान से सुन रही थी। जब उसने देखा कि वह वृंदावन जाने ही वाला है, तो तुरंत द्वार पर आ खड़ी हुई। मुसकराकर नमस्ते करते हुए बोली, ''ओह! आए भी और चल भी दिए।''

नीना बाहर आकर प्रभा की चाची, जिसे वह मौसी बोलती थी, से बोली, ''मौसी, तुम भी चलो न वृंदावन।''

''नहीं-नहीं। अभी नहीं, हम तो एकादशी पर ही चलकर यमुना-स्नान करेंगे। अभी तो ५ दिन बाकी हैं।'' मौसी ने कहा।

''तो क्या हुआ, हमने तो उस दिन भगवान् रंगजी के दर्शन भी अच्छी तरह नहीं किए और बाँकेबिहारी के तो पट ही बंद हो गए।'' नीना बोली।

''हाँ-हाँ! तो तभी सब कर लेंगे। हमने भी तो दर्शन नहीं किए। अभी वृंदावन अच्छी तरह देखा ही कहाँ है?'' मौसी ने कहा।

''तो तुम तब आ जाना, हम तो अभी जाएँगे इनके साथ। ये मुझे सब अच्छी तरह देखने हैं।'' नीना ने हठपूर्वक कहा।

सुनते ही मौसी चौंक पड़ी और बोली, ''वाह री पगली! वह तुझे भीड़ में कहाँ खींचे फिरेंगे।''

"मैं अपने पैरों से चलूँगी। वह क्या मुझे गोदी में लेंगे?" नीना ने तुनककर कहा। इस पर सब हँस पड़ीं।

मौसी ने हँसकर कहा, "अगर वह तुझे ले जाते हों, तो चली जाओ, मुझसे क्या कहती हो।"

और माँ की ओर देखकर कहा, "बड़ी जिद्दी लड़की है। इससे भगवान् बचाए।"

इस पर माँ ने कहा, "कोई बात नहीं है, ले जाएगा। चली जाना, बस अब तो खुश।"

खाने से निवृत्त होकर विनोद ताँगा लेने चला गया। थोड़ी देर में लौटकर उसने सामान ताँगे में रख दिया। मोहिनी जो अब तक शांत बैठी, कभी-कभी मुसकरा उठती थी, अब बोली, "ये तो बताइए, एकादशी तक वहीं ठहरोगे या लौट आओगे?"

इसका उत्तर माँ ने दिया–"लौटकर क्या करेगा? दशमी को हम लोग वहाँ पहुँचेंगे न। हमें ठहरने की जगह का पता देना, ताकि वहीं आ मिलें।"

"मैं मामी के घर ही ठहरूँगा, वहीं आ जाना।" विनोद ने कहा और दोनों चल दिए।

प्रभा की चाची यह चाहती तो न थी कि नीना को विनोद के साथ अकेला भेजा जाए। पर नीना की जिद, माँ की आज्ञा और विनोद की हाँ के कारण वह कुछ न कर सकी।

वृंदावन ताँगे से उतरकर अपार भीड़ को चीरता हुआ विनोद नीना का हाथ पकड़े हुए उसे खींचे लिये जा रहा था रंगनाथजी के मंदिर की ओर। उनके पीछे एक लड़का बॉक्स और बिस्तर रखे भाग रहा था। विनोद ने नीना की कलाई इतनी कसकर पकड़ रखी थी कि वह दर्द करने लगी। नीना ने एक हाथ गले में पहने लॉकेट पर रखा हुआ था। बीच में कुछ भीड़ हलकी देखकर और मंदिर का द्वार देखते ही नीना ने अपना हाथ लॉकेट पर से हटा लिया और दूसरे हाथ से विनोद की कलाई पकड़ते हुए बोली, "यही है न रंगजी का मंदिर?"

"यही है।" विनोद ने उत्तर दिया।

तभी एक स्वयंसेवक ने कहा, "जल्दी कीजिए, दर्शन हो रहे हैं।" स्वयंसेवक की मदद से बड़ी आसानी से दर्शन कर दोनों बाहर आ गए। अब दोनों श्याम बिहारी लालजी के मंदिर की ओर चल दिए। थोड़ी दूर चलने

के बाद मंदिर का विशाल द्वार दिख पड़ा। वहाँ पहुँचकर भी सब सामान को मय कुली के स्वयंसेवक के सुपुर्द कर दोनों अंदर चले गए। यहाँ भीड़ बहुत अधिक थी। अतः विनोद नीना को हाथ पकड़कर ही ले गया। वहाँ पहुँचकर देखा कि भीड़ के कारण दर्शन दुर्लभ थे। अतः विनोद को तो दर्शन हो गए, पर नीना को न हो सके। यहाँ तुरंत विनोद ने नीना को गोद में ऊँचा उठाकर दर्शन करा दिए और दोनों प्रसन्न मुद्रा में वापस चल पड़े।

रात्रि हो चुकी थी। बाहर बगीचे में आकर विद्युत् प्रकाश में विनोद ने नीना को देखा। नीना का चंद्र सा मुख खिल उठा। उसकी काली साड़ी और काले सितारे जड़ा ब्लाउज, गले में सोने का रत्न जड़ित लॉकेट व कानों में कर्णफूल उसकी आभा को एक दिव्य देवी की भाँति प्रदीप्त कर रहे थे। उसके उन्नत उरोज सीमा तोड़ देना चाहते थे। उसकी उलझी लटें उसके गुलाबी गालों पर नन्हीं नागिन की भाँति लहरा रही थीं। नीना उन्हें बार-बार साड़ी से दबा देती थी। वे एक संगमरमर की बनी शिला पर बैठ गए। दोनों एक-दूसरे की ओर प्रेम भरी दृष्टि से देखते रहे।

"नीना, तुम कौन हो?" विनोद ने यकायक पूछा।

"नीना!" नीना ने चपलता से उत्तर दे दिया।

"नहीं! तुम पूनम का चाँद हो! तुम एक अप्सरा हो–रंभा, मेनका या उर्वशी?" विनोद इतना ही कह पाया था कि नीना ने बात काटकर कहा, "बस रहने दो देवराज इंद्र, अब कहीं ठहरने की जगह देखो।" और दोनों खड़े हो गए।

विनोद चाहता था कि मामीजी के यहाँ ही ठहरा जाए। मामीजी खास रिश्ते में नहीं थीं। परंतु विनोद के खास मामाजी के एक मित्र की पत्नी थीं। वे कई बार विनोद के यहाँ भी आई थीं। विनोद की माताजी भी जब वृंदावन आती थीं, तब यहीं ठहरती थीं। मामीजी विधवा थीं। उनके यहाँ पंडागीरी का काम होता था। उनका एक लड़का भी था, जो पंडागीरी का काम सीखता था। नीना चाहती थी कि किसी धर्मशाला में ठहरा जाए, चाहे कुछ पैसा देना पड़े। विनोद ने एक रिक्शा पकड़ा और उसमें सामान रखकर दोनों चल दिए। वे कई धर्मशालाओं में गए, पर कहीं भी तिल रखने तक का स्थान नहीं मिला। अंत में नीना की इच्छा के विरुद्ध विवश होकर मामीजी के यहाँ ही जाना पड़ा।

दोनों के अंदर आने पर मामीजी ने लालटेन की बत्ती ऊँची करके नीना

की ओर देखकर पूछा, ''विनोद यह बहू है न!''

विनोद चुप रहा और कोई उत्तर न देकर केवल मुसकरा दिया। मामीजी ने समझा कि यह शर्म के कारण बता नहीं रहा है।

विनोद कम ही बोलता था। वह इस चक्कर में था कि मामीजी ने नीना को मेरी पत्नी समझा है। यदि मैं यह कहूँ कि यह पत्नी नहीं दूसरी लड़की है, तो मामीजी क्या कहेंगी? वह नहीं चाहता था कि मामीजी के मन में मेरे प्रति कोई अन्य भाव उत्पन्न हो। इसलिए वह प्रत्येक प्रश्न पर मौन ही रहा और मामीजी इसे उसकी लज्जा व संकोच समझती रहीं।

मामीजी के मकान में कई किराएदार रहते थे। इसी से उनका खर्च चलता था। वह स्वयं नीचे के हिस्से में एक कोठरी और दालान में रहती थीं। ऊपर तिखने पर एक कमरा था, जिसमें पहले मामाजी सोते-बैठते थे। जो छोटा था, पर अच्छा सजा-सँवरा हुआ था। उसमें एक बड़ा सा पलंग भी बिछा हुआ था। बाकी फर्श पर एक ओर गलीचा बिछा हुआ था। विनोद को उसी में ठहराया गया। नीना ने कपड़े बदले और विनोद से बोली, ''सोना नहीं है? ग्यारह बज रहे हैं। कपड़े बदल लो न।''

विनोद खड़ा हो गया और उसने अपना सूट उतारकर टाँग दिया। उसके बदन पर रह गए केवल बनियान और एक कच्छा। नीना ने अपना बिस्तर खोलकर पलंग पर बिछा लिया। विनोद सोच रहा था, शायद नीना मुझे अपने बिस्तर में से कोई चद्दर निकालकर देगी, जिसे मैं नीचे गलीचे पर बिछाकर सो रहूँगा और नीना पलंग पर ही सो जाएगी। पर नीना ने उसे कुछ भी न दिया और बिस्तर बिछाकर बोली, ''लो, आओ आराम करो।''

''मैं! और तुम?'' विनोद ने सहमकर पूछा।''

''मैं भी एक ओर पड़ी रहूँगी।'' कहकर नीना हँस पड़ी।

''किंतु...'' विनोद इतना ही कह पाया था कि नीना बीच में ही बोल पड़ी, ''किंतु-किंतु क्या? आपको मुझसे कुछ नफरत है। या मैं गंदी-अछूत हूँ।''

''कैसी बातें करती हो, नीना! तुमसे नफरत? हाँ, इतना अवश्य है कि मैं अभी तक तुम्हें समझ नहीं पा रहा हूँ। तुम स्पष्ट क्यों नहीं बताती कि तुम चाहती क्या हो?'' उसी पलंग पर बैठते हुए विनोद ने पूछा।

उसके बैठते ही नीना उसी के बराबर में बैठते हुए बोली, ''आश्चर्य है, विनोद बाबू! मैं इतनी गहरी तो नहीं हूँ कि आप मुझे न समझ सको।

हाँ, आपको समझना अवश्य कठिन है। यही कुछ जानने के लिए आपके साथ अकेले आई हूँ। मैं आपका स्वभाव तो जान गई। आपने भी मुझे देख लिया। अब जानना यह है कि हम दोनों एक-दूसरे के बन सकते हैं या नहीं।'' यह सब नीना ने ढेर सा साहस बटोरकर एक साँस में कह डाला।

विनोद को यह आशा न थी कि नीना यहाँ तक सोच सकती है। पर उसके मुँह से ये सुनते ही ऐसा लगा, जैसे पास पड़ी बड़ी धनराशि, जिसे वह पाने को उत्सुक है, उसके अधिकार में आ चुकी है। उसकी इच्छा और आशा पूर्ण हो रही है। वह चौंक उठा और उसके शरीर में फुरफुरी सी दौड़ी। वह सँभलकर बोला, ''नीना, क्या यह सब सच है? या मुझे बना रही हो? सच बताओ, नीना, तुम मेरी परीक्षा तो नहीं ले रही हो?'' कहकर विनोद ने उसका हाथ पकड़ लिया।

''सब एकदम सत्य है, विनोद। मुझे तुमसे प्यार है और तुम्हारी बन चुकी हूँ।'' यह कहकर नीना उसके गले से लिपट गई। विनोद ने उसे जकड़ लिया और दोनों साथ-साथ नई सुबह के इंतजार में एक हो गए।

□

एकादशी को भी दोनों उसी प्रकार यमुना-स्नान को गए। उन्हें विश्वास था कि माताजी आदि सब दोपहर तक आएँगे। तब तक वह घर पहुँच लेंगे। पर जिस समय दोनों यमुना के कालिंदी घाट पर जल-क्रीड़ा में मग्न थे, उसी समय नीना ने किनारे की ओर देखा, तो विनोद की माताजी तथा प्रभा की चाची सभी वहाँ खड़े उन्हें आश्चर्य से देख रहे थे। उसे यह देखकर और भी आश्चर्य हुआ कि नीना के पिताजी तथा एक और युवक, जो विनोद जैसी सूरत का था, वहाँ खड़े बातें कर रहे थे। वह तुरंत ही भय और लज्जा से घाट की ओर चल दी। विनोद भी लज्जित और भयभीत हो गया था। प्रमोद भाई को एक अपरिचित से बातें करता देख चुपचाप घाट की ओर चल दिया। दोनों ही ने सबको डरते-डरते अभिवादन किया और अपने कपड़े बदलने लगे। वह डर रहा था कि शायद माताजी और प्रमोद उसके इस कृत्य पर अवश्य क्रुद्ध हो रहे होंगे। इसी प्रकार नीना को भय था कि पिताजी क्रुद्ध हो रहे होंगे उसकी इस स्वतंत्र वृत्ति पर। पर वास्तव में ऐसा न होकर हुआ ऐसा कि प्रमोद और नीना के पिता ने दोनों का विवाह करना तय कर लिया।

भविष्य का चित्र आँखों के समक्ष एक नया प्रकाश, आशा, प्रेम और विश्वास की प्रस्तुतियाँ लेकर खड़ा था। प्रत्येक वस्तु सौंदर्य से ओत-प्रोत थी।

उस सौंदर्य प्रतिमा को हृदय में बिठाए रखने में परम आनंद था। यही सोचते-सोचते विनोद ने नेत्र बंद कर लिये। सड़क पर कोई मीठी तेज आवाज में गाता जा रहा था। गाने की तेज ध्वनि का विनोद आनंद लेता रहा। गाना था–

'कहाँ ले जाएँ दिल अपना जहाँ में सख्त मुश्किल है।
इधर हूरों का मजमा है, उधर परियों की महफिल है।।

उठाकर उसने मेरे दिल को यूँ पत्थर पे दे मारा।
मैं कहता रह गया जालिम मेरा दिल है मेरा दिल है।।

इलाही कैसी कैसी सूरतें तूने बनाई हैं।
कि हर सूरत कलेजे से लगा लेने के काबिल है।।'

उसके मन और मस्तिष्क में नीना की छवि चलचित्र की तरह चल रही थी।

□

अतीतगामी लोक

क्या वह अतीतगामी लोक में गया था? वह सचमुच आ गया था। उन लोगों ने उसे बताया कि तुम ऐसे लोक में आ गए हो, जहाँ कालचक्र उलटा चल रहा है। यहाँ सूरज बर्फ के गोले की तरह उलटा लटका है।

जहाँ तक वह देख सकता था, चारों ओर नीली-ही-नीली रोशनी की जगमगाहट थी। सूर्य की किरणें भी नीले आकाश में मिलकर नीली हो गई थीं। सूर्य का प्रकाश निस्तेज होकर आकाश में बिखर गया था। ऐसा लगता था कि सूर्य के प्रकाश के सातों रंगों में फूट पड़ गई हो और वे एक-दूसरे से अलग होकर नीले, पीले, लाल और हरे रंगों में समा गए हों। सूर्य के ऊर्जाहीन होने के कारण समस्त वातावरण में जबरदस्त ठंड थी। सूर्य के दिखाई देते हुए भी यहाँ रात थी। धूमिल चाँदनी जैसा प्रकाश, ठंडे गोले की तरह लटकता निस्तेज सूर्य और निर्जनता के अतिरिक्त उस वैज्ञानिक को यहाँ कुछ और नहीं दिखाई पड़ रहा था।

वैज्ञानिक ने अपने स्पूतनिक की खिड़की खोली। शरीर पर कवच रहने पर भी ठंडी हवा के तेज स्पर्श से उसका चेहरा सर्द हो रहा था। उसने बर्फ की चट्टान पर अपना रॉकेट उतार लिया। चारों तरफ देखा तो 'आरोरा' (रंगीनियों भरी नजारेवाली दृश्यावली) जैसी रंग-बिरंगी रात नजर आने लगी। वह पेरिस और लंदन की रात की कल्पना करने लगा। कितनी चमक-दमक और रोशनी से भरी रातें होती हैं वहाँ। कितनी चहल-पहल होती है। कहकहे, अट्टहास, नृत्य और संगीत की लय में वे नगर रात भर जागते रहते हैं।

लेकिन यहाँ ऐसा कुछ भी नहीं था। दूर तक बर्फ के मैदान में और

चट्टानों पर केवल रंग-बिरंगी रोशनी नाच रही थी। समुद्र जैसी झील भी थी। लेकिन वह भी शीत से जमकर बर्फ का मैदान बन गई थी। उसे सहसा धरती से नीची सतह वाले देश नीदरलैंड की याद आ गई, जहाँ बराबर कई महीनों तक रात होती है। सूर्य रोज निकलता है, किंतु उसमें दिन जैसा तेज प्रकाश पैदा करने की शक्ति नहीं रहती। चाँद, सूर्य और अन्य ग्रहों की मुठभेड़ में वहाँ तरह-तरह की रंगीन रोशनियाँ चमकती रहती हैं। जिन्हें लोग 'आरोरा' कहते हैं।

किंतु निर्जनता का रहस्य उसकी समझ में नहीं आया। नीदरलैंड में तो लाखों आदमी रात भर ठंडे सूर्य का मेला देखते हैं। कैफे और क्लबों में नाच होता रहता है। हजारों दंपत्ति रंग-बिरंगी रोशनियों के साथ आँख मिचौनी खेलते हैं। मगर यह नीदरलैंड नहीं है। फिर यह कौन सा द्वीप है, कौन सा लोक है? बस वह वैज्ञानिक इसी उधेड़बुन में बर्फ की चट्टान पर खड़ा रोशनियों का नजारा देख रहा था। कुछ ही क्षण बीते होंगे कि उसके कानों में तरह-तरह की आवाजें आने लगीं। ऐसी आवाजें, जो मानवीय होकर भी दानवीय लगती थीं।

वह देखने लगा। उसे दूर तक कोई नजर नहीं आया। सहसा उसे झटका सा लगा और वह चट्टान पर अपने रॉकेट के सहारे लड़खड़ाकर गिर पड़ा। उसे लगा, जैसे भूकंप का झटका है। थोड़ी देर में वह बर्फ की चट्टान खिसकने लगी और धीरे-धीरे उसकी गति तेज हो गई। उसका स्पूतनिक और वह दोनों उस चट्टान पर बैठे बर्फ की नदी में बहे जा रहे थे। काफी दूर जाने के बाद सामने पहाड़ नजर आने लगे। नीली और पीली लपटें पहाड़ों से निकल रही थीं। लगता था, पहाड़ों में भयंकर आग लगी हो। लेकिन उस आग की गरमी उसे जरा भी महसूस नहीं हो रही थी। ठंडा देश और ठंडी आग। कितनी सुहानी थी!

उसकी साँसों में कुछ खुशबू सी आने लगी। उसे फिर कई बार अट्टहास सुनाई पड़े। बर्फ की चट्टान, जिस पर पड़ा वह नदी की धार में बहा जा रहा था, एक-दूसरे पहाड़ से टकराकर रुक गई। यहाँ थल ही थल था। वह अपने रॉकेट को उसी चट्टान पर छोड़ अपने सभी यंत्र और उपकरण लेकर पहाड़ की ओर आगे बढ़ा। पहाड़ का रंग लाल था। लगता था, जैसे कोई खूनी पहाड़ हो। उसपर चढ़कर देखा, सामने के पहाड़ों पर कुछ खनिज बिखरे पड़े हैं, जो हवा के साथ एक-दूसरे से टकराकर

और जलकर नीली, पीली और लाल रोशनी दे रहे हैं। जिस पहाड़ पर वह खड़ा था, वह भी लाल रंग के खनिज से लदा हुआ था। दूर से लगता था, जैसे इसी पहाड़ से लाल-लाल आग की विकराल लपटें उठ रही हों।

उसने यंत्र निकालकर दिशा ज्ञान किया। वह उस समय दक्षिण-पूर्व में था। भारत और अफ्रीका से पूर्व की ओर हजारों मील दूर किसी निर्जन टापू में। पता नहीं, वह टापू समुद्र में था या पृथ्वी से ऊपर अन्य किसी लोक में। सहसा उसे दूर पहाड़ पर चढ़ते ही उकाबों के चिल्लाने और क्रंदन जैसी भयावनी आवाजें सुनाई पड़ीं। उसने देखा, नीले पहाड़ की ओर से हाथी के आकार के गिद्ध जैसे सैकड़ों पक्षी उसकी ओर उड़ते हुए आ रहे हैं। वह कैमरा निकालकर उनका चित्र लेने लगा। काले-काले पक्षी बादल की तरह बढ़े आ रहे थे। काँव-काँव जैसी आवाजें उसे ऐसी लगीं, जैसे कोई उसे ललकार रहा हो—आगे मत बढ़ो, लौट जाओ! उकाबों की टोली समीप आने लगी। वह उलटा रॉकेट की ओर भागने लगा। इतने में ही एक उकाब ने उसे पंजों में उठा लिया। उकाबों के काँव-काँव से वही आवाज आ रही थी—'लौट जाओ! लौट जाओ!' लेकिन वह तो उकाब के पंजों की पकड़ में आते ही बेहोश हो गया।

होश में आने पर उसने देखा कि वह एक बर्फ की चट्टान पर पड़ा है। उसके कानों में तरह-तरह की आवाजें गूँज रही थीं। उसने अचेतन अवस्था में देखा कि दैत्याकार जीव उसे डरा रहे हैं। एक-से-एक अजीब जंतु, जो उसने कभी नहीं देखे थे, उसका पीछा कर रहे हैं। वह अपनी जान बचाने के लिए तेजी से भाग रहा है। यह सब उसे एक स्वप्न जैसा लगा। किंतु उसके मन में इसका ऐसा भय जमा कि वह स्वप्न को सत्य समझकर काँपने लगा। उसने उठकर चारों तरफ देखा। उन दैत्य और भीमकाय जंतुओं के स्थान पर पीली और सफेद पोशाकों में लिपटे, घुटे हुए सिर वाले मनुष्यों की टोली उसे अपनी ओर आती हुई दिखाई पड़ी।

उनके दिव्य वस्त्र और भव्य दर्शन से ही उसके मन का संशय दूर होने लगा। उसे ऐसा लगा, जैसे वह स्वर्गलोक या बौद्ध लामाओं के देश में है। उन पुरुषों के हाथों में कुछ विचित्र से पात्र भी थे। जिस ओर से उनकी टोली आ रही थी, उसकी पृष्ठभूमि में काफी दूर पर तीव्र प्रकाश हो रहा था और धवल ध्वज वाले कई स्तूप और मंदिर दिखाई दे रहे

थे। जिस चट्टान पर खड़े होकर वह लामाओं को आता देख रहा था, वह चट्टान सहसा ग्लेशियर की तरह रपटने लगी और रपटती हुई उन मंदिरों के पास जाकर ठहर गई।

उन पुरुषों ने हाथ पकड़कर उसे चट्टान से नीचे उतार लिया। वे उसे मंदिरों की ओर ले जाने लगे। चारों ओर सुगंधित वातावरण था। बर्फीला धवल सौंदर्य उसके मन को मोह रहा था। उसे लग रहा था, जैसे वह मृत्युलोक में नहीं है, बल्कि देवलोक में आ गया है। उसे न भूख लग रही थी, न प्यास। वह अपने आपको पूर्ण तृप्त और प्रफुल्लित अनुभव कर रहा था। उसकी पीठ पर बँधे किट (बैग) में वैज्ञानिकों का विशेष राशन, ऑक्सीजन के उपकरण और मौसम के कुप्रभाव से बचाने वाले यंत्र थे। किंतु अब उसे सरदी, गरमी, आलस्य, थकान, भूख, प्यास कुछ अनुभव नहीं हो रहा था।

एक अद्‌भुत सुगंध ने उसकी भूख और प्यास दोनों को तृप्त कर दिया था। एक अनुपम चेतना का आभास हो रहा था उसे। वह भूल चुका था कि वह कौन है? यहाँ क्यों आया है? और उसका क्या नाम है? मंदिर की सीढ़ियों से वह नीचे की ओर उतरने लगा। वहाँ एक सुंदर उद्यान था। रंग-बिरंगे फूल-ही-फूल, फूल की कलियाँ और फल किसी भी वृक्ष पर नहीं थे। पत्तियों का रंग हलका बैंगनी और सुनहरा था। ऐसे फूल उसने जीवन में कभी नहीं देखे थे।

दूर पर कमर तक वस्त्र पहने स्वर्ण जैसी सुंदरियाँ उद्यान में टहल रही थीं। एक ओर लंबी-लंबी शिखाओं और दाढ़ियों वाले लाल-लाल व्यक्ति सफेद पोशाक पहने खड़े थे। पुरुषों ने कहा, ''डरो मत! यह अतीतगामी लोक है। यहाँ सर्वत्र शांति है। कोई संघर्ष नहीं है। अब तुम अपनी दुनिया से बहुत दूर आ गए हो।''

उसे ऐसा लग रहा था जैसे उसका शरीर हवा की तरह हलका हो गया है। और वह भी इस स्वर्गिक उद्यान की सैर कर रहा है। उन्होंने कहा, ''यह शांति लोक है। यहाँ मृत्युलोक जैसी होड़ और समय की दौड़ नहीं है। कालचक्र यहाँ उलटा होकर चल रहा है।''

''उलटा चल रहा है? यह कैसे हो सकता है?'' वैज्ञानिक ने प्रश्न किया।

''यह प्रकृति का नियम है। विज्ञान का नियम है। एक ओर समय

आगे चलता है, तो दूसरी ओर किसी अन्य लोक में समय पीछे लौटता है। अब हम आठवीं शताब्दी में हैं। हम धीरे-धीरे तीसरी और चौथी शताब्दी में प्रवेश करेंगे। उस समय यहाँ की जलवायु ऐसी हो जाएगी, जब हमें हवा, पानी, ऊर्जा, किसी भी तत्त्व की आवश्यकता नहीं होगी। हम इस लोक के वातावरण में विदेह आत्माओं की तरह विचरण करेंगे।'' उन दिव्य पुरुषों ने वैज्ञानिक को अतीतगामी लोक की पृष्ठभूमि बता दी और उसे वापस उसी चट्टान पर अपने स्पूतनिक की ओर चलने को कहा।

वह उसी चट्टान की ओर चला जा रहा था। वह पूछने लगा–

''सोने के रंग वाली ये सुंदरियाँ कौन हैं?''

पुरुषों ने कहा, ''ये अतीतगामी लोक की सुंदरियाँ हैं। वैदिक युग के ऋषियों के साथ तपस्विनियों जैसा जीवन बिताती हैं। वे अपलक देखती हैं। वे किसी से प्रेम या घृणा नहीं करतीं। न कुछ बोलती ही हैं। इस लोक में रात और दिन भी नहीं होते। भूख, प्यास, निद्रा, आलस्य, काम, क्रोध किसी को नहीं सताता। सभी प्राणी दिव्य आत्माओं की तरह आराम से रहते हैं।''

''लेकिन वे तो बहुत ही सुंदर हैं, अप्सराओं से भी अधिक सुंदर।'' वैज्ञानिक कुछ बहक सा गया। सहसा रोशनी बढ़ने लगी। चारों ओर सूर्य जैसा हलका पीला प्रकाश फैल गया। और वह अपने स्पूतनिक में सुरक्षित बैठकर फिर आकाश में उड़ने लगा। पृथ्वी की परिधि में आते ही उसका संपर्क अपनी प्रयोगशाला से हो गया। उसे अनेक संकेत मिलने लगे। अब वह धीरे-धीरे पृथ्वी पर उतर रहा था।

प्रयोगशाला के वैज्ञानिक इस वैज्ञानिक की अद्‌भुत कथा को सुनकर विचलित नहीं हुए। न ही उन्हें विशेष आश्चर्य ही हुआ। वे जानते थे कि यह एक अंग्रेज भौतिकशास्त्री का निकाला हुआ सिद्धांत है। प्रकृति के नियमों में संतुलन रखने के लिए कालचक्र को उलटा घुमाना ही पड़ता है। काल का पहिया जब आदि पर रुकेगा, तो पुनः अंत की ओर ही बढ़ेगा।

''लेकिन तुम उस लोक में जीवित कैसे रहे?'' एक साथी ने पूछा।

''मै कुछ नहीं कह सकता। मुझे स्वयं नहीं मालूम कि मैं जीवित था या मृत या केवल सूक्ष्म आत्मा के रूप में उन दिव्य पुरुषों के साथ विचरण कर रहा था।''

''ठीक ही तो है, जब तुम रॉकेट से बाहर निकाले गए, तो तुम

वास्तव में अचेतन और अधमरे थे। तुम्हें ऑक्सीजन देकर हम होश में लाए और जितने समय प्रयोगशाला से तुम्हारा संपर्क टूटा रहा, कदाचित् उसी समय में तुम अतीतगामी लोक में विचर रहे होगे।''

''लेकिन अब तो मैं बिलकुल ठीक हूँ न। मुझे लग रहा था, जैसे मैंने एक स्वप्न भर ही देखा था।'' वैज्ञानिक बोला।

किंतु यह स्वप्न नहीं, सत्य ही था। अतीत लोक की कल्पना या स्वप्न सत्य भी हो सकता है। पृथ्वी से दूर कितने लोक और रहस्य हैं, कोई नहीं कह सकता।

□

लो बस

भारत का भूगोल विवश करता है उसपर बसे प्राणियों को एक-दूसरे की ओर खींचने के लिए। अनेक प्रचलित मान्यताएँ हैं। असम और बंगाल के जादू के लिए अनेक मान्यताएँ हैं। पहाड़ों के सौंदर्य, भोले-लुभावने और परदेशियों द्वारा उनके ठगे जाने की ऐसी ही मान्यताएँ हैं। गुजरात की नारियाँ सहज ही पूर्ण आतिथ्य और प्यार देती हैं परदेशी को। यौवन और प्यार दो ऐसे सत्य हैं, जिन्हें कोई भी राजनीति, इतिहास और भूगोल, नदी, पर्वत और सागरों की सीमाएँ, देश-कुल की मर्यादाएँ नहीं बाँध पातीं। देह का आकर्षण उससे भी अधिक होता है। वाणी, विन्यास, संस्कृति, भाषा-बोली और नेह भरे व्यवहार का आकर्षण। प्रस्तुत कहानी बंगाल के कटवा कस्बे की एक ऐसी ही सत्यकथा है।

प्रथमा का दिन था। भोजन के बाद सोया, किंतु नींद नहीं आई। चित्त में उथल-पुथल सी मची हुई थी। सोचा, कहीं चलकर किसी पेड़ की छाया में बैठकर मन को शांत किया जाए। अतः कपड़े पहनकर चल दिया और एक कच्चे तालाब के किनारे बैठने की सोच ही रहा था कि वहाँ बदबू सी आने लगी। दूर तक नजर दौड़ाई कि कहीं कोई ठीक जगह दिखाई पड़े; परंतु दूर तक ताड़ और खजूर के पेड़, धान के सूखे खेतों के अलावा कुछ दिखाई नहीं पड़ा। जी में आया, स्टेशन की ओर चला जाए। वहाँ तो अवश्य ही चहल-पहल होगी। अतः उधर ही चल दिया। वहाँ पहुँचकर देखा, बेंचों पर बैठे पाँच-सात यात्री ऊँघ रहे थे, बीस-पच्चीस यात्री जमीन पर घुटनों में सिर दिए ऐसे बैठे थे, जैसे कोई शोक मनाकर आए हों। सभी के चेहरों पर सुस्ती सवार थी। वहाँ भी बैठने को ठीक

स्थान न देख आगे चल दिया और आकर बाजार में ही अपने परिचित चाय की दुकान वाले शाम पादो दास के पास बैठ गया। बैठे हुए अधिक देर नहीं हुई थी कि मेरी नजर सामने के मकान पर गई। मकान कच्चा था। उसमें एक छोटा सा लकड़ी का फाटक लगा था। उसमें से सभी कुछ दिखाई पड़ता था। अंदर एक कच्चा कमरा था। उसमें से बाहर निकलकर एक तरुणी मेरी तरफ टकटकी लगाकर देखने लगी। मैं उसके सुंदर नेत्रों को देखकर चौंक उठा। मैंने समझा, ये वैसे ही देख रही है। परंतु मैंने जब भी उधर देखा, तो उसे अपनी ओर ही घूरते पाया। इससे उसे बार-बार देखने की मेरी भी लालसा बढ़ी। मैंने ध्यान से देखा, उसकी मोटी-मोटी आँखें, पतले होंठ, गोरा रंग, गोल चेहरा, लंबे घने काले बाल उसकी पीठ पर लहरा रहे थे। गेरुए रंग की सादा सूती धोती और हरे रंग का ब्लाउज पहने वह नंगे सिर बालों को फैलाए ऐसे लगती थी, जैसे कोई तपस्विनी देवसुंदरी बनकर उतरी हो।

शाम ने चाय का गिलास मेरे सामने रखते हुए कहा, "लो! चाय खाबो।"

मेरा ध्यान टूटा। मैंने शाम की ओर देखा तो वह मुसकरा उठा। मुझे भी हँसी सी आ गई। मैं गिलास उठाकर चाय पीने लगा। मैं कटवा कस्बे (अविभाजित बंगाल) में एक ही ऐसा व्यक्ति था जो बँगला बोलना नहीं जानता था। मैं एक व्यापारी फर्म के काम से यहाँ आया था। लगभग तीन साल बीत चुके। शाम की दुकान पर उठने-बैठने से मेरा कई व्यक्तियों से परिचय हो गया और उन्हीं लोगों से टूटी-फूटी बँगला सीख गया। अतः कामचलाऊ भाषा बोल लेता था। जब ठहरने के स्थान यानी कटवा की आढ़त की दुकान पर मन नहीं लगता तो मैं उठकर इसी दुकान पर आकर बैठ जाता। शाम से ही गपशप करता था। शाम भी थोड़ी हिंदी बोल लेता था। अतः उससे मेरी खूब पटती।

शाम ने लैंप जलाया, तो ध्यान आया कि रात होने वाली है। मैं भी उठा और अपने स्थान पर चला गया। सुबह हुई और मैं निवृत्त हो उसी तालाब पर आकर रोज की तरह दातुन करने लगा। कुछ ही देर में वही तरुणी हाथ में कुछ बरतन लिये एकदम सामने आकर बैठ गई। बरतनों में मिट्टी लगाकर मलने लगी। कभी-कभी वह बीच में कल की तरह ही मेरी ओर देख लेती। मैं भी उसे बराबर देखता रहा। वह यूँ ही एक आकर्षण बन गई। मैंने दातुन

करके तालाब में स्नान किया और जबतक वह चली न गई, तबतक मैं भी वहीं नहाता रहा।

मैं शाम की दुकान पर आकर रोज की तरह जलपान करने लगा। वह अब भी घर का काम करते-करते मेरी ओर देख रही थी। इसी समय एक पुरुष सामने के कमरे से निकला। काला, मोटा, बड़ी-बड़ी मूँछें, कमर पर तहमद बाँधे एक हब्शी जैसा, हम दोनों के बीच खड़ा हो गया। मैं सोचने लगा कि ये कौन हो सकता है। उसे देखते ही शाम ने पुकारा-

"भूत मोशाय नोमस्कार! आशुन। चाय खाबो।"

उसने भी बाहर आकर कहा, "नोमस्कार," और वह बाहर पड़ी एक पुरानी सी बेंच पर बैठ गया। शाम ने एक चाय बनाकर उसे दी और वह चाय चसकने लगा।

एक दिन शाम ने मुझे बताया कि यह काला आदमी केतकी का पति है। लोगों ने मजाक में उसका नाम भूत रख दिया है। वह इस नाम से चिढ़ता भी नहीं। जब कोई उसे भूत मोशाय कहकर बुलाता तो वह बिलकुल सामान्य ढंग से बातें करता, गुस्सा नहीं होता। हाँ, कई बार छोटे-छोटे बच्चे केतकी को चिढ़ाते हैं 'भूत रे बाड़ी, भूत रे बोधू।' वह उनको गाली देने लगती है। किसी-किसी बच्चे को पीट भी देती है।

भूत मोशाय जाति से माली है, परंतु खिलौने, बरतन, मग आदि बनाकर बेचता है। बाहर गाँवों में तथा मेले-हाटों में भी बेचने जाता रहता है। कुल मिलाकर आदमी मिलनसार, खुशमिजाज और हँसमुख है। गाने-बजाने का भी शौकीन है। उसके पास तबला और बाजा भी है। केतकी गाना और बाजा बजाना जानती है। उसकी आवाज में मिठास है। स्वर में तड़प और खिंचाव है। कहते हैं, दोनों की कहीं मेले में पहचान हो गई थी। केतकी भूत मोशाय पर रीझकर इसके साथ भाग आई। बीवी बनकर रहने लगी। वह आ तो गई। कुछ दिन निभी भी, पर कुछ समय बाद उसे अपनी भूल पता लगी। वह ऊबने लगी। उसे उसकी सूरत, पेशा, रहन-सहन, पौरुष कुछ भी नहीं भाया। वह इसकी ओर से विमुख हो गई। छोटे गाँव जैसे कस्बे में आने पर उसने पाया कि वह सुंदरी है और भूत मोशाय उसके लायक नहीं। उसकी नजर उभरने लगी और वह अकेली आँखें फाड़कर अजनबी और परदेशी लोगों को देखती। उनसे बात भी करना चाहती।

हमें भी एक-दूसरे को देखते-देखते कई दिन बीत गए। पर दोनों में

से बोलने का साहस किसी को नहीं हुआ। हारकर मैंने ही एक दिन उसी तालाब पर नहाते समय इधर-उधर देखकर कि कोई नहीं है, मुँह खोला और धीरे से नमस्ते कह डाला। उसने मुसकराकर मेरी तरफ देखा और उत्तर दिया–'नमस्ते।' वह उठते हुए एक टेढ़ी नजर डालती हुई लपककर चली गई। मैं फिर शाम की दुकान पर आकर नाश्ता करने लगा। कुछ समय बाद मैं अस्पताल की ओर चल दिया। मेरे पैर में दर्द था, उसी की दवा लेने। अस्पताल लगभग तीन फर्लांग पर था। सड़क भी थी। पर बहुत चक्कर लगाकर जाना पड़ता था। इसलिए मैं खेतों से ही होकर चल पड़ा। लगभग दो सौ कदम ही चल पाया था कि मैं पीछे से आते हुए 'नमस्कार मोशाय' के स्वर से चौंक उठा। मुड़कर देखा तो वही नीली मलमल की साड़ी पहने हाथ में एक खाली शीशी लिये चली आ रही है। बिलकुल अकेली। मेरे देखते ही वह कुछ लजा सी गई। मेरे मुँह से भी निकल पड़ा–

"नमस्कार! कोताय जाच्चो?"

"हॉस्पीटल। आपनी कोताय जावेन?" उसने पूछा।

"आमी हॉस्पीटल जाच्चो।" मैंने उत्तर दिया।

उसने पुनः पूछा, "ऐ मोशाय आपनार बाड़ी कोताय?"

"आमार बाड़ी पश्चिम आचे। दिल्ली।" मैंने उत्तर दिया।

"आपनी हिंदुस्तानी हौय कि बंगाली?" उसने पूछा।

"आमी हिंदुस्तानी हौय। आमार भाषा हिंदी। आमी बंगाली भाषा जानी न। किंतु किच्चू-किच्चू कोथा कोरते पारी।" इतना कहकर मैं चुप हो गया।

अस्पताल आ चुका था। हम दोनों ही अपने-अपने काम में लग गए। उसने बुखार की दवा ली और मैंने पैर दर्द की। फिर साथ-साथ चल दिए। इसी प्रकार बातें करते-करते अपने स्थान पर आ गए। मैं खाना खाकर चारपाई पर लेट गया। सोचता रहा, सोचता रहा। उसकी आँखों में सचमुच एक जादू सा है। एक मस्तानी शोखी भी। उसमें किसी को भी मोह लेने की शक्ति थी। यदि मैं उसकी आँखों में उलझ भी गया तो क्या आश्चर्य! मैं सोचने लगा कि ये बंगाल है। सुना है, यहाँ जादू है। यहाँ की स्त्रियाँ जादूगरनी हैं। कभी सुना था, परदेशियों को बकरा या तोता बनाकर कैद कर लेती हैं। कहीं ये केतकी भी तो ऐसी नहीं है। ये मेरे पर कहीं जादू तो नहीं चला रही। उसकी भोली सी सूरत और उसकी मद भरी आँखों को देखकर मैं खो सा गया।

दूसरे दिन फिर उसी समय मैं भी अस्पताल जाने लगा। उसने अपने मकान से मुझे चलने का इशारा किया। आगे चलकर खेत में हम साथ-साथ चलने लगे। बीच में एक छोटा सा बगीचा था। वह रुककर बोली, "आशुन मोशाय इखने बोशवे।"

हम दोनों जाकर एक पेड़ के नीचे बैठ गए। मैंने प्रेम-विभोर होकर उसका हाथ अपने हाथ में ले लिया और उसे चूम लिया। उसने भी एक तिरछी नजर मेरी ओर डाली और मुसकराते हुए दूसरा हाथ मेरे गले में डाल दिया। मैंने उसे अपने सीने से लगा लिया। सहसा उसकी आँखों में आँसू छलक आए।

मैंने उसके आँसू उसी की साड़ी से पोंछते हुए कहा, "रोओ मत केतकी! हमारा सच्चा प्यार है। संयोग की बात है वरना कहाँ मैं दिल्लीवासी और कहाँ तुम कटवा गाँव की बंगालिन।"

उसने अपना हाथ गले से हटाकर पूछा, "क्या आप मुझसे प्रेम करते हैं?"

मैंने कहा, "बिलकुल, तुम्हें कुछ संदेह है?"

"नहीं, क्या आप मुझे अपने साथ देश को ले चलेंगे।" उसने रुँधे हुए स्वर से कहा।

मैंने उसको मजबूरियाँ समझाईं, फिर पूछा, "ले भी चलूँ। पर मैं दूर पश्चिम का हूँ। बँगला नहीं जानता। भात-मछली नहीं खाता।"

"नहीं बाबू, मैं रोटी-दाल खा लूँगी। आपको बँगला सिखा लूँगी, मैं हिंदी सीख लूँगी। मैं आपके लिए सबकुछ कर लूँगी। बोलो, मुझे ले चलोगे न?" उसके गालों पर लाली छा गई।

"अवश्य ले चलूँगा! केतकी तुम्हें पाकर कौन खुश नहीं होगा। तुम बंगाल की आभा हो, तुम्हें मैं कभी नहीं छोड़ सकता।" कहकर मैं खड़ा हो गया और वह भी खड़ी होकर बोली, "बाबू, मैंने शाम दादा से आपके बारे में सबकुछ पूछ लिया है। अब मैं भी आपको नहीं छोड़ूँगी। पर आप भी मुझे धोखा मत देना।" और वह मुसकराकर मेरा हाथ अपने हाथ में लेकर चलने लगी। हम दोनों अस्पताल होकर अपने-अपने घर वापस लौट आए।

मेरा फर्म का काम प्रायः खत्म हो रहा था। मैंने अपने लौटने का समय भी निश्चित कर लिया। अपनी फर्म को भी दिल्ली सूचना भेज दी। केतकी को भी मैंने बता दिया कि मैं शनिवार की रात की गाड़ी से चल दूँगा। उसने

सुनते ही कहा, ''मैं बिलकुल तैयार बैठी हूँ। उस दिन भूत मोशाय भी नवद्वीप की हाट में जाएगा। मैं स्टेशन पर पहुँचकर जनाने डिब्बे में बैठ जाऊँगी। आप दो टिकट लेकर बराबर वाले डिब्बे में बैठ जाना। बस फिर कटवा स्टेशन से वर्दवान जंक्शन आते ही साथ हो लेंगे।''

''बिलकुल ठीक है।''

''मगर विश्वास दिलाओ कि कहीं तुम रुक तो नहीं जाओगी?'' मैंने मुसकराकर पूछा।

''आपको कैसे विश्वास होगा?'' उसने आँखें फैलाकर पूछा।

''रखो मेरे दिल पर हाथ।''

उसने दोनों हाथ मेरे सीने पर जमाकर कहा, ''लो बस!'' और मैं प्रसन्नता से भर गया।

उस रात मुझे नींद नहीं आई। बार-बार मन में सोते-जागते यह अहसास होने लगा कि उसके सुंदर और कोमल हाथ मेरे वक्षस्थल पर जम गए हैं। मैं चुप हूँ और वह आँखों में आँखें डालकर कह रही है–'तुम पुरुष बड़े संदेही, अविश्वासी और भोले हो। तुम्हारा मन डाँवाँडोल नाव की तरह है। और हम नारी सबकुछ लुटा देने वाली हैं।'

फिर नींद सी लगी तो कानों में आवाज आई–''लो बस।'' सुबह के पाँच बज रहे थे। स्वप्न सा टूटा। देखा तो केतकी खड़ी है। लाल किनारी की सफेद साड़ी पहने हाथ में कुछ सामान।

मैंने कहा, ''इतनी सुबह? क्या रात को नींद नहीं आई?''

''हाँ, ये कुछ आभूषण हैं, जो तुम्हें चुपके से देने आई हूँ। अपने सामान में रख लेना। तब तो मेरे आने का पूरा विश्वास हो जाएगा। तुम लोग नारी को नहीं जानते।''

मैं कुछ न बोला और वह पोटली मेरे पास रखकर मुसकराती हुई चली गई। मेरे कानों में केतकी की आवाज गूँज रही थी–''लो बस, अब तो विश्वास हो गया।''

□

करामाती नीलम

कीमती पत्थर, रत्न, हीरे, मोती और माणिकों का संबंध मनुष्य की कुंडली और आकाश के ग्रहों से जोड़ने वाला विज्ञान आज भी ज्योतिष शास्त्र, अंक शास्त्र और भविष्य जानने वाले नए और प्राचीन ग्रंथों में मिलता है। शुक्र का संबंध हीरा या सफेद पुखराज से जोड़ा जाता है तो शनि के व्यक्ति पर पड़ने वाले अच्छे या बुरे प्रभाव को नीलम से जोड़ा जाता है।

इसी प्रकार चंद्रमा की कलाओं का संबंध मोती से और सूर्य की प्रसन्नता के लिए माणिक पत्थर का प्रयोग ज्योतिषी लोग अकसर बताते हैं। मनुष्य के हाथ में जितनी भी उँगलियाँ होती हैं, वे उँगली विशेष भी अलग-अलग तरह के पत्थरों को पहनने के लिए शुभ-अशुभ प्रभाव के लिए ज्योतिषियों ने निश्चय कर दी है।

अन्य ग्रहों की भाँति मंगल के पराक्रम को बढ़ाने के लिए मूँगा (लाल) पहना जाता है। इसकी उत्पत्ति समुद्री फेन से होती है। मूँगा पत्थर नहीं होता। इसी प्रकार पुखराज जैसे पीले पारदर्शी पत्थर को मुकदमा जीतने या राजदरबार में प्रभाव बढ़ाने के लिए सभी ग्रहों के गुरु बृहस्पति को प्रसन्न करनेवाला बताया गया है। हिंदू शास्त्रों में ही नहीं, अरब, यूनान और पश्चिमी देशों के विज्ञानी तथा विद्वान् भी पत्थरों के ग्रहों से जुड़े संबंध को यकीनन मानते हैं। ग्रहों की चाल को ऊँचा-नीचा करने के लिए बादशाह, वजीर और सेठ-साहूकार कीमती-से-कीमती पत्थर उँगलियों में धारण करते थे।

इस विज्ञान का संबंध वास्तव में सूर्य से है। यही ब्रह्मांड का सबसे

शक्तिशाली ग्रह है। इसी से चंद्रमा प्रभावित होता है और पृथ्वीवासी भी। चंद्रमा की बदलती कलाओं का पृथ्वी पर बसने वाले लोगों पर अच्छा या बुरा प्रभाव पड़ता है। बुरे प्रभाव या रोग-शोक से बचने के लिए, इन ग्रहों को प्रसन्न करने के लिए ही इन पत्थरों की खोज हुई। अपने चमत्कार और प्रभाव के कारण ये कीमती और बेशकीमती बने। इतने कीमती कि कोहिनूर नामक विश्व प्रसिद्ध हीरे की कीमत करोड़ों पाउंड में आँकी गई।

मुगल साम्राज्य के अंतिम सम्राट् एवं अपने युग के सबसे बड़े शायर बहादुरशाह जफर जब पैदा हुए, तो ज्योतिषियों ने बताया कि वे बड़े नामी विद्वान् और होनहार तो होंगे, लेकिन अधिक समय तक जीवित नहीं रहेंगे। इस पर बहादुरशाह की माँ व्याकुल हो गईं। शनि और राहु, जो प्राणघाती ग्रह थे, उन पर मँडरा रहे थे, उन्हीं को शांत करने के लिए किसी फकीर ने उनकी माँ को पढ़ा हुआ मंत्रसिद्ध नीलम दिया। इसी नीलम की अँगूठी बनाकर बहादुरशाह को पहनाई गई।

कहते हैं, इसी को पहनने से वे अधिक उम्र पा गए और जब वे बर्मा (म्याँमार) की मांडले जेल में अंग्रेजों की कैद में थे, तो अत्यंत निराशा की दशा में उन्होंने नीलम की अँगूठी उतारकर वजीर को दे दी। अँगूठी के हटते ही वह बीमार पड़े और जल्द ही खुदा को प्यारे हो गए। यही करामाती नीलम की अँगूठी बादशाह से वजीर तक और वजीर से आगे कहाँ-कहाँ तक पहुँची, यह सब इस ऐतिहासिक और रोमांचक वैज्ञानिक कहानी में पढ़ें।

□

रंगून शहर की प्रसिद्ध सड़क मार्कपोल पर बर्मा के सरकारी पुस्तकालय का आलीशन भवन है। सड़क पर सवेरे से शाम तक मोटरों, कारों और अन्य सवारियों की भीड़ लगी रहती है। इस सड़क की एक पटरी पर खड़ा हुआ एक व्यक्ति बड़ी देर से पुस्तकालय के फाटक की ओर देख रहा था। पुस्तकालय की घड़ी में इस समय प्रातः ९:५० बज रहे थे। १० बजते-बजते पुस्तकालय का काम आरंभ हो गया। इसी समय उस व्यक्ति ने, जिसका नाम सेतुन था, सावधानी के साथ सड़क पार की और पुस्तकालय में घुस गया।

सेतुन के दाएँ हाथ की बीच की उँगली में एक नीलम की अँगूठी

चमक रही थी। यह अँगूठी उसने एक सप्ताह पहले शहर में होने वाली जवाहरातों की एक नीलामी में खरीदी थी। इस नीलामी में उस दिन केवल ऐतिहासिक जवाहरातों की बिक्री हुई थी। बेचने वाले ने सेतुन को बताया था कि नीलम की यह अँगूठी भारत के अंतिम सम्राट् बहादुरशाह जफर की थी। अपने अंतिम समय में उन्होंने यह अँगूठी एक बर्मी हकीम को इलाज के बदले पुरस्कार-स्वरूप दे दी थी। उसी चिकित्सक के वंशजों से यह अँगूठी जौहरी को प्राप्त हुई।

अँगूठी के इतिहास से सेतुन बहुत प्रभावित हुआ। इसीलिए उसने ५०,००० रुपए की भारी रकम खर्च करके भी अँगूठी को खरीद लिया। वह रंगून से चावल का थोक व्यापार करता था। युद्धकाल में काले बाजार से उसने काफी पैसा पैदा किया था। उसे एकमात्र चिंता अपने दीर्घजीवी होने की थी। उसने सुना था कि बहादुरशाह की नीलम की अँगूठी में ऐसा गुण है कि उसे पहनने वाले की आयु लंबी हो जाती है। इसी बात की खोजबीन करने के लिए वह आज यहाँ आया था।

पुस्तकालय में पहुँचकर सेतुन पुराने जमाने के इतिहास वाले कमरे में गया। इस कमरे में मुगल सम्राटों के संबंध में बहुत सी पुस्तकें थीं। उसने बहादुरशाह के बारे में जितनी भी पुस्तकें मिल सकीं, उन्हें निकलवा लिया और बैठकर पढ़ने लगा। दो-तीन पुस्तकें पढ़ने के बाद उसे इस नीलम की अँगूठी का वास्तविक वर्णन मिल गया। लेकिन जो कुछ उसने पढ़ा, उससे वह बहुत निराश हुआ। पुस्तक में लिखा था-

बहादुरशाह जफर के पैदा होने पर बड़े-बड़े नजूमियों को बुलाया गया। उन्होंने कहा कि लड़का बहुत विद्वान्, होनहार और खानदान का नाम रौशन करनेवाला होगा। किंतु उसकी आयु कम है। तब उसकी माँ ने बड़ी मिन्नतों के बाद एक औलिया से यह नीलम प्राप्त किया, जिसने उसकी उम्र बढ़ाई। लेकिन जब अंग्रेजों ने बादशाह का तख्त छीनकर उन्हें बर्मा की मांडले जेल में कैद करने का विचार किया, तब वे बहुत उदास हुए। उन्होंने सोचा कि अब अधिक जीकर क्या करना है और वह अँगूठी अपने वजीर को इनाम में दे दी।

कहा जाता है कि अँगूठी को हाथ से उतारते ही बादशाह बीमार पड़ गए। वजीर ने बादशाह की दशा को देखकर वह अँगूठी उन्हें वापस करनी चाही। लेकिन दी हुई अँगूठी वापस कैसे ली जा सकती थी? तब

वजीर ने उसी प्रकार की एक अन्य नीलम की अँगूठी तैयार कर बादशाह को भेंट की। इसके बाद वे रोगमुक्त हो गए। बर्मा आने के कुछ ही साल बाद वे फिर बीमार पड़ गए। अपने अंतिम समय में उन्होंने अपनी वह दूसरी अँगूठी भी अपने बर्मी चिकित्सक को दे दी।

पचास हजार रुपए खर्च करके भी नकली माल हाथ आने से सेतुन को बहुत निराशा हुई। किंतु अब वह कर भी क्या सकता था? इसी सोच-विचार में वह धीरे-धीरे पुस्तकालय की सीढ़ियों से उतरने लगा। लेकिन उसे क्या मालूम था कि जिस नीलम की अँगूठी को वह मामूली चीज समझ बैठा है, उसमें एक बड़ा रहस्य छिपा है।

सड़क के किनारे पुस्तकालय की सीढ़ियों से कुछ दूर एक टैक्सी खड़ी थी। टैक्सी के ड्राइवर ने कार का इंजन चालू कर रखा था। वह स्टीयरिंग पर हाथ रखे सीढ़ियों की ओर देख रहा था। कार की पिछली सीट पर दो बर्मी गुंडे बैठे थे। जैसे ही सेतुन सीढ़ियों से उतरकर सड़क पर आया, वैसे ही ड्राइवर ने कार को तेजी से आगे बढ़ाकर एकदम सेतुन के सामने रोक दिया। एक ही पल में पीछे की खिड़की खोलकर दोनों गुंडे बाहर लपके और सेतुन के सिर पर एक कपड़ा डालकर उसे कार के अंदर घसीट लिया। सेतुन को मोटर में डालते ही वे तेजी से कार को ले भागे। यह घटना कुछ ही सेकंडों में हो गई। आसपास का कोई भी आदमी इसे समझ नहीं सका। कुछ आदमियों की भीड़ चकित होकर देखती रह गई। मोटर के चले जाने के बाद शोरगुल मचा।

जब सेतुन को होश आया, तो उसने देखा कि वह अपने घर के पास ही के एक सरकारी बाग में बेंच पर पड़ा हुआ है। उसने तुरंत उठकर इधर-उधर देखा। अब भोर से पूर्व का समय था। पार्क अभी सुनसान था। यानी वह सारी रात पार्क में पड़ा रहा। उसने अपनी जेबें टटोलीं। जेबों का सामान सुरक्षित था। गले में वह एक कीमती माला पहने हुए था। वह भी मौजूद थी। लेकिन हाथ की अँगूठी गायब थी। सेतुन ने सोचा कि पचास हजार की अँगूठी गई, पर जान तो बच गई। किंतु वह इस घटना की रिपोर्ट थाने में करना नहीं भूला।

थानेदार ने तुरंत खुफिया विभाग के प्रमुख को इस घटना की सूचना दी। रंगून के खुफिया विभाग में उस समय कुछ भारतीय अधिकारी बर्मियों को ट्रेनिंग दे रहे थे। इनमें से एक युवक अभयदत्त बड़ा कुशाग्र बुद्धि और

इतिहास प्रेमी था। प्रधान अधिकारी ने उसको ही इस घटना की जाँच का काम सौंपा।

सबसे पहले दत्त ने सेतुन से भेंट करके इस घटना की पूरी जानकारी प्राप्त की। पहले उसने इसे एक साधारण लूटमार का मामला समझा। किंतु उस अँगूठी का बहादुरशाह से संबंध होना और फिर लुटेरों का केवल अँगूठी को ले जाना–ये दो बातें ऐसी थीं, जिनसे घटना काफी भेदपूर्ण बन गई। लूट के समय सेतुन की जेब में काफी नगद रुपया था। गले का हार भी अँगूठी से अधिक कीमती था। किंतु वे सब सुरक्षित थे। इसका अर्थ यह था कि लूटनेवालों ने योजना बनाकर अपना काम किया। उनका उद्देश्य केवल अँगूठी को प्राप्त करना था।

दत्त कई दिनों तक अँगूठी का पता लगाने के लिए जी-तोड़ कोशिश करता रहा। आस-पास के टैक्सी स्टैंडों पर जाकर पता लगाने से आखिर उसे उस टैक्सी का पता मिल ही गया। डराने-धमकाने पर उस टैक्सी ड्राइवर ने उन गुंडों का पता भी बता दिया। पुलिस के सिपाही तुरंत उन गुंडों को पकड़कर थाने ले आए। अपने बयान में उन्होंने बताया कि अँगूठी को लूटने की योजना तो एक भारतीय ने ही बनाई थी। वे तो बस पैसे के लालच में उसकी सहायता करने के लिए तैयार हो गए थे। अँगूठी को छीनकर लाने के बदले में दोनों को दस हजार रुपए मिले थे। पाँच सौ रुपए टैक्सी ड्राइवर को दिए गए। जिस भारतीय ने अँगूठी ली है, वह अधेड़ उम्र का है और दाढ़ी रखता है। उसका नाम शायद मुस्तफा है।

दत्त ने इन लोगों के बयान सुनने के बाद तुरंत ही जहाज और वायुयान कार्यालयों को टेलीफोन करके मालूम किया कि तीन-चार दिन के अंदर मुस्तफा नाम के किसी आदमी को भारत जाने का वीजा तो नहीं दिया गया। पर वायुयान कार्यालय से पता चला कि आज सुबह ही अब्दुल करीम उर्फ मुस्तफा नाम का एक अधेड़ दाढ़ीवाला आदमी कलकत्ते के लिए रवाना हुआ है। दत्त ने दमदम हवाई अड्डे को फोन किया। लेकिन तब तक हवाईजहाज दमदम पहुँच चुका था। उसके यात्री भी उतरकर अपने-अपने निर्दिष्ट स्थान को चले गए थे। कलकत्ते के पुलिस कार्यालय को मुस्तफा उर्फ अब्दुल करीम का हुलिया बताकर दत्त भी हवाई जहाज से भारत रवाना हो गया।

कलकत्ता पहुँचने पर उसे ज्ञात हुआ कि मुस्तफा उर्फ अब्दुल करीम

दूसरे हवाई जहाज से दिल्ली गया है। दत्त को भी कुछ देर बाद दिल्ली का हवाई जहाज मिल गया। दिल्ली की पुलिस को कलकत्ता की पुलिस से मुस्तफा उर्फ अब्दुल करीम का समाचार मिल गया था। इसलिए उसकी चौकसी की जा रही थी। मुस्तफा दिल्ली के एक प्रसिद्ध होटल में ठहरा। मुस्तफा के बराबर में ही दत्त ने भी एक कमरा ले लिया। यदि वह चाहता, तो उसी समय मुस्तफा को बंदी बना सकता था। लेकिन वह तो यह मालूम करना चाहता था कि अँगूठी का भेद क्या है?

मुस्तफा दिन भर कमरे में ही बैठा रहा। उसने केवल होटल के बैरा को तीन-चार चिट्ठियाँ देकर बाहर भेजा। शाम को दो आदमियों ने उसके कमरे में प्रवेश किया। इनमें से एक जौहरी और दूसरा एक वृद्ध मुसलमान था। इन लोगों के कमरे में आते ही मुस्तफा ने द्वार को अंदर से अच्छी तरह से बंद कर लिया।

दत्त ने पहले ही मुस्तफा के कमरे की चारों ओर से जाँच कर ली थी। खिड़की के ऊपर सीमेंट का स्लैब लगा था। उसके ऊपर खड़े होकर रोशनदान से अंदर का सब हाल देखा जा सकता था। दत्त ने अपने रिवॉल्वर में गोलियाँ भरीं और चुपचाप अपने कमरे की खिड़की पर पहुँच गया। मुस्तफा की खिड़की बंद थी। इसलिए बिना आवाज किए वह सरलता से उसपर चढ़ गया और रोशनदान से अंदर का हाल देखने लगा।

वृद्ध मुसलमान ने मुस्तफा के हाथ से सबसे पहले अँगूठी उतारी और उसको गौर से देखकर बोला, "बेटा मुस्तफा! तुम यह जानने के लिए बहुत उत्सुक होगे कि क्यों मैंने तुम्हें अपनी जान हथेली पर रखकर इस अँगूठी को लाने के लिए बर्मा भेजा था। इस अँगूठी का संबंध शहंशाह बहादुरशाह जफर से है। जब अंग्रेजों ने लाल किले पर अधिकार कर लिया और खजाना लूटने लगे, तब बादशाह के फरमाबरदार वजीर ने अपनी जान पर खेलकर खजाना बचाने का प्रयत्न किया। वह चुने हुए हीरे-जवाहरातों को खजाने से निकालकर अपने साथ ले गुप्त सुरंग के रास्ते से निकल गया। उन हीरों को ले जाकर उसने महरौली के पास की एक पुरानी मसजिद की चहारदीवारी के अंदर छिपा दिया। जहाँ तक मुझे मालूम है, वजीर ने हीरों को एक लोहे की पेटी में बंद करके चहारदीवारी के पत्थर की पटियों के बीच में रख दिया। इसके बाद उसने उन पटियों को गिनकर एक नक्शा बनाया, जिससे समय पर हीरों को निकाला जा सके।"

मुस्तफा बूढ़े मुसलमान की बातें गौर से सुन रहा था। बूढ़े ने आगे बताया, "जब वह नक्शा लेकर शहर में पहुँचा, तो उसे पता चला कि अंग्रेजों ने बादशाह को कैद कर लिया है। जो भी वस्तुएँ बादशाह तक पहुँचाई जाती थीं। उनकी अच्छी तरह जाँच होती थी। कीमती जवाहरातों के खजाने से गायब हो जाने के कारण बड़े जोर से जाँच की जा रही थी। यह सब हाल देखकर वजीर ने बादशाह से उनकी अँगूठी इनाम में माँग ली। फिर एक कुशल कारीगर से उसके नीलम को खोखला कराकर और उसके अंदर वह नक्शा रखकर बादशाह को नकली अँगूठी के नाम पर वह अँगूठी भेंट कर दी।

"इसके बाद अंग्रेजों की सावधानी के कारण बादशाह का कोई भी आदमी उनसे संबंध स्थापित न कर सका। अपने अंतिम समय में बादशाह ने बर्मी चिकित्सक को यह अँगूठी उन्हें ठीक कर भारत पहुँचाने के वादे पर इनाम में दे दी। किंतु लालचवश वह चिकित्सक उसे दबाकर बैठ गया। आज उस वजीर के वंशजों में से केवल तुम जीवित हो। इसलिए बर्मा से उस अँगूठी का समाचार पाते ही मैंने तुमको इसे वहाँ से लाने के लिए भेजा था।"

वृद्ध की बातें सुनकर मुस्तफा ने अँगूठी उसके हाथ से ले ली और उसका नीलम निकालकर जौहरी के सामने रख दिया। जौहरी ने पहले नीलम की अच्छी तरह से जाँच की। फिर मोमबत्ती जलाकर फूँकनी से नीलम को ऊपर से गरम करने लगा। जरा देर बाद ही नीलम के दो टुकड़े हो गए। इन टुकड़ों के बीच में हलके सफेद रंग का पतला कागज चमक रहा था। जौहरी ने चिमटी से पकड़कर उस कागज को नीलम से बाहर निकाला और मुस्तफा के हाथ में दे दिया। वह कागज चाँदी के वर्क से भी पतला झिल्ली जैसा था। उसपर काली स्याही से एक नक्शा बना हुआ था। नक्शे पर पत्थरों की पटियों के नंबर पड़े थे।

दत्त जो अबतक सारी घटना देख रहा था, चुपके से नीचे उतरकर मुस्तफा के कमरे के द्वार पर आया और लात मारकर दरवाजे को भड़भड़ाया। वृद्ध ने उठकर दरवाजा खोल दिया। लेकिन हाथ में पिस्तौल लिए एक आदमी को दरवाजे पर खड़ा देखकर तीनों आदमी चौंक गए। दत्त ने मुस्तफा से नक्शा माँगा। मुस्तफा ने निराशा के साथ एक बार चारों ओर देखा और इसके पहले कि दत्त आगे बढ़कर रोक सके, उसने नक्शे को मोमबत्ती

की लौ पर रख दिया। एक क्षणिक प्रकाश के साथ नक्शा जलकर राख हो गया।

नक्शे को नष्ट होते देख दत्त को क्रोध आया। परंतु अब क्या हो सकता था। मुस्तफा को जब यह मालूम हुआ कि यह पुलिस का आदमी है, तब उसे बहुत खेद हुआ, क्योंकि उसने यही समझा था कि सेतुन का कोई आदमी अँगूठी की खोज में वहाँ आ पहुँचा है। दत्त को भी अपनी जल्दबाजी पर बहुत खेद हुआ।

इसके बाद कई दिनों तक दत्त ने मुस्तफा के साथ महरौली के खँडहरों की छानबीन की। परंतु बादशाह बहादुरशाह के खजाने का कुछ भी पता नहीं चल सका।

□

हिटलर का प्रेम-प्रसंग

जर्मनी की प्रसिद्ध नर्तकी रीनेट मूलर यहूदी जू की प्रेमिका थी। हिटलर उस पर मोहित था। वह हिटलर को नहीं चाहती थी। पर लौहपुरुष द्वितीय विश्वयुद्ध के नायक रहे हिटलर ने प्रणय क्षेत्र में भी आतंक का प्रयोग किया। वह चाहती तो जर्मनी की सम्राज्ञी का सर्वोच्च पद प्राप्त कर सकती थी। पर प्रेम में प्रलोभन को स्थान नहीं। अस्तु, उसने जीवन तृण को पवन प्रवाह के साथ स्वच्छंद कर अमर गति प्राप्त की। विफल प्रेम की यह अमर गाथा द्वितीय विश्वयुद्ध की शृंखला की एक कड़ी है, जो हिटलर के जीवन के एक अनजाने पक्ष को प्रकट करती है।

□

प्रातः के मंद-मंद समीर से उसकी भावनाएँ आलोड़ित हो रही थीं। वह अपने प्रणय के प्रति उदासीन थी। बर्लिन के भव्य प्रासाद, स्वच्छ वीथिकाएँ उसे घोर यातनाएँ दे रही थीं। युवक जू का स्मरण उसे चिंतित कर रहा था। उसकी कल्पनाएँ पेरिस के कैफे में रमण कर रही थीं। घंटे ने गड़गड़ाहट के साथ बारह बजाए। उसका ध्यान भंग हुआ। देखा, समक्ष सैन्य वेश में सजा लौहपुरुष हिटलर उसे विषैली दृष्टि से देख रहा था। एक थिरकन ने उस कोमलांगी को कंपित कर दिया। वह दौड़कर लौहपुरुष के पाश से लिपट गई और सिसकियों के साथ उसका नुकीला स्वर फूट निकला-

"मुझे पेरिस जाने दो, मुझे पेरिस जाने दो!"

लौहपुरुष ठहाका मारकर हँस रहा था। ऐसा लगता, जैसे सारा प्रासाद एक झंझावात से नाच रहा हो।

"तुम्हारा अभिनय, दृष्टिपात, अंगों का समेटना-इन सबों ने मिलकर

मुझे बाध्य किया है कि मैं तुम्हें अपने आधिपत्य में रखूँ।'' लौहपुरुष ने गर्जना की।

''लेकिन मैं तुम्हें प्यार...''

''नहीं करती यही न? न करो; परंतु मैं तो तुम्हें जर्मनी की सम्राज्ञी बनाने का निश्चय कर चुका हूँ।''

''तुम्हारा स्वप्न मेरी मृत्यु है, प्रेम में प्रलोभन को स्थान नहीं, तुमने मेरा जीवन नारकीय बना दिया है। मुझे मुक्त कर दो हिटलर। केवल एक माह के लिए बस।''

''मूर्ख लड़की! क्या मेरा यौवन, मेरी सत्ता और अधिकार सुख उस गंदे जू से भी निकृष्ट हैं।''

''न हो पर मैं उसके बिना जीवित नहीं रह सकती। मुझे एक माह के लिए जाने दो। मुझ पर दया करो।''

काल सूर्य की रक्तिम रश्मियाँ लुप्त होने लगीं। आनंद का पर्व बीत गया। पेरिस के रमणीय होटलों में जू के साथ नृत्य करने वाली रमणी प्रणयमत्त होकर समय की परिधि को लाँघ गई। डेढ़ माह बीत गया। युवती अपने ही प्रेमी जू के भुजपाशों में लिपट संगीत की मधुर लय गुनगुना रही थी।

होटल के समयसूचक यंत्र ने बारह बजाए। घंटे की ध्वनि ने रमणी की मुद्राओं पर आघात किया। वह काँपकर उठ खड़ी हुई। आतंक के प्रभाव से उसके रोम-रोम से पसीना बह रहा था। वह काँपकर जू के हृदय से लिपट गई–

''डार्लिंग मुझे बचाओ! मुझे बचाओ!''

वह न समझ सका, यह सब क्या था।

बर्लिन के भव्य भवनों की प्राचीरें उसे अंतिम समय की सूचना दे रही थीं। जर्मनी के छद्मवेशियों ने नर्तकी और जू के गुप्त चित्र प्राप्त कर लिये थे, जो लौह पुरुष हिटलर के समक्ष प्रस्तुत किए गए। उसके क्रोध का पारावार न रहा। किंतु लौहपुरुष के रक्तिम नेत्रों से उगली गई ज्वाला पर अपराधिनी की कातर चितवन और अल्हड़ सौंदर्य ने हाला उड़ेल दी। सारे अपराध क्षमा कर दिए गए। आगामी दिवस के प्रथम प्रहर में दोनों के विवाह की घोषणा कर दी गई।

प्रासाद के सर्वोच्च तल के कक्ष में नर्तकी को नजरबंद रहने का आदेश

दिया गया। लौहपुरुष का हर्ष-ज्वार समय के एक-एक पल के साथ युद्ध कर रहा था। कौन सी रश्मि उसे प्रातः की घोषणा सुनाएगी। यही चिंता उसे कौंध रही थी। इधर नर्तकी का जीवन मुक्ति और मृत्यु के दो प्रस्तरों के बीच पिसा जा रहा था। कौन सा मार्ग उसके लिए प्रेम और आत्मसुख को सुरक्षित रखेगा। घंटे ने बारह बजाए और नर्तकी दौड़कर सर्वोच्च तल की छत पर पहुँच गई।

बर्लिन सो रहा था। प्रकाश की कतारें साँस ले रही थीं। नर्तकी ने कगार पर खड़े होकर दूर क्षितिज की ओर देखा–पेरिस के लैवेलियल रेस्तराँ में उसका यहूदी प्रेमी जू उसकी प्रतीक्षा कर रहा था। वह विक्षिप्त था। रमणी ने नेत्र निमीलन किया और अपने जीवन-तृण को पवन-प्रवाह के साथ स्वच्छंद कर दिया। रीनेट मूलर नर्तकी का पार्थिव शरीर भूमि पर गिरते ही काँच की तरह चूर-चूर हो गया। और उसकी प्रेमिल आत्मा स्वच्छंद पक्षी की तरह उड़कर अपने प्रेमी जू से जा मिली।

□

कथावाचिका

सन् १९४५ का भारत। द्वितीय विश्वयुद्ध खत्म हो गया है। राजस्थान के भरतपुर जिले में एक कस्बा है कामवन, जिसे 'कामा' कहते हैं। यहाँ किसी समय यादववंशी राजा कामसेन राज करते थे। उसी काल के बने महलों के खँडहर आज भी यहाँ खड़े हैं। कामवन, किसी समय सुंदर और भव्य रहा होगा। उन्हीं खँडहरों के पास काले और लाल पत्थरों की अधूरी इमारत है, जिसमें ८४ खंभे हैं। कहते हैं, इसे भूतों ने एक रात में बनाया था। भगवान् कृष्ण के युग में विश्वकर्मा जब दलबल सहित निर्माण कार्य समाप्त कर वापस जा रहे होंगे, तभी उन्होंने यहाँ एक रात रुककर यह भवन-निर्माण आरंभ किया होगा और किसी कारणवश उसे अधूरा छोड़कर चले गए होंगे। अचानक जब लोगों ने उसे देखा, तो सब चकित रह गए और उसे भूतों द्वारा बनाया हुआ मानने लगे।

श्रीकृष्ण अपने बचपन और किशोर अवस्था में नंद गोप के साथ जहाँ-जहाँ भी रहे थे वही स्थान आज ब्रज कहलाता है। मथुरा, वृंदावन, गोकुल, महावन, बरसाना और कामवन भी ब्रज में आते हैं। उनके चिह्न आज भी विद्यमान हैं। जैसे चरण पहाड़ी, जहाँ उनका चरण-चिह्न एक पहाड़ी पर बना हुआ है। भोजनथाली–इस पहाड़ी के नीचे एक गुफा है। यहाँ ग्वालबालों ने बैठकर एक साथ भोजन किया होगा। चौरासी खंभा एक अधूरी इमारत है। विमल कुंड एक चमत्कारिक कुंड है, जिसके जल में जो अस्थियाँ डाली जाती हैं, वे स्वत: गल जाती हैं। यहाँ के लोग मृतकों की अस्थियों को गंगा-यमुना नहीं ले जाते। इसी विमल कुंड में डालते हैं। इसे भी तीर्थ मानते हैं।

कामवन ब्रज चौरासी कोस की परिक्रमा में आता है। इस पदयात्रा को वन यात्रा भी कहते हैं। कामवन में गोस्वामियों (गुसाँइयों) के कई मंदिर भी हैं। चंद्रमाजी, मनमोहनजी, राधा बल्लभजी, सभी बल्लभाचार्य भक्ति परंपरा के प्रतीक हैं।

विमल कुंड के निकट अघोरी महात्मा रहते हैं। ये भूतिया बाबा कहलाते हैं। उनके स्थान के निकट ही मरघट है। भूतिया बाबा सिद्ध हैं। कामवन में कथावाचिका भगवती देवी की तीन दिन से भजन और कथा हो रही है। उनके कोकिल कंठ की सारे कस्बे में चर्चा है।

रियासत भरतपुर में प्रजामंडल का स्वतंत्रता आंदोलन चल रहा है। सहकारी विभाग के सब-इंस्पेक्टर नंदलाल इसमें गुप्त रूप से भाग ले रहे हैं। इसलिए उन्हें सस्पेंड कर दिया गया। भरतपुर छोड़कर मथुरा जिला कांग्रेस कमेटी के कार्यालय में उन्हें काम मिल गया। भरतपुर प्रजा मंडल का मुख्य कैंप भी वहीं है। नौ महीने बीते। आंदोलनकर्ताओं और सरकार के बीच समझौता हो गया। तभी नंदलाल भी भरतपुर आ गए। उन्हें बहाल कर सरकार ने कामा ट्रांसफर कर दिया।

कामा भरतपुर शहर से ४० किमी. दूर है। वह रामजी के मंदिर में एक कमरा लेकर रहने लगे। अभी भी उन पर गुप्तचर विभाग की निगरानी थी। मगर वे सावधानी से अपना काम करते रहे। कुँवर सज्जन सिंह इस विभाग में उनके नीचे ट्रेनिंग ले रहे थे और उनके साथ ही इसी कमरे में रहने लगे। कुँवर सज्जन सिंह यथानाम तथा गुण के अनुरूप सचमुच ही सज्जन व्यक्ति थे। भावुक और प्रेमी भी। उनका कंठ भी मधुर था। अत: दोनों मित्र बन गए। नंदलाल उर्फ नंदू को इस समय एक अच्छे मित्र की आवश्यकता भी थी। उनकी इस नौकरी में रुचि नहीं थी। वे मुक्त होकर स्वतंत्रता आंदोलन में काम करना चाहते थे और शस्त्र एवं योग-व्यायाम के द्वारा अपना जीवन निर्वाह करने के इच्छुक थे। सज्जन सिंह भी ऐसी ही विचारधारा के थे।

उन्हें कामा में ५ दिन हो गए। प्राय: दोनों साइकिल पर गाँवों का दौरा करते। दोपहर तक वापस आ जाते। चंद्रमाजी के मंदिर में भोग-प्रसाद से भोजन कर तृप्त होते। यही उनकी दिनचर्या थी। एक दिन वे दिन ढले वापस आए। नहा-धोकर भोजन किया। वे दोनों लेटे ही थे, तभी पुजारी रामदयाल ने कथावाचिका के मधुर कंठ और कथावाचन की प्रशंसा की।

पुजारी बोला, "मैंने जीवन में इतनी मीठी आवाज नहीं सुनी।" यह सुनकर नंदलाल और सज्जन सिंह की कथावाचिका को देखने की इच्छा जाग उठी।

दूसरे दिन शाम को ये दोनों कथास्थल के निकट जा पहुँचे। अभी वे पिछवाड़े ही थे कि कान में रस घोलनेवाली आवाज सुनाई पड़ी। हारमोनियम पर ढोलक की थाप के साथ स्वर गूँज रहा था।

'मेरे गोविंदजी! देखी तुम्हारी झाँकी, मेरे नयना सफल भए मोहनजी!'

आवाज सुनकर इन्हें उसे देखने की भारी उत्सुकता हुई। दोनों के कदम तेज हो गए। कचहरी का विशाल चौक था। उसमें एक गौर वर्ण मोटी आँखें, लंबे केशवाली छरहरी श्वेतांगना तरुणी विराजमान थी। उसके सामने किताब खुली रखी थी। बाएँ एक अधेड़ ढोलक पर थाप दे रहा था। दाहिनी ओर एक वृद्धा पंखा झल रही थी। सैकड़ों श्रोता तन्मयता से भक्तिरस का आनंद ले रहे थे। महिलाएँ भी उस मनमोहक छवि को निहारकर कथा का रसपान कर रही थीं। पास ही नीम का वृक्ष था। वे दोनों उसी वृक्ष के नीचे खड़े हो गए और मंत्रमुग्ध हो सुभाषिणी कथावाचिका को देखते ही रहे।

भजन समाप्त हुआ, उसने कथा का प्रसंग छेड़ा। कथा थी सुदामा चरित्र। कृष्ण और सुदामा के मिलन के समय का वर्णन करने में उसने कमाल कर दिया। करुण शब्दों में उसने जो गाया, उससे श्रोता भी आँसू बहाने लगे। सबके हृदय उमड़कर नेत्रों से बाहर बहने लगे। एक अद्भुत दृश्य था। वह स्वयं भी द्रवीभूत थी। अर्थ भी करती थी। उस स्थिति से ये दोनों न बच सके। आँखें गीली हो गईं। इन्हें उसके प्रति अनुराग और आसक्ति हो गई। इनके मन में उस देवी के प्रति दया उमड़ पड़ी। उसकी कला और कंठ के आकर्षण ने इन्हें बाँध लिया। दोनों एक-दूसरे की ओर देखकर उसकी प्रशंसा करने लगे।

कथा समाप्त हुई। फिर एक भजन हुआ। भजनीक पातीराम का। आरती उतारी गई और आरती का थाल श्रोताओं में घूमने लगा। सबने उस थाल में कुछ-न-कुछ डाला। वह थाल अंत में नंदलाल और सज्जन सिंह के पास भी आया। नंदलाल ने देखा, थाल में मुश्किल से दो-तीन रुपए के पैसे होंगे। रुपए या नोट तो छोड़िए, अठन्नी-चवन्नी भी नहीं थीं। नंदलाल भीड़ को चीरते हुए आगे बढ़े और देवीजी के आसन के पास पहुँचकर उस सौंदर्यमयी प्रतिमा को देखा। फिर श्रोताओं की ओर देखकर बोले,

"ठहरिए आप लोग! कृपया जाएँ नहीं। मैं आपसे कुछ निवेदन करूँगा। फिर देवीजी का भजन भी होगा।" यह कहकर उन्होंने कथावचिका की ओर देखा। उसने मुसकराकर उन्हें आँखों से सहमति दे दी।

"आदरणीय देवीजी! श्रोतागणो! आप मुझसे परिचित नहीं होंगे, क्योंकि मुझे यहाँ आए अभी सात दिन ही हुए हैं। मैंने कल ही इन देवीजी की कथा के बारे में सुना। आज मैं कथा सुनने और देवीजी के दर्शन करने आ गया। देवीजी के दर्शन किए और कथा भी सुनी। मन आनंद-विभोर हो गया।

"मैंने कथाएँ बहुत सुनीं, पर आज एक देवी के मुख से कथा सुनने का पहला ही अवसर है। देवीजी को मैं नहीं जानता। आप स्वयं देख रहे हैं, ये सुंदर है, छोटी उम्र की कंठ-कोकिला हैं। इनके स्वर में साक्षात् सरस्वती हैं। कैसी स्थिति में इस पेशे को इन्होंने अपनाया है। यह अकेली भी नहीं हैं। इनके साथ दो प्राणी और भी हैं। खर्चे का भार इन्हीं पर निर्भर है।"

सज्जन सिंह की ओर देखकर नंदलाल ने कहा, "आप थाली के पैसे गिन लीजिए, कितने हैं?"

"कल का मुझे पता नहीं, कितना चढ़ावा था। आज का देख रहा हूँ।"

बीच में देवीजी ने कहा, "कुल तीन रुपए आए हैं!"

"तीन दिन कथा कही। तीन रुपए मिले यानी एक रुपए प्रतिदिन और तीन व्यक्तियों को सवा पाँच आने रोज मिला।"

उन्होंने श्रोताओं से पूछा, "सोच सकते हैं, ये कहाँ तक उचित है? क्या ये पैसे इनके लिए पर्याप्त हैं?"

भीड़ में से किसी ने कहा, "नहीं बहुत कम है।" शोर सा मच गया।

नंदलाल ने फिर से कहा, "मेरे भाइयो और बहनो, जरा सोचें कि यही देवी यदि भक्ति कार्य को न अपनाकर कोई नीच कार्य करने लग जातीं। अपने तन और रूप को बेचती, शहर में नाच-गाकर लोगों का मनोरंजन करतीं, तो आप जानते हैं कि रोज कितना कमा लेतीं?"

एक सज्जन उठकर खड़े हो गए। जो सफेद धोती-कुरता पहने हुए थे। शायद बंगाली व्यापारी लगते थे, बोले, "जी हाँ, कम-से-कम सौ रुपए रोज कमा सकती थीं।"

इसी समय सज्जन सिंह ने भी बताया–"दो रुपए तीन आने कुल हैं।"

नंदलाल ने फिर कहा, "आप ही देखिए, धर्म और भक्ति के नाम पर दो-चार रुपए और पापाचरण के सौ रुपए। कितना फर्क है। आज धर्म और भक्ति का यही मूल्य रह गया है? क्या इस कथावाचिका के चरित्र की यही इज्जत है?

"आप नौटंकी, नाटक और सिनेमा देखते हैं। वहाँ कितने ही रुपए खर्च कर आते हैं, और यहाँ केवल एक पैसा ही। बड़े दुःख की बात है। यदि आप लोगों ने ईश्वर-भक्ति में लीन कथावाचिका की सहायता न की और उसके आटे में भी घाटा रहा, तो एक दिन ये इस कार्य से हट जाएँगी। कोई भी अनैतिक कार्य कर लेंगी। इसकी जिम्मेदारी हम पर और हमारे समाज पर ही होगी। हम पाप के भागी होंगे। मैं प्रार्थना करता हूँ कि आप फिर थाली को घुमाएँ और श्रद्धा से चढ़ावा डालें।"

यह कहकर नंदलाल ने अपनी जेब से एक रुपए का नोट निकालकर थाली में डाल दिया। जन-समुदाय में कुछ हंगामा-सा होने लगा। लोग उठ-उठकर जाने लगे। पर कुछ लोगों ने थाली में पैसे डालना आरंभ कर दिया। रात्रि के ग्यारह बज रहे थे। स्त्रियाँ धोती लाकर चढ़ा रही थीं। देखते-ही-देखते थाली में नोट और रुपए नजर आने लगे। नंदलाल ने देवीजी के मुख की ओर देखा। वह प्रसन्न हो रही थीं। होंठों पर मंद मुसकान थी। चढ़ावा बंद हो गया। नंदलाल ने देवीजी की ओर देखकर नमस्कार किया और जाने की अनुमति चाही। देवीजी ने उन्हें रोकते हुए कहा–

"गिनवा तो जाइए! मैं इसके लिए आपको कैसे धन्यवाद दूँ? आप तो बड़े सज्जन पुरुष हैं।"

"बस रहने दीजिए, मेरी प्रशंसा हो गई।"

फिर कुँवर साहब से कहा, "कुँवर साहब, जरा और कष्ट कीजिए।"

सज्जन सिंह ने रुपए गिने तो पूरे चालीस रुपए बारह आने थे। देवीजी के आश्चर्य की सीमा न रही। उसने नंदलाल की आँखों में आँखें डालकर कृतज्ञता प्रकट की।

बुढ़िया ने पूछा, "बाबूजी, आप कामा में कहाँ रहते हैं?"

"बड़े रामजी के मंदिर में।" सज्जन सिंह बोले।

यह कहकर दोनों चले गए। देवीजी उन्हें निरंतर देखती रहीं।

□

दूसरे दिन देवीजी को बड़े बाजार की ओर से कथा का निमंत्रण मिला। उन्होंने कल की बात को रात भर सोचा, कैसे विचित्र व्यक्ति हैं वह! जिसने अपने प्रभावशाली शब्दों से चार से चालीस रुपए इकट्ठे करवा दिए। उसे क्या सूझी? क्या मेरे पर दया आ गई या वह कथा से प्रभावित हो गया। वह लंबे बालोंवाला श्वेत वस्त्रधारी, आकर्षक व्यक्तित्व वाला युवक आखिर कौन है?

आज बाजार में कथा है। क्यों न उसे बुलवाया जाए। आज भी उसने भाषण दिया, तो न जाने कितने रुपए आ जाएँ? सोचते-सोचते उसने ढोलक वाले से कहा, "काका! उस कल वाले व्यक्ति को बुला लाओ। उससे कुछ बातें करनी हैं।" और काका चले गए।

"आपको भगवती बुला रही हैं।" काका ने आकर नंदलाल से कहा।

"क्यों भाई, मुझसे कुछ काम है? कहाँ ठहरी हैं वह?"

"धर्मशाला में।" सामने की ओर दिखाते हुए उसने बताया।

"अच्छा तुम चलो, मैं आता हूँ।"

नंदलाल धर्मशाला आ गए। देखा, वही रात वाली देवीजी एक चटाई पर बैठी हैं। पास ही वृद्धा बैठी है। उसके हाथ में अब भी एक पंखा है। भगवती उठकर खड़ी हो गई। हाथ जोड़कर नमस्ते करते हुए चटाई पर बैठने को कहा।

"यहाँ चटाई ही है, बैठिए!"

"आप भी तो बैठिए!" नंदू ने बैठते हुए कहा।

भगवती भी एक सिरे पर बैठ गई। वृद्धा और काका भी एक ओर बैठ गए। नंदू ने भगवती को निकट से देखा। दोनों के नेत्र मिले और मौन भाषा में कुछ कह गए। मुख से कोई शब्द न निकला। नंदू ने मौन भंग करते हुए पूछा, "मेरे योग्य सेवा बताइए।"

"सेवा आपकी हमें करनी चाहिए। आप कितने अच्छे हैं।" भगवती मुसकरा दी।

"आपका निवास कहाँ है?"

"भरतपुर।"

"आप ठाकुर हैं?"

"नहीं, ब्राह्मण।"

"यहाँ क्या काम करते हैं?"

"कोऑपरेटिव सोसाइटी में सब-इंस्पेक्टर हूँ। शायद जल्दी ही नौकरी छोड़ दूँ।"

"ऐसा क्यों?"

"स्वतंत्र प्रवृत्ति का व्यक्ति हूँ। फिर आज़ादी के संघर्ष में भी गुप्त रूप से काम कर रहा हूँ। दोनों एक साथ कब तक चलेंगे।"

"फिर क्या काम करेंगे आप?"

"कुछ निश्चय नहीं।"

"घर में कौन-कौन है?"

"बस एक माँ है।"

"विवाह नहीं किया?"

"अभी सोचा नहीं। आजादी का जुनून सिर पर चढ़ा है।"

"मैं आपके लिए क्या कर सकती हूँ?" भगवती ने पूछा।

कुछ देर चुप्पी रही।

"आप क्या कुँआरी हैं?"

"मुझे सही व्यक्ति अभी तक नहीं मिला।"

"मुझे आपने कैसे याद किया?" नंदू ने बात बदली।

"आज बाजार से कथा का निमंत्रण मिला है। आप जरूर आइएगा।" भगवती ने जोर देकर कहा।

"समय पर अवश्य आ जाऊँगा।"

"आपको तो आना ही पड़ेगा। हम गरीबों का यहाँ कौन है।" उसने निवेदित स्वर में कहा।

"आप आग्रह करती हैं तो मैं अवश्य आ जाऊँगा।" नंदू बोला।

उसने देखा, भगवती प्रसन्न थी। मुख पर लालिमा दौड़ गई। आँखों में ज्योति चमक उठी।

"अच्छा तो अब आज्ञा दें।" नंदू ने कहा।

"और बैठिए न!" उसने मुसकराकर कहा।

"सोचता हूँ, थोड़ा आराम कर लूँ। आप लोगों से मिलकर बड़ी प्रसन्नता हुई।"

"बाबूजी! हम किस योग्य हैं!" भगवती ने खिसियाकर कहा।

"आपका नाम तो भगवती देवी ही है न?" नंदलाल ने पूछा।

"मेरा बचपन का नाम तो कांता है, पर माँ और काका मुझे भगवती कहते हैं।"

"आप रहने वाली कहाँ की हैं?"

"फिरोजाबाद के पास मक्खनपुर गाँव है।"

"आपके पिताजी?"

"उनका स्वर्गवास हो गया। अभी एक वर्ष पहले। वह कथावाचक थे। मेरा नौ वर्ष की आयु में विवाह हुआ था। ग्यारह वर्ष की विधवा हो गई। गाँव में रहकर पिताजी से पढ़ना-लिखना, गाने-बजाने के साथ कथावाचन सीखा। फिर पिताजी चल बसे।" यह कहकर वह उदास हो गई।

"ये आपके सगे काका हैं?"

"जी हाँ!"

"आप पुनर्विवाह करने की क्यों नहीं सोचतीं?"

"हमारे पास धन-दौलत नहीं, रूप-रंग नहीं, कोई घर नहीं, भाई नहीं। कौन करेगा मेरा विवाह?"

नंदलाल कुछ क्षण मौन रहे।

"अच्छा चलता हूँ।" कहकर उठ खड़े हुए और विदा ली।

□

कामा में बड़ा बाजार त्रिपोलिया पर जाकर समाप्त होता है। आज त्रिपोलिया पर ही कांता कुमारी उर्फ भगवती देवी की कथा का आयोजन है। लाल कपड़ों का एक सुंदर मंडप सजाया गया है। कथावाचिका के लिए मसनद लगी है। सायं सात बजे से दस बजे तक का प्रोग्राम है। कथा का विषय है भरत मिलाप, और पातीराम के कुछ भजन।

नंदलाल ने आज सज्जन सिंह से परामर्श करके दो चाँदी के मेडल बनवा लिये। समय पर पहुँचकर दोनों कथा सुनने लगे। कांता की आँखें शायद कुछ ढूँढ रही थीं। भरत-मिलाप बड़ा भावमय विषय था।

वह बीच-बीच में भजन गाती थी। श्रोतागण प्रेमविभोर हो रहे थे। बाजार के साहूकार ही कथा के आयोजक थे। आज का आयोजन निश्चय ही और दिनों से कई गुना बड़ा था।

कथा समाप्त हुई। भरत और राम के मिलाप के समय लोगों की आँखों में प्रेम के आँसू आ गए। तभी अचानक नंदलाल ने मंच के निकट

जाकर बोलना आरंभ किया। उन्होंने अन्य देशों की महिलाओं की समानता करते हुए बताया–

"हमारे देश की महिलाएँ भक्ति और धर्म की भावनाओं से ओत-प्रोत हैं। उनके हृदय में दान-पुण्य की प्रवृत्ति है। पूजापाठ करती हैं, देवी-देवताओं की मनौती मानती हैं। चढ़ावे चढ़ाती हैं। इस देवी ने भी एक नया आदर्श प्रस्तुत किया है। धर्म की ओर कदम उठाया है। अपने मधुर कंठ को कथावाचन में लगाया है। जन-जन को धार्मिक लाभ पहुँचाने का बीड़ा उठाया है। आप भी अपनी उदारता और धर्मप्रेम का परिचय दें।"

भाषण समाप्त करते ही नंदू ने एक चाँदी का मेडल देवीजी को भेंट किया। उसी समय सज्जन सिंह ने भी एक मेडल भेंट किया। भगवती देवी की जय-जयकार हुई और लोग कथावाचिका के प्रति मुग्ध और लालायित हो उठे।

आरती का थाल जन-समुदाय की ओर बढ़ता चला गया। खनखनाहट होने लगी। थाल में पैसे-रुपए बरस रहे थे। महिलाओं ने रुपए-पैसे के साथ वस्त्र-आभूषण चढ़ाए। चाँदी की अँगूठियाँ, बालियाँ, चूड़ियाँ भी चढ़ीं। थाल जब घूमकर वापस आया, तभी कई दानियों ने मेडल की घोषणा की। फिर एक बार कोकिलकंठी भगवती देवी की जय-जयकार होने लगी।

कुछ देर बाद भेंट को सँभालने के लिए नंदलाल ने सज्जन सिंह को कहा। दो सौ बयालीस रुपए, साढ़े ग्यारह आने का चढ़ावा था। देवी के हृदय की गति तेज हो गई। किसी ने बताया कि कामा में इतनी रकम कथा पर चढ़ावे में कभी नहीं आई।

नंदलाल अब जाना चाहते थे, किंतु कांता के आग्रह से वह भी धर्मशाला तक साथ गए। रात्रि के बारह बजे थे। कांता ने मिठाई निकाल-कर दोनों को परोस दी। शिष्टाचार के नाते देवीजी, उसकी माँ व काका ने इनको अनेक धन्यवाद दिए।

दो-तीन मुख्य-मुख्य स्थानों पर और कांता की कथा हुई। प्रत्येक में उसने नंदलाल शर्मा को आग्रहपूर्ण निमंत्रण दिया। वह प्रत्येक बार आया।

पंद्रह दिन में कांता ने लगभग ग्यारह सौ रुपए कमा लिये। वस्त्र-आभूषण, मेडल आदि अलग। भगवती देवी का साहस बढ़ गया। धर्म में रुचि बढ़ गई। भविष्य में भी कथावाचन द्वारा जीवनयापन करने का निश्चय हो गया। कांता समझ चुकी थी कि इस आय का श्रेय केवल नंदू को है। माँ और

काका भी समझते थे। पर वे यह नहीं चाहते थे कि भगवती उर्फ कांता पर किसी युवक का जादू चढ़े। कहीं वह प्रेम-बंधन में फँसकर हाथ से न निकल जाए। काका न तो पढ़ा-लिखा था और न ही वह ढोलक बजाने के अतिरिक्त कोई काम जानता था। इसीलिए ये दोनों भगवती को शिक्षा देते थे कि पुनर्विवाह हमारी जाति में निषिद्ध है। विधवा होना दुर्भाग्य की निशानी है। भगवान् की भक्ति में ही बाल विधवा को जीवन बिताना चाहिए।

परंतु कांता को यह निश्चय हो गया कि नारी को पुरुष के आश्रय की आवश्यकता है। उसे अच्छा व्यक्ति मिला। वह एक प्रभावशाली व्यक्ति था, साथ ही अविवाहित भी। उसने अपने लिए नंदू को योग्य पति चुन लिया। उसने अपनी माँ और काका को भी अपना निश्चय बता दिया। परंतु उन्होंने इसका घोर विरोध किया।

इसी प्रसंग को लेकर तीनों में मनमुटाव हो गया। और भी कथाओं के बुलावे आए। कांता ने नंदलाल को बुलाना चाहा, पर काका व माँ ने मना कर दिया। कांता ने भी कथा कहने से मना कर दिया। कांता का मन कथा से हटकर प्रेम-प्रसंग में जुड़ गया। वह नंदू के बिना बेचैन हो उठी।

□

नंदलाल दौरे से लौटकर आया ही था कि बड़े इंस्पेक्टर का बुलावा आ गया। वह गया तो वहाँ इंस्पेक्टर ने बताया कि आपका हैडक्वार्टर यहाँ से हटाकर पास के उदाका गाँव में कर दिया गया है। कामा आप केवल महीने में दो बार ही आ सकेंगे। नंदलाल ने कारण पूछा, तो उसने बताया कि जनता में व्याख्यान देते हैं। जनता को सरकार के विरुद्ध भड़काते हैं। इसलिए आपको यहाँ से हटाना जरूरी समझा।

''मुझे इस आज्ञा से इनकार है।'' नंदलाल ने खीजकर कहा।

''तो मुझे आपकी रिपोर्ट ऊपर करनी पड़ेगी।'' इंस्पेक्टर ने कहा।

''आपको कष्ट करने की आवश्यकता नहीं है। मैं स्वयं ही त्यागपत्र दिए देता हूँ।''

उहोंने कागज लेकर तुरन्त ही त्यागपत्र लिखकर इंस्पेक्टर को दे दिया। इंस्पेक्टर ने उसे समझाया, पर वह जिद का पक्का था। न माना और त्यागपत्र देकर चला गया।

अभी उसने कामा को छोड़ा न था। वह बड़े रामजी के ही मंदिर

में रह रहा था। उसने सज्जन सिंह को भी इसकी सूचना दे दी। पर उसने इसका साथ नहीं छोड़ा। पर इंस्पेक्टर के ऑर्डर ने दोनों को जुदा कर दिया। नंदू घर जाना चाहता था। उसे आशा थी कि कांता शायद उसे बुलाए। उसे सभी घटना सुना दे। देखें, वह क्या कहती है? यदि वह उसका साथ दे, तो निश्चय ही नंदू और कांता अपनी-अपनी कला द्वारा धनार्जन कर ख्याति प्राप्त कर सकते हैं। दोनों का जीवन प्रेममय और मधुर हो जाएगा। वह जानता था कि कांता उसे चाहती भी है।

पर दो दिन तक भी उसका कोई बुलावा न आने से उसे चिंता हो गई। वह सोचने लगा, क्या बात है, उसकी कहीं कथा भी नहीं हो रही है। हो सकता है, उसे मेरी अब आवश्यकता न रही हो। शायद काका और माँ ने मना कर दिया हो। वह यही सोचता रहा। रात के ग्यारह बजे थे। मंदिर के चौक में रामदयाल और नंदलाल ही सो रहे थे। रामदयाल सो चुका था। नंदू को नींद नहीं आ रही थी। वह व्याकुल हो रहा था। उसका मन टहलने को हुआ। वह फाटक से बाहर निकलकर सड़क पर टहलने लगा।

उसे सड़क पर सामने एक आकृति सी दिखाई दी। अँधेरे में साफ दिखाई तो कुछ नहीं दे रहा था। उसे लगा, कोई स्त्री है, वह रुक गया। आकृति पास आ गई। उसने देखा, वह भी रुक गई है। वह थोड़ा और आगे बढ़ा। साहस करके बोला, "कौन है?" उत्तर नहीं मिला।

उसने फिर पूछा, "कौन हो, भाई?"

"मैं...मैं...कांता!"

आगे बढ़कर नंदू ने उसके निकट जाकर पूछा, "कांता, तुम इतनी रात में। मैं तो तुम्हारे बुलावे की प्रतीक्षा कर रहा था। अभी भी नींद नहीं आ रही थी, उठकर टहलने बाहर आ गया।" वह इतना ही कह पाया था कि कांता ने बाबूजी कहकर उसके गले में बाँहें डाल दीं और रो पड़ी।

धैर्य बँधाते हुए नंदू ने कहा, "क्या हो गया, कांता?"

दोनों सड़क के पास एक पुलिया पर बैठ गए।

कांता ने कहा, "बाबूजी, मुझे यहाँ से कहीं ले चलो, मैं भाग आई हूँ। सारा रुपया-पैसा भी ले आई हूँ।"

"यह क्या किया तुमने? भागकर क्यों आई हो?"

"मेरी माँ और काका मुझे आपसे अलग करना चाहते हैं। वह आपसे

अब मिलने देना नहीं चाहते। विरोध करते हैं। आप ही बताइए, मैं क्या करती?''

''किंतु भागना तो कायरता है। साहस से काम लो, मुकाबला करो! वह तुम्हारा कुछ नहीं बिगाड़ सकेंगे।'' नंदू ने उसे धीरज दिया।

''मुझमें साहस-धैर्य कुछ नहीं रहा। आपकी सहायता चाहती हूँ। मुझे ठुकराओ नहीं, मेरी रक्षा करो।'' उसने गिड़गिड़ाकर नंदू के पैरों पर सिर रख दिया और रोने लगी।

''चलो, मैं चलता हूँ तुम्हारे साथ। तुम्हारी माँ से, काका से बातें करके उन्हें राजी कर लूँगा। आओ चलें!'' कहकर वह खड़ा हो गया।

''वे कभी राजी नहीं होंगे। आपसे बुरा व्यवहार करेंगे।'' कांता ने बताया।

''मैं रोज तीन दिनों से इसी विषय पर बातें कर रही हूँ। पर वे दोनों एक मुख से मेरी बात का विरोध कर रहे हैं। मैंने इसी कारण दो कथाओं के निमंत्रण भी अस्वीकार कर दिए।'' हाथ पकड़कर उसने पुनः बैठने का संकेत किया।

''कोई बात नहीं, कांता। संसार में ऐसा ही होता रहा है। परंतु मैं विश्वास के साथ कहता हूँ कि मैं तुम्हें अपनाऊँगा। तुम तो उसी दिन से मेरी हो चुकी हो। पर जल्दबाजी ठीक नहीं। यदि मैं तुम्हें लेकर अभी भाग जाता हूँ तो संभव है, हम पकड़े जाएँ। बदनामी हो, बेइज्जती भी हो। न जाने क्या-क्या हो?'' नंदू ने उसे फिर समझाया।

''आप नहीं जानते, ये लोग मुझे दुःखी रखना चाहते हैं। आप ही बताइए, क्या नौ वर्ष की अवस्था में विवाह होता है? जब मेरे पति की शीतला माता निकलने से मर जाने की खबर मिली, तो माँ रोने लगी और मैं हँसती रही। आज मैं विवाह करने योग्य हुई हूँ, सब समझने लगी हूँ, तो वह कहते हैं, तू विधवा है। विधवा का ब्याह नहीं हो सकता।'' कांता का दिल भर आया। वह नंदू की छाती में मुँह छिपाकर फफकने लगी।

''मैं सब समझता हूँ, सब ठीक हो जाएगा। थोड़ा समय अवश्य लगेगा। मैं तुम्हें अपने साथ ही रखूँगा। अब आओ, धर्मशाला चलें। देखें, वे क्या कहते हैं?'' दोनों चल दिए।

उसकी माँ और काका घबराहट में थे। इधर-उधर पूछताछ कर रहे थे। धर्मशाला में जाग हो गई थी। हंगामा सा मच गया। सब कह रहे थे,

कथावाचिका भाग गई, बदमाश थी। पर नंदलाल के साथ उसे देखकर काका ने पूछा, ''कहाँ गई थी भगवती, हम परेशान हो गए?''

''हम बाहर मंदिर के पास बैठकर बातें कर रहे थे। परेशान होने की क्या बात थी?'' कांता ने कहा और माँ के पास जाकर बोली, ''माँ! इनसे कुछ बातें करो।''

तभी नंदलाल सबों को ऊपर छत पर ले गया। माँ और काका को धीरे से समझाकर कहने लगा–

''देखिए! शोरगुल मचाने से कोई लाभ नहीं है। बदनामी होगी। क्रोध शांत करके मेरी बातें सुनो।'' सब चुपचाप बैठ ग्रए। नंदू ने धीरे से कहा, ''माताजी! क्या आप कांता का विवाह करने को तैयार हैं?''

सुनकर सब मौन हो गए। पर बुढ़िया चालाक थी। कुछ सोचकर बोली, ''तैयार हूँ। पर एक बात मानोगे?''

''क्या?'' नंदू ने पूछा।

''यदि भगवती चाहती है। उसने तुम्हें पसंद कर लिया है, तो मुझे कोई आपत्ति नहीं, पर विवाह के लिए समय तो चाहिए। हम दो-चार जगह और कथा कहकर कुछ पैसा जमा कर लें। फिर अपने गाँव में शुभ मुहूर्त देखकर विवाह कर देंगे।'' नंदलाल ने सोचा कि काम हो गया। पर इसमें कोई चाल भी हो सकती है।

वह बुढ़िया से बोला, ''माताजी! इसके लिए न तो आपको पैसे की आवश्यकता है और न ही मुहूर्त की। हाँ, स्थान अवश्य चाहिए। अतः आगरा शुद्धि सभा में चलकर यह काम तुरंत संपन्न कर दें। बस ठीक हो जाएगा। मैं आपके साथ चलने को तैयार हूँ।'' नंदलाल ने समझाया।

''बेटा! दूध का जला छाछ भी फूँककर पीता है। इस बार मैं सोच-समझकर विवाह करूँगी। फिर भी हम आगरा जाते हैं, वहाँ एक-दो कथा करते हैं। फिर आपको बुला लेंगे। आप अपना पता दे दें।'' नंदू को ऐसा लगा, वह सचमुच टालना चाहती है। किसी प्रकार यहाँ से निकल जाना चाहती है।

नंदू ने कांता की ओर देखकर कहा, ''आप हम सभी यहाँ से सीधे आगरा चलते हैं। वहाँ मेरे परिचित हैं। वह कथा ही नहीं, ठहरना, कथा, भोजन, विवाह आदि सभी की व्यवस्था करा देंगे। सब काम ठीक हो जाएगा।''

बुढ़िया ने कुछ देर सोचकर कहा, "विवाह होते ही कांता आपकी हो जाएगी। हम दोनों का क्या होगा? हम कैसे अपना पेट भरेंगे?"

इस पर नंदलाल ने कहा कि अच्छे घर का खाता-पीता हूँ। पढ़ा-लिखा, हुनरमंद हूँ। कमाना जानता हूँ। न भी कमाऊँ तो भी गाँव में ही आपको माहवार खर्च भेजता रहूँगा। तब तो मानेंगी।

इसपर बुढ़िया और काका कुछ देर मौन रहे।

कांता ने कहा कि मैं तो तुम्हारी बेटी हूँ, गैर नहीं। यह जो कह रहे हैं, उसे कराना और निभाना मेरा भी तो कर्तव्य है। क्या तुम्हें भूखों मर जाने दूँगी?

अंत में सभी सहमत होकर प्रातःकाल साथ-साथ बस में बैठकर मथुरा होते हुए आगरा के लिए रवाना हो गए।

कांता की माँ नहीं चाहती थी कि उसकी शादी शर्मा के साथ हो। उसका काका जो ढोलकिया था, विधुर था। देवर-भाभी साथ रहते थे। कांता युवा पीढ़ी की नई लड़की थी। वह उसे अपनी रोटी का जरिया बनाकर और दबाकर, डराकर ही रखना चाहते थे। अतः वह आगरा उसी दिन अपने परिवार के साथ आ गई। नंदलाल शर्मा भी आगरा आकर शुद्धि सभा, आर्य समाज, आगरा में ठहर गए। यहाँ उनके बहनोई आर्यसमाज, जीवनी मंडी, आगरा के मंत्री थे। यहाँ विधवाओं के पुनर्विवाह होते थे। अबला और दीन-हीन लड़कियों तथा हिंदू से मुसलमान बने व्यक्तियों को गाँवों से खोज-खोजकर पुनः हिंदू धर्म में दीक्षित किया जाता था। गंगाजल छिड़ककर और पिलाकर पुरुष, बच्चों और स्त्रियों को पुनः हिंदू बना दिया जाता था। यह आर्य समाज आंदोलन महर्षि दयानंद सरस्वती का चलाया हुआ था।

यहाँ आकर सभी ठहर गए और दूसरे ही दिन आर्य समाज पद्धति से पंडित हरिश्चंद्रजी ने नंदलाल और कांता का विवाह करा दिया। उन्हें आर्य समाज से पक्का विवाह प्रमाणपत्र मिल गया। कांता अब इक्कीस वर्ष की विवाहिता युवती थी। वह विवाह के बाद माँ से अलग हो गई। उन्हें खर्चा देकर नंदलाल ने दूसरे ही दिन गाँव भेज दिया और बराबर पचास रुपए माहवार भेजने का वायदा कर लिया।

□

इस घटना को चार वर्ष बीत गए। नंदलाल और कांता शादी के कुछ ही समय बाद गीतकार और गायिका बनने के लिए मुंबई रवाना हो गए।

कई वर्ष के कठिन संघर्ष के बाद नंदलाल को फिल्मी कहानी और प्रेम गीत लिखने का काम मिलने लगा। दोनों ने चर्नी रोड पर किराए की खोली ले ली। वह कांता को लेकर बड़े-बड़े संगीत निर्देशकों के पास घूमता रहा। अनेक जगह कांता की आवाज की परीक्षा होती। वह सुरताल तो ज्यादा नहीं जानती थी, पर उसके कंठ की मिठास छिपाए नहीं छिपती थी। भरत व्यास उस समय के मशहूर गीतकार थे और गायिकाओं में अमीर बाई कर्नाटकी, नूरजहाँ, सुरैया तथा कई छोटी-मोटी दक्षिण की गायिकाएँ थीं। यह १९४८ का साल था। लता मंगेशकर अभी तक फिल्म लाइन में नहीं आई थीं, न ही कोई उनका नाम जानंता था। आखिर कांता ने गायिका का काम मिलते ही अपना नाम 'कोयल' रख लिया और शर्माजी नंदलाल से गीतकार 'नवीन' बन गए। इस तरह कथावाचिका की कहानी का मध्यांतर हो गया।

□

रानी बल्कीज

ईसा से हजार वर्ष पूर्व भी मिस्र और इजरायल की शत्रुता थी। मिस्र के फारोबा ने इजरायल (यरूशलम) के सम्राट् सुलेमान से संधि करके अपनी बेटी एनोबेथ का विवाह कर दिया, जो अपने युग की अपूर्व सुंदरी थी। उधर फिलिस्तीन सदैव इजरायल के विरुद्ध षड्यंत्र करता रहता था। मगर वीर सुलेमान ने अनेक आपदाओं को सहकर शेवा के कारीगर मेडास से हजारों वैज्ञानिक धनुष बनवाए और शेवा की रानी बल्कीज से मिलकर विश्व को विजय करने का स्वप्न सँजोया।

उस युग में धनुष का आविष्कार नहीं हुआ था और उन दिनों सबसे उन्नत वैज्ञानिक अस्त्र यही था, जो केवल सुलेमान और शेवा की रानी के हाथ में था।

□

यरूशलम भूकंप के झटकों से डोल रहा था। नगर की इमारतें थर-थर काँप रही थीं। तेज घड़घड़ाहट की आवाज से नगर के लोग डरकर यरूशलम की गलियों में इधर-उधर भाग रहे थे। तीव्र वेग से भागते हुए एक आदमी पर सहसा इमारतों के कुछ टूटे हुए पत्थर गिरे और वह बेहोश होकर सड़क पर लुढ़क गया। भूकंप शांत हुआ तो लोगों ने उसे उठाकर देखा। वह अभी तक बेहोश था। उसने अपने हाथ में कसकर कोई चीज पकड़ रखी थी। भेड़ की गंदी खाल में लिपटी हुई कोई आबनूस की लकड़ी की चीज। इसे वह बेहोशी की हालत में भी कसकर मुट्ठी में भींचे हुए था। लोगों ने देखा, यह यरूशलम का निवासी नहीं है। यह तो क्रीट देश का रहने वाला कोई व्यापारी लगता है। उसके कंधे पर बँधे थैले को खोलकर देखा

गया। उसमें तरह-तरह के इत्र, चमड़े के नमूने, खड्ग और तलवारों के नक्शे थे। उसके पास पारस पत्थर भी था, जिसे लोहे में लगाने से सोना बनाया जा सकता था।

सीरिया, जोर्डन और लेबनान तक इजरायल के यहूदी सम्राट् सुलेमान का शासन था। यरूशलम प्राचीन नगर था। यही सुलेमान की राजधानी थी। इजरायल एक नवोदित राज्य था। यहूदियों के बढ़ते हुए उत्कर्ष ने ही इस राज्य को जन्म दिया था। समस्त अरब राष्ट्र और प्राचीन मिस्र भी सुलेमान के प्रभाव से आतंकित थे। मिस्र बूढ़ा हो रहा था और इजरायल अपनी तरुणाई पर था। मिस्र की सभ्यता और संस्कृति हजारों साल पुरानी थी। यहूदी किसी समय मिस्र में दास बनकर रहा करते थे। मिस्र के गौरव-शिल्प और सभ्यता को देखकर संसार आँखें फाड़ता था। इजरायल के यहूदी बर्बर और खानाबदोश थे। वे अपनी भेड़ों को लेकर चरागाहों की तलाश में अरब के समुद्री नगरों के आसपास घूमा करते थे। अरब में रेगिस्तान अबतक बहुत कम भूमि पर था। यहाँ की अधिकांश धरती लहलहाती थी। सुदूर-पूर्व में चीन, भारत, जापान आदि देशों से व्यापार चलता था।

यह ईसा से एक हजार वर्ष पहले की घटना है। इजरायल के दास स्वतंत्र हो गए। अब्राहम, मूसा और दाऊद ने इजरायल की आजादी के लिए संघर्ष किया था। दाऊद ने सोल साम्राज्य की स्थापना की। सतत संघर्ष में बूढ़ा शेर मिस्र पराजित हो गया। आस-पास के अरब देशों की सीमाएँ यहूदियों द्वारा हड़प ली गईं। परंतु युद्ध का अंत शांति में हुआ। ऐसी शांति, जिसने हमेशा के लिए दो देशों को एक सूत्र में बाँध दिया। यहूदियों का सम्राट् सुलेमान दाऊद का बेटा था। उसकी माता बाथसेवा इजरायल की अपने जमाने की अतीव सुंदरी थी। उधर मिस्र का सम्राट् फारोबा था। उसने अपनी बेटी एनोबेथ का विवाह सुलेमान से करके इजरायल और मिस्र को प्रेम के बंधन में बाँध दिया। सुलेमान और एनोबेथ की शादी दो दिलों के प्रेम की प्रतीक नहीं थी, बल्कि दो देशों की मित्रता को कायम रखने वाली एक ऐतिहासिक घटना थी।

एनोबेथ सुलेमान से नफरत करती थी। वह कभी यहूदियों के देवता जेहोबा के आगे पूजा नहीं करती थी। वह अपने देवता अस्तकरत और मिस्र के धर्मदेव एकूनाथन, एसिस और ओसरिज को ही अपना देवता मानती थी। जब भी सुलेमान अपनी रानी एनोबेथ के पास आकर प्यार की बात

करता, वह उसे दुत्कार देती। एनोबेथ कहती–

''हम दोनों की शादी एक-दूसरे की मरजी से नहीं हुई है। मैं यह कैसे भूल सकती हूँ कि तुम मिस्र के यहूदी गुलामों की औलाद हो और मैं मिस्र के सम्राट् फारोबा की बेटी। कहाँ मिस्र जैसा प्राचीन और महान् देश और कहाँ कल का छोटा सा राज्य इजरायल।''

यह सुनकर सुलेमान जमीन पर पैर पटकता और छटपटाकर रह जाता। एनोबेथ को वह जबरदस्ती अपनी बाँहों में पकड़कर चूम लेता और वह उसे धकेलकर बड़बड़ाती हुई अपने महल में दौड़ जाती। सुलेमान उसके पीछे-पीछे भागता और जोर-जोर से चिल्लाकर कहता–

''एनोबेथ! इजरायल एक महान् राष्ट्र है। मैंने अनेक देशों को जीतकर अपना धन इकट्ठा किया है। मैं महान हूँ। मुझे यहूदी दास समझने की भूल मत करो। मैं जेहोवा का एक विशाल मंदिर बनवा रहा हूँ, जिसके शिल्प और वास्तुकला को देखकर संसार चकित रह जाएगा और लोग मिस्र की कला-संस्कृति को भूल जाएँगे।'' यह कहकर जैसे ही उसने एनोबेथ को अपनी बाँहों में जकड़ा, वैसे ही किसी के पैरों की आहट सुनाई पड़ी। सुलेमान ने अपनी पकड़ ढीली कर दी और एनोबेथ उसके हाथों से छूटकर भाग गई।

सुलेमान ने देखा, बैनेजा हाथ में खड्ग लिये तेजी से सीढ़ियाँ चढ़ता हुआ आ रहा है। बैनेजा बार-बार अपने लाल चोगे को सँभालकर सीढ़ियों पर चढ़ रहा है। सुलेमान ने उसे आगे बढ़कर सीढ़ियों के पास रोक दिया।

''क्या लाए हो बैनेजा, तुम्हारे हाथ में क्या है?''

''सम्राट, यह एक हथियार का नक्शा है। ऐसा हथियार, जो लंबे आदमी को ६०० कदमों की दूरी पर भी मार सकता है।''

''६०० कदमों की दूरी पर, यानी ६०० गज तक?''

सुलेमान चीख उठा–''कहाँ है वह हथियार? मैंने आज तक ऐसा हथियार नहीं देखा। अगर मुझे हथियार मिल जाए, तो मैं सारे संसार को जीतकर जेहोबा के कदमों में झुका सकता हूँ।''

''सम्राट्, यह एक धनुष है। यह इस धनुष का नक्शा है।'' बैनेजा ने नक्शा खोलते हुए कहा।

''मगर यह धनुष है कहाँ? तुम्हें यह नक्शा कहाँ से मिला?'' सुलेमान छटपटा उठा। उसने बैनेजा के हाथ से भेड़ की खाल में लिपटा नक्शा

छीन लिया और तेजी से अपने महल की ओर दौड़ गया। बैनेजा अपना खड्ग उठाए सुलेमान के पीछे-पीछे हो लिया। वहाँ टायर के शिल्पी और यहूदियों के धर्मगुरु नाथन उनका इंतजार कर रहे थे। उन्हें देखकर वह फिर लौट पड़ा और सीढ़ियों के पास आकर कुछ सोचने लगा।

"बैनेजा, बोलते क्यों नहीं, यह नक्शा तुम्हें कहाँ से मिला?" सुलेमान ने पीछे मुड़कर बैनेजा से सवाल किया। उसका लटकता हुआ सुनहरी चोगा चारों ओर घूम गया। बैनेजा सावधान हो गया और सड़क पर पड़े बेहाश कीटवासी के बारे में सुलेमान को बताने लगा।

"जिस रात यरूशलम में भयानक भूकंप आया था, उस रात नगरपाल ने एक विदेशी को बेहोशी की हालत में गिरफ्तार किया। वह विदेशी कीट के नोसिस नगर का वासी है और अपना नाम रिन्थोस बताता है। उसी के पास पारस पत्थर और इस वैज्ञानिक धनुष का नक्शा मिला है।" बैनेजा कहे जा रहा था।

"यह कीटवासी यरूशलम कैसे आया?" सुलेमान ने सशंकित होकर दूसरा सवाल पूछा।

बैनेजा फिर चौंक गया और फिर रिन्थोस की यात्रा की कहानी सुनाने लगा। रिन्थोस कोहरिल, हेराक्लीस, अरब का रेगिस्तान, फिनीशिया और सीरिया आदि देशों में घूमता हुआ सीरिया के रास्ते इस नगर में घुस आया था। वह वास्तव में लाल सागर को पार करके अफ्रीका के देश टायरा में जाना चाहता था। लेकिन सीरिया में कुछ लोगों ने उसका पीछा किया और वह इस हथियार के नक्शे को छिपाता हुआ यहाँ तक आ पहुँचा। वह इस हथियार के बदले में सोना, सुंदर स्त्रियाँ और हीरे-जवाहरात माँगता है। वह कहता है कि मैंने इसे हासिल करने में अनेक रातें जहाजों में कड़कड़ाती सर्दी में बिताईं। धूप से तपते रेगिस्तानों में अपने शरीर को झुलसाया। फिर भी बेबीलोन और हिरमश्योम के अपार धन देने पर भी मैंने उन्हें इस हथियार का राज नहीं बताया और मैं किसी तरह जान बचाकर यहाँ तक आ पहुँचा हूँ। अगर उस रात भयानक भूकंप न आता तो मैं लाल सागर के पार मिस्र में चला जाता और इस हथियार को मिस्र के सम्राट् फारोबा के हाथ बेचता। वह इसके बदले में निश्चय ही मुझे अपार धन, दास, सुंदरियाँ और अरबी घोड़े देता।

सुलेमान बैनेजा के मुख से रिन्थोस की बातें सुनकर तिलमिला उठा।

उसने अपना हाथ खड्ग पर रखा और बैनेजा से कहा कि रिन्थोस को उसके सामने पेश करे। उसने ऐसा सोचकर दाउद के बेटे सुलेमान का अपमान किया है। हम उसकी जान लेंगे और जेहोबा को उसके खून की बलि देंगे। बैनेजा अपना खड्ग उठाकर रिन्थोस को सम्राट् के सामने लाने के लिए भीम वेग से नीचे उतर गया। गुस्से से काँपता हुआ सुलेमान जैसे ही पीछे मुड़ा, उसने देखा, धर्मगुरु नाथन खड़े-खड़े मुसकरा रहे हैं।

"सुलेमान, मैंने तुम दोनों की बातें सुन ली हैं। तुम रिन्थोस का सम्मान करो और उससे ऐसे हजारों धनुष बनाने को कहो, ताकि तुम संसार को जीतकर विश्व में जेहोवा का संदेश पहुँचा सको। रिन्थोस की हत्या करने की भूल कभी मत करना।" यह कहकर नाथन चला गया और सुलेमान मन-ही-मन सोचने लगा कि मैं रिन्थोस को मालामाल कर दूँगा और उसे अरब व इजरायल की सुंदरियों के बीच महलों में विलासिता के लिए छोड़ दूँगा, बशर्ते कि वह ऐसे हजारों हथियार बनाने का वायदा करे। वह सोच ही रहा था कि फिर पैरों की आहट सुनाई पड़ी। बैनेजा रिन्थोस के साथ आ रहा था।

चमड़े के गंदे कपड़े पहने, दाढ़ी बढ़ाए रिन्थोस सुलेमान के सामने चुपचाप खड़ा हो गया। उसके कंधे पर चमड़े का थैला लटका था। सुलेमान ने उसे नीचे से ऊपर तक देखकर कहा, "यह हथियार तुम्हें कहाँ मिला?"

"शेवा नगर में ओरिस के कुँए के पास एक पान की दुकान पर।" रिन्थोस ने सच-सच कह दिया।

"क्या तुम इजरायल के लिए यह हथियार बना सकते हो?"

"नहीं।"

"क्यों नहीं?" यह कहकर सुलेमान ने अपने खड्ग पर हाथ रखा। बैनेजा ने भी अपना खड्ग उठा लिया। रिन्थोस एक बार काँप गया। वह जानता था कि वह यहूदी सम्राट् सुलेमान के सामने खड़ा है और पास ही खड़ा है इजरायल की सेना का महाबलाधिकृत बैनेजा, जो एक ही वार में रिन्थोस को यमलोक पहुँचा सकता है। रिन्थोस ने बात बदल दी।

"मैं कारीगर नहीं हूँ। मैं तो धन कमाने वाला व्यापारी हूँ। शेवा में मेडास नाम का एक कारीगर है। वह ऐसे हजारों धनुष तैयार कर सकता है। लेकिन इसके लिए आपको स्वयं शेवा जाना होगा। वह शेवा को छोड़कर यहाँ नहीं आ सकता।" रिन्थोस ने यह कहकर सुलेमान और बैनेजा को

अपने देवता की शपथ लेकर विश्वास दिलाया।

सुलेमान ने रिन्थोस से वह नक्शा ले लिया और शेवा जाने की तैयारी करने लगा। उसने बैनेजा से कहा, "तुम मेरे साथ चलो। अब तुम जा सकते हो और सुनो, रिन्थोस को थोड़ा सा धन और चार सुंदरियाँ देकर महल में कैद कर दो।"

सुलेमान मन-ही-मन विश्व-विजय का स्वप्न सँजोने लगा। इतने में ही एनोबेथ आ पहुँची। बैनेजा रिन्थोस को लेकर चला गया। सुलेमान एनोबेथ के सौंदर्य को एकटक देखने लगा। मिस्र की सुंदरी, सुलेमान के दिल पर शासन करने वाली गर्वीली सुंदरी एनोबेथ, जो भारत से मँगाए गए कीमती पुखराज और हीरों के हार पहने हुए थी। सफेद कीमखाब के कपड़ों में ऐनोबेथ से बढ़कर कोई और सुंदरी नहीं है। वह एनोबेथ की ओर बढ़ा और उसको अपनी भुजाओं में पकड़कर बार-बार चूमने लगा। एनोबेथ कसमसाने लगी। सुलेमान ने कहा, "एनोबेथ, तुम मेरे देवता जेहोवा की पूजा करोगी न। मैं कुछ दिनों के लिए यरूशलम छोड़कर बाहर जा रहा हूँ। सीरिया के रेगिस्तान के पार।" एनोबेथ कुछ न बोली और सुलेमान झल्लाता हुआ एनोबेथ को छोड़कर बाहर चला गया।

सुलेमान का एक भाई जोथप था। उसे किसी तरह सुराग लग गया कि सुलेमान अरब के किसी राज्य में जा रहा है। उसके साथ उसका सेनाध्यक्ष बैनेजा भी जा रहा है। उसने अब षड्यंत्र करने का अच्छा मौका देखा और अपने मित्र नरकल से मंत्रणा करके कुछ आदमी इनके पीछे लगा दिए। जोथप ने कहा कि जहाँ भी मौका लगे, बैनेजा और सुलेमान की हत्या कर दो, ताकि मैं सदैव के लिए इजरायल का सम्राट् बन जाऊँ।

सुलेमान अब लाल सागर को पार करके शेवा राज्य की ओर जा रहा था। उसने रास्ते में कई नखलिस्तान और रेगिस्तानों को पार कर लिया। अनेक सरायों में ठहरते हुए और पीछा करने वाले जोथप के दूतों से बचते हुए वे दोनों किसी तरह शेवा नगर में जा पहुँचे। सुलेमान के बगल में दो खड्ग लटके हुए थे। वह तेज चलने वाले घोड़े पर सवार था। शेवा पहुँचकर उसने समुद्र का पूर्वी तट देखा। वह समझता था कि यहाँ पृथ्वी का अंत हो जाता है। परंतु उसने यह भी सुना था कि यहाँ से हजारों मील दूर दक्षिण की ओर भारत है, जहाँ लोग असंख्य देवी-देवताओं के बड़े-बड़े मंदिर बनवाते हैं। विचित्र वस्त्र पहनते हैं और हजारों देवताओं

की पूजा करते हैं। उत्तर में यूनान और फिर सीरिया, जहाँ रोमिल बर्बर रहते हैं। शेवा एक ऐसा सुंदर नगर है, जहाँ एशिया, अफ्रीका और पूर्वी देशों के लोग आकर व्यापार करते हैं। यहाँ की रानी शेवा अनेक देशों के व्यापारियों से जहाज और नावों का कर वसूल करती है। शेवा एक समृद्ध और शक्तिशाली राज्य है। यहीं मेडास रहता है, जो भयानक शक्तिवाले वैज्ञानिक धनुष तैयार कर सकता है।

सुलेमान और बैनेजा शेवा नगर की एक सराय में ठहर गए। जहाँ शाम के समय भोजन करने के लिए जब सुलेमान बैठा, तो एक सुंदर स्त्री टाई (गिटार जैसा एक बाजा) बजाने लगी और दूसरी रबाब बजाकर अस्कतरत देवता को प्रसन्न करनेवाला नृत्य करने लगी। सुलेमान ने देखा, एक आदमी बराबर उसे घूर रहा है। उसे ऐसा लगा जैसे उसने रास्ते में इस आदमी को बार-बार देखा है। सुलेमान एकदम चौकन्ना हो गया। वह आदमी झपटकर सुलेमान के पास पहुँचा और तलवार खींचकर लड़ने लगा। बैनेजा सावधान था। उसने खड्ग खींचकर उस आदमी के शरीर के दो टुकड़े कर दिए। इतने में ही कई और आदमी सुलेमान और बैनेजा को मारने के लिए टूट पड़े। सुलेमान ने अपने खड्ग से कइयों को काट दिया। सराय में भयानक युद्ध होने लगा और सुलेमान सराय से निकलकर एक ऊँची दीवार के सहारे अँधेरे में भागने लगा। कई आदमी उसका पीछा कर रहे थे। उसने रुककर फिर युद्ध किया और कई आदमियों को घायल कर दिया।

बैनेजा सराय में ही फँस गया। सुलेमान उन आदमियों को मारकर खून से लथपथ खड्ग लिये उस बगीचे की दीवार पर चढ़ गया और धीरे से बगीचे के अंदर मुलायम दूब पर कूद गया। चाँदनी रात थी, बगीचे के बीच में खूबसूरत संगमरमर का छिछला सरोवर था। उसका पानी दूध की तरह सफेद था। उसमें एक सोने जैसी सुंदर स्त्री नंगी खड़ी थी। सुलेमान उसे बार-बार देखता रहा और हाल में हुई हत्या और भयंकर युद्ध की सभी घटनाओं को भूल सा गया। धीरे-धीरे वह उसकी ओर बढ़ने लगा। पानी में खड़ी वह स्त्री धीरे-धीरे दोनों हाथों में पानी लेकर अपने नंगे शरीर पर उछाल रही थी। दूध जैसे पानी की मोती जैसी बूँदें उसके रजत शरीर पर ढुलककर फिर पानी में मिल जातीं। सुलेमान उस अनिंद्य रूप सुंदरी को देखकर एनोबेथ के सौंदर्य को भूल सा गया। वह सोचा करता था कि संसार में एनोबेथ से बढ़कर कोई और सुंदर स्त्री नहीं है। लेकिन

आज वह नग्न और खुला सौंदर्य देखकर पागल सा हो गया। उसे जरा भी डर नहीं रहा और वह फटे कपड़ों में खून से लथपथ खड्ग उठाए तेजी से सरोवर के पास पहुँच गया।

सुंदरी उस विदेशी को देखकर इठलाती हुई मुसकराई। उसकी मुसकराहट में एक रहस्य था। ऐसा रहस्य जैसा कि एक शिकारी अपने जाल में फँसे शिकार को देखकर मन-ही-मन मुग्ध होता है। वह अपनी नग्नता को उभारकर सुलेमान को अपनी ओर आकर्षित करने लगी। सुलेमान बेबस उसे टकटकी लगाए देखता ही रहा। उस सुंदरी ने पानी से निकलकर झीने कपड़ों से अपना शरीर ढक लिया। वह उसकी ओर बढ़कर पूछने लगी–

''क्या तुम किसी आदमी की हत्या करके आए हो?''

''हाँ! एक नहीं, कई आदमियों की। क्योंकि वे मेरी हत्या करना चाहते थे। इसलिए मैंने खड्ग से उन्हें मार दिया और जान बचाकर इस बगीचे में कूद आया। मुझे क्या पता था, यहाँ तुम जैसी अपूर्व सुंदरी मिलेगी।''

''तुम विदेशी हो?''

वह 'हाँ' कह ही पाया था कि दूर मंदिर की घंटियाँ बजने लगीं। सुंदरी ने कपड़े बदले और सुलेमान से कहा, ''जल्दी करो, देर हो रही है। ये कपड़े उतारकर नहा लो, फिर मेरे साथ तुम्हें पूजा में चलना है। आज विलास की वेला है। कितनी उजली चाँदनी छिटकी है। एक पल की भी देर मत करो।''

''किसकी पूजा? मैं तो सिर्फ जेहोवा की पूजा करता हूँ। वही मेरा देवता है। उसी ने सारे संसार को बनाया है। क्या तुम उसी की पूजा करोगी?'' सुलेमान ने विस्मय से झीने वस्त्रों में लिपटी अर्धनग्ना की ओर देखा।

''यह सवाल मत पूछो, जैसा मैं कहती हूँ वैसा करो।'' यह कहकर शेवा की रानी बल्कीज उस ओर चल दी, जहाँ से घंटियाँ बजने की आवाज आ रही थी।

सुलेमान उसके रूप-लावण्य पर मुग्ध होकर यह भूल गया कि वह शेवा में क्यों आया है और उसका साथी बैनेजा कहाँ है? कहीं वह किसी मुसीबत में तो नहीं फँस गया है। सुलेमान बल्कीज के रूपपाश में कैद हो गया।

चारों ओर रोशनी फैल रही थी। रंगीन फानूसों से तीखी रोशनी छिटक

रही थी। बल्कीज ने हाथ पकड़कर सुलेमान को अस्कतरत देवी के सामने खड़ा कर दिया। उसने अपने दोनों हाथ ऊपर उठाए और सुलेमान को भी ऐसा करने का इशारा किया। वह मूर्ख की तरह ऐसा ही करने लगा। उसे ऐसा आभास हो रहा था कि वह कुछ भी नहीं, वरन् शेवा की रानी का बुद्धिहीन दास है। शेवा की रानी ने उसे सम्मोहित कर दिया था। मंदिर की घंटियाँ फिर बज उठीं। प्रार्थना खत्म हो गई।

आधी रात बीत गई। बल्कीज ने सुलेमान को हाथ पकड़कर अपने साथ ले लिया। वह महल में अंदर जाने लगी। फूलों की महक से सुलेमान का दिल उमग रहा था। बल्कीज ने कहा–

''घबराओ मत विदेशी! अब हम दोनों अपनी देवी अस्कतरत को प्रसन्न करने के लिए एक-दूसरे को अपना शरीर अर्पण करेंगे। यह शेवा की परंपरा है। महीने में एक बार हम आधी रात को देवी की पूजा करते हैं और उसी दिन शेवा की रानी नग्न होकर अपना शरीर किसी विदेशी की गोद में रखकर सो जाती है।'' सुलेमान मन-ही-मन मुग्ध हो रहा था। इस देश का रिवाज और यहाँ की देवी उसे अच्छी लगी।

आज विलास की वेला थी। बल्कीज ने सारी रात सुलेमान के साथ बिताई और भोर होते-होते जैसे ही मंदिर की घंटियाँ बजने लगीं, रानी ने इस अनजान परदेशी को मुक्त कर दिया।

उसे सराय में बैनेजा सोता हुआ मिला। दोपहर के बाद वे लोग धनुष बनाने वाले मैडास की खोज में निकल पड़े। मैडास एक काना आदमी था। सुलेमान ने उसे एक हजार धनुष-बाण बनाने की आज्ञा दी और जब मैडास ने उसके लिए धन माँगा, तो उसने बहुमूल्य रत्नों का बटुआ अपने गले में लटके डोरे में दिखा दिया।

रानी बल्कीज शेवा की स्वामिनी थी। आज उससे मिस्र के दूत मिलने आए थे। रानी ने अपने को अधिक सुंदर बनाने का प्रयत्न किया। वह जानती थी कि पुरुष स्त्रियों से केवल सौंदर्य के कारण आकर्षित होते हैं। इसी समय एक सेनाध्यक्ष वहाँ उपस्थित हुआ। उसने रानी के समक्ष रत्नों का बटुआ खोलकर दिखाया और कहा, ''कल रात दो व्यक्ति एक सराय के पास जा रहे थे। उनको कई लोगों ने घेरकर मार डालना चाहा। उन लोगों ने वीरता से युद्ध किया। तब तक नगर रक्षक वहाँ पहुँच गए। उन्होंने उन दोनों को गिरफ्तार कर लिया। उनमें से एक के पास यह कीमती रत्न निकले

हैं। उस समय नगर रक्षकों का मुखिया अज्जल था। उसने उन दोनों को कैद में डाल दिया। ये रत्न अपने साथियों में बाँट दिए और अपने लिए ज्यादा हिस्सा रख लिया। किंतु एक व्यक्ति को कुछ नहीं मिला। उसने आकर सारी बात मुझे बताई। मैंने इन सबको गिरफ्तार कर लिया है। रत्न आपके सामने मौजूद हैं। अज्ज्ल बाहर खड़ा है।''

रत्नों को देखकर रानी की आँखें फटी-की-फटी रह गईं। उसने कहा, ''विदेशी को ले आओ।''

सैनिकों ने बंदीगृह का ताला खोला और उन्हें बाहर ले आए। उन्हें स्नान कराया और सुगंधियाँ लगाई गईं। बहुमूल्य वस्त्र पहनाकर जब दोनों विदेशी रानी बल्कीज के सामने लाए गए, तो मिस्र के दूतों ने उठकर सुलेमान का अभिवादन किया, क्योंकि उनके देश की राजकुमारी एनोबेथ से विवाह करने के लिए सुलेमान मिस्र गया था। तभी से वे उसे जानते थे। सुलेमान ने देखा कि उनके सामने शेवा की रानी थी। वही स्त्री, जो कि चाँदनी रात में उसे पानी में नंगी खड़ी मिली थी। जब उन्हें रानी के समक्ष पेश किया गया, तो बल्कीज ने भी इस व्यक्ति को पहचान लिया। दूत लोग बीच में से हट गए, बल्कीज और सुलेमान फिर एक-दूसरे से मिल गए। रानी का विलास, वैभव और आनंद फिर से थिरकने लगा। रानी ने गर्व से कहा, ''दक्षिण के समुद्रों पर पुन्थ से लेकर भारत तक मेरे जहाजों का अधिकार चलता है। शेवा के शौर्य से आतंकित होकर कोई भी मेरे नाविकों पर हमला नहीं करता। चारों ओर मेरा ही राज्य है।''

सुलेमान ने गंभीर स्वर में कहा, ''टायरा, यरूशलम और शेवा, ये तीन राज्य सारे संसार पर अधिकार कर सकते हैं।''

बल्कीज की महत्त्वाकांक्षा जाग उठी। वह सुलेमान को एक दीवार के पास ले गई, जहाँ संसार का एक नक्शा बना हुआ था। उस संसार का, जिसको ईसा से १००० वर्ष पहले के लोग जानते थे। वहाँ अरब था, उसके दक्षिण पश्चिम की ओर शेवा की भूमि थी, लाल सागर था और सीरिया (असीरिया) तथा बेबीलोन की भूमि में इजरायल तक फैला हुआ सीरिया का रेगिस्तान था। मिस्र और नील नदी समुद्र के पास थे।

सुलेमान ने फिर कहा, ''यदि शेवा मेरे साथ हो और तुम साम्राज्ञी और मैं सम्राट् बना रहूँ, तो मैं सारे संसार को जीत सकता हूँ।''

बल्कीज उत्तेजित हो उठी। उसने प्रेम से उसे चूम लिया। ''सुलेमान

ऐसा ही होगा। आओ, अब तुम मेरे देवता और देवियों की उपासना करने चलो। समय हो गया है।'' उधर घंटियों की आवाजें आ रहीं थीं।

उधर जोथप फिलीस्तीन के सम्राट् उमरी से जोड़-तोड़ कर रहा था। इजरायल और फिलीस्तीन की सीमाएँ एक थीं। फिलीस्तीन का राजा उमरी जोथप की मदद करके उसे इजरायल का सम्राट् बनाना चाहता था। सुलेमान की अनुपस्थिति में फिलीस्तीनी लोग यहूदियों को सता रहे थे। वे बार-बार इजरायल की सीमा में घुसकर लूटमार करते और जोथप का नाम लेकर उत्पात मचाते। इससे यहूदी क्षुब्ध हो गए और अपने सम्राट् सुलेमान के वापस आने की राह देखने लगे। अनाथ और सूने इजरायल पर फिलिस्तीनियों का आतंक तथा घिराव बढ़ता जा रहा था।

उमरी की पुत्री राजकुमारी केण्डिया ने जोथप को अपने प्रेम-जाल में जकड़ रखा था। वह चाहती थी कि मेरे पिता की मदद से जोथप सुलेमान की जगह इजरायल का सम्राट् बन जाए और मैं सम्राज्ञी बनूँ। उधर जोथप की पत्नी नोआमी प्रणयवंचिता थी। उसे जोथप प्यार नहीं करता था। वह जोथप की योजनाओं को धर्मगुरु नाथन और सुलेमान की पत्नी एनोबेथ से मिलकर बराबर विफल करने में लगी रहती थी। वह देशभक्त थी और अपने देशवासियों से प्यार करती थी। उधर बढ़ते हुए संकट को देखकर धीरे-धीरे एनोबेथ का मन भी फिर गया। वह जेहोवा को ही अपना देवता मानने लगी और उनसे रात-दिन प्रार्थना करने लगी कि वे किसी तरह सुलेमान को शेवा से वापस बुलवा दें। उसका दिल फेर दें। वह जल्दी ही यहाँ लौट आए।

नाथन ने एनोबेथ से सलाह करके इनहोतक नाम के विश्वासपात्र दूत को तेज घोड़े पर शेवा रवाना कर दिया। उसका काम था कि वह किसी तरह सुलेमान को इजरायल पर आने वाले भयंकर संकट की सूचना दे दे। फिलीस्तीन में जोरों से युद्ध की तैयारियाँ हो रही थीं। वे लोग बड़े अच्छे योद्धा थे और प्राचीन कीट राज के समुद्री राजाओं के वंशज थे। फिर भी वे यहूदियों को जोथप की सहायता के बिना नहीं जीत सकते थे।

इनहोतक शेवा के महल में जा पहुँचा। उसने देखा, सम्राट् रानी बल्कीज के प्रेम में पागल है। वह वैभव और विलास के रंग में डूब रहा है। उसने ज्यों ही यरूशलम की दशा का समाचार सुनाया, सुलेमान एकदम होश में आ गया।

उसने जेहोवा से क्षमा माँगी और शेवा की रानी बल्कीज से विदा ली। सुलेमान बैनेजा को साथ लेकर इनहोतक के साथ स्वदेश लौट पड़ा। वह व्यग्र हो उठा। उसके सामने यरूशलम और इजरायल की रक्षा का प्रश्न था। वह जानता था कि सीरिया की शक्ति क्षीण हो चुकी है, मिस्र बूढ़ा है। फिनीशिया और शेवा केवल नौसैनिक शक्ति में ही बढ़े-चढ़े हैं। टायरा से सहायता आना असंभव है। कीट की शक्ति छिन्न-भिन्न है। यूनान छोटे-छोटे राज्यों में बँट गया है। ऐसे संकट के समय में इजरायल का कौन साथ दे सकता है। वह इसी सोच में था। चलते-चलते आठ दिन बीत गए।

अब वह सीरिया के रेगिस्तान को पार कर रहा था। दूर पर भयंकर तूफान दिखाई दिया। उसे लगा, जैसे जेहोवा उस पर क्रुद्ध हो गए हों। वह काँप उठा। तूफान उसकी ओर बढ़ता आ रहा था। चारों ओर पीला-पीला अँधेरा छा गया। बालू से बालू टकराने लगी। रेत के पहाड़ उड़ रहे थे। तीनों एक-दूसरे से ओझल हो गए। सुलेमान ने अपना घोड़ा रेत में लिटा दिया और वह उसकी पीठ के सहारे चिपककर छिप गया। वह और उसका घोड़ा रेत में ढक गए।

उसे लगा, जैसे मैंने बहुत पाप किया है। अपने देवता को छोड़कर बल्कीज की देवियों को पूजा है। मैं पापी हूँ। वह हिचकी भर-भरकर रोने लगा। जेहोवा से बार-बार क्षमा माँगने लगा। कुछ ही घंटों में तूफान उतर गया। सूरज की रोशनी चमकने लगी और तीनों फिर मिल गए। ४० मील का सफर तय करके शाम तक ये लोग यरूशलम पहुँच गए। एनोबेथ ने सम्राट् का स्वागत किया और अगले दिन से इजरायल में युद्ध की तैयारियाँ शुरू हो गईं।

मेडास के बनाए हुए १००० धनुषों ने फिलीस्तीन के रथों को तोड़ दिया। उमरी घायल हो गया और जोथप जीवित पकड़ा गया। उमरी की पुत्री केण्डिया को सुलेमान की सेना ने गिरफ्तार कर लिया। थोड़े से युद्ध के बाद ही फिलीस्तीन ने इजरायल के आगे घुटने टेक गया। एनोबेथ विजय गर्व के साथ सुलेमान के समीप आ गई। नाथन की राय से जोथप को प्राणदंड दे दिया गया। नाथन ने सुलेमान को आशीर्वाद दिया कि अब वह संसार में अमर हो गया है।

कई वर्ष बीत गए। सुलेमान एनोबेथ के प्रेम और जेहोवा की भक्ति

में खो गया। इजरायल समृद्ध हो चला। उसका धन एवं सैन्यशक्ति बढ़ती जा रही थी। उधर जोथप का मित्र नरकल जीवित था। वह सुलेमान से बदला लेने की फिराक में था। जोथप के प्राणदंड का बदला। वह ताबीज वाला सौदागर बनकर किसी तरह शेवा की रानी के दरबार में जा पहुँचा और सुलेमान की झूठी डींगें मारकर शेवा की रानी को फुसलाने लगा। रानी का दिल इजरायल की शक्ति और सुलेमान के गौरव को सुनकर झंकृत हो उठा, जैसे वह सोते से जाग गई हो। उसे वह विश्व-विजय का स्वप्न याद आ गया जो आज से कई वर्ष पहले उसने और सुलेमान ने साथ-साथ देखा था। उसने घोषणा कर दी कि वह सारे संसार के वैभव का प्रतिरूप लेकर विश्व-विजय की याद दिलाने के लिए सुलेमान के पास इजरायल जाएगी और विजय के स्वप्न को पूरा करेगी।

चारों ओर खबर फैल गई। शेवा की रानी इजरायल जा रही है। सारे संसार का मीलों लंबा कारवाँ तेका, हयूमा, सूर और उनके बियाबान नखलिस्तानों से होकर इजरायल जाएगा। पहले से दूतों ने यह संवाद सुलेमान तक पहुँचा दिया। इजरायल में रानी के स्वागत की तैयारियाँ होने लगीं। शेवा की रानी का मीलों लंबा कारवाँ इजरायल की ओर चल पड़ा। रास्ते भर गाँवों में, चरागाहों में भेंड़ों को सजाकर रानी का स्वागत किया गया।

हजारों रथ, बौने, लोहे के पिंजरों में सफेद चीते, गुरिल्ले, भारत के हाथी, कवचों से सुसज्जित चमचमाते अस्त्रों वाले योद्धा, जूबियन के शेर, विचित्र रत्नों की मंजूषाएँ, हाथीदाँत, पुखराज, चंदन की पालकियाँ, विचित्र देवताओं की मूर्तियाँ, लाल, पीली, काली और सफेद जातियों के संसार भर के मनुष्य और अंत में हाथीदाँत के सफेद रथ पर बैठी शेवा की रानी बल्कीज।

विश्व-विजय का यह कारवाँ इजरायल पहुँचा और उसकी चमक से यह देश एक बार कौंध उठा। यरूशलम में तहलका मच गया। स्वयं सम्राट् सुलेमान और रानी एनोबेथ ने नगर के मुख्य द्वार पर बल्कीज का स्वागत किया।

बल्कीज ने कहा, ''सम्राट्, मैं ये सारा संसार तुम्हें दिखाने लाई हूँ। आज विश्व-विजय के स्वप्न का स्मृति दिवस है और उसी आकांक्षा को याद दिलाने के लिए मैं स्वयं तुम्हारी राजधानी में आई हूँ।''

अब शेवा की रानी सुलेमान और एनोबेथ से बात करते हुए सिंहासन

के पास पहुँच गई। बगल के आसन पर एनोबेथ बैठ गई। बल्कीज ने सुलेमान से पूछा, ''मैं एक पहेली पूछती हूँ। बताओ कौन सा प्रेम है, जो कभी नहीं मरता?''

सुलेमान ने कहा, ''स्त्री-पुरुष का प्रेम मर जाता है। माँ और बेटे का प्रेम मिट जाता है। ईश्वर से भी मनुष्य का प्रेम सदैव नहीं बना रहता, पिता और पुत्र का प्रेम भी अमर नहीं होता। किंतु एक प्रेम सहज है, जो कभी नहीं मरता। वह है आत्म-प्रेम, जो प्रत्येक प्राणी को अपने आप से होता है। उससे वह अपनी प्रत्येक वस्तु, प्रत्येक कार्य पर शासन करता है और वह प्रेम मृत्यु तक बराबर बना रहता है।''

अब बल्कीज ने खड़े होकर ताली बजाई। दास भीतर घुस आए। अब परदों में ढके हुए दो व्यक्ति सामने लाए गए। बल्कीज की आज्ञा से उनके चेहरे खोल दिए गए। सुलेमान ने झुककर देखा—पीले रंग की एक औरत थी।

बल्कीज ने कहा, ''मीडिया और फारस से बहुत दूर पूर्व की ओर एक पीली जाति रहती है। यह स्त्री उसी जाति की है। मैं इस दासी को तुम्हें भेंट करती हूँ।''

रानी एनोबेथ आश्चर्यचकित हो गई। उसने सुना था कि चीनी नाम के व्यक्ति संसार में रहते हैं। लेकिन आज तक उन्हें देखा नहीं था। दूसरा व्यक्ति लाल था।

सुलेमान ने कहा, ''लाल रंग का आदमी! अपने यौवन में मैं एक बार टायरा गया था। वहाँ मुझे फिनीशिया के नाविक मिले थे। लगभग ५०० वर्ष पूर्व उनका जहाज हेराक्लीज के खंभों से पश्चिम की ओर भटक गया था। कई सप्ताह जहाज पानी पर तैरता रहा, फिर वह एक विशाल भूमि पर पहुँचा, जहाँ लाल रंग के आदमी रहा करते थे। सैकड़ों वर्षों से फिनीशिया के लोग उनकी कहानियाँ सुनाया करते थे और सुनने वाले गप्प समझकर हँस देते थे।''

बल्कीज ने विजय-गौरव से कहा, ''संसार विशाल है सुलेमान, संसार विचित्र है। जो इसपर शासन करेगा, वही इसको खोजने की शक्ति भी प्राप्त कर सकेगा।''

सुलेमान के भीतर अंतर्द्वंद्व आरंभ हो गया। विश्व-विजय का स्वप्न फिर उसके अंदर धधकने लगा। बल्कीज उत्सुकता से आँखों में आशा लिये

उसकी ओर देख रही थी। एनोबेथ ने उसके मन की इस हलचल को समझ लिया। सहसा सुलेमान शांत हो गया।

बल्कीज ने फिर कहा, "मैं तुम्हें संसार के अनेक आश्चर्य दिखाऊँगी। मैं जो तुम्हें दिखा रही हूँ, यह सब तुम्हारा है सुलेमान।" वह फिर एक बार उस सपने को जगाने की चेष्टा कर रही थी, जो शेवा में दोनों ने साथ-साथ देखा था–विश्व-विजय का स्वप्न।

अब सुनहरी गाड़ियाँ आने लगीं–भारत के मंदिर का प्रतिरूप एक गाड़ी पर रखा हुआ था, जिसका स्वर्ण चमचमा रहा था। नोसिस का सफेद नगर, जिसमें बेल का मंदिर और माईनोस के महल थे। सुदूर यूनान के मईसीनिया के सिंहद्वार का प्रतिरूप भी था। बेबीलोनिया के विशाल उपवन का प्रतिरूप, सूर्य देवता का मिस्र का मंदिर, चपटी छतोंवाला ऊर, सूसा, नैनवे, फीनीशिया का बंदरगाह, किस चीज का नमूना वहाँ नहीं था। एनोबेथ उन नमूनों को देखकर आश्चर्यपूर्वक बोली, "बल्कीज, संसार महान् है, विचित्र है!"

सुलेमान उन गाड़ियों के बीच में घूमने लगा। फिर वे सुनहरी गाड़ियाँ वहाँ से हटा दी गईं। अब दस चंदन के बक्से लाए गए। एक बूढ़ा खोलकर उन्हें दिखाने लगा। सुनहरे प्यालों में आफीर और अरब के गंध पदार्थ, भारत के कीमती लाल और अफ्रीका से लाया हुआ पांडू, हीरा, हाथीदाँत की मूर्तियाँ, मलमल के रंग-बिरंगे वस्त्र एक के बाद एक न जाने कितनी वस्तुएँ प्रकट होने लगीं। आजतक ऐसा कोष वहाँ किसी ने भी नहीं देखा था। बल्कीज ने कहा, "यह सब तुम्हारा हो जाएगा सुलेमान। इजरायल की थल सेना, शेवा और टायरा की जल सेना मिलकर तुमको सारे संसार का सम्राट् बना देंगी।"

सुलेमान ने उत्तर दिया, "तुम मुझे लालच दे रही हो, किंतु यह नहीं हो सकता। मैं युद्ध नहीं करूँगा।"

बल्कीज क्रोधपूर्वक बोली, "क्यों नहीं हो सकता?"

"मेरे देवता जेहोवा ने इसे वर्जित किया है। वह सारे संसार का स्वामी है। मैं युद्ध करके पाप नहीं कर सकता।"

बल्कीज का मंतव्य पूरा नहीं हुआ। वह निराश हो गई। उधर नरकल का षड्‌यंत्र अभी तक सफल नहीं हुआ था। उसने देखा, रानी परेशान है और सुलेमान किसी भी तरह नहीं मान रहा है। वह रानी से मिला। रानी

ने उसे पहचान लिया। वह वही नरकल था–जोथप का दोस्त, जो शेवा में व्यापारी बनकर रानी के सामने आया था। इसी ने इजरायल की शक्ति और समृद्धि की डींगें हाँककर शेवा की रानी को प्रभावित किया था।

नरकल ने रानी का अभिवादन करने के बाद कहा, ''ऐसा लगता है कि आप सुलेमान से पराजित हो गईं।''

''नहीं!'' रानी ने ऊँचे स्वर में उत्तर दिया।

''अब सुलेमान से बदला लेने का एक ही रास्ता है...।'' नरकल रुककर रानी की प्रतिक्रिया देखने लगा।

''क्या?''

''तुम एनोबेथ को बीच से हटाकर सुलेमान से अकेली मिलो।''

''अगर वह मेरी बात फिर भी न माने तो?''

''दूसरा रास्ता यह है कि तुम शराब के प्याले में जहर मिलाकर उसे हमेशा के लिए सुला दो।''

''छिह, मैं ऐसा हरगिज नहीं कर सकती। उसे जहर देने से मुझे क्या मिलेगा?'' रानी ने नरकल को फटकार दिया और सँभलकर बोली, ''मैं विश्व-विजय की योजना बनाने यरूशलम आई हूँ। मुझे सुलेमान से ईर्ष्या-द्वेष नहीं है। लेकिन याद रखो, सुलेमान बहादुर है। उसे जहर देने से बड़ा पाप कोई दूसरा नहीं हो सकता।'' यह कहकर बल्कीज ने नरकल से बात करना उचित नहीं समझा।

वह निराश होकर चला गया। उसने देखा कि रानी पर उसकी बात का कोई प्रभाव नहीं हुआ। नरकल महल से निकलकर जा ही रहा था कि जोथप की विधवा पत्नी नाओमी ने उसे पहचान लिया। वह जान गई कि नरकल यहाँ अवश्य शेवा की रानी से मिलकर सुलेमान के खिलाफ षड्यंत्र करने आया है।

नाओमी नरकल से तभी से घृणा करती थी, जब से उसने उसके पति जोथप को फिलिस्तीन के सम्राट् उमरी की पुत्री केण्डिया के प्रेमजाल में फँसवा दिया था। वह जानती थी कि नरकल की कुमंत्रणाओं के कारण ही जोथप की जान गई। केण्डिया और उसके पिता उमरी का राज्य बरबाद हो गया। इसलिए नाओमी नरकल के षड्यंत्र को विफल करना चाहती थी। उसने समझ लिया कि नरकल अवश्य ही सम्राट् सुलेमान के विरुद्ध कोई षड्यंत्र करने आया होगा। नाओमी ने नरकल की प्रतिहिंसा का समाचार

सम्राट् सुलेमान तक पहुँचा दिया।

अब नरकल ने एक और चाल चली। उसने धन देकर महल के एक सेवक को अपने पक्ष में कर लिया। सेवक से शराब में जहर मिलवा दिया। शाम हुई। बल्कीज अब सुलेमान से विदा लेने वाली थी। सुलेमान अकेला ही बल्कीज के पास आया। उसने कहा, ''बल्कीज विश्व-विजय का विचार छोड़ दो।'' इतने में ही सेवक शराब का प्याला लेकर आ गया। सुलेमान को पहले ही सूचना मिल चुकी थी। उसने शराब का प्याला बल्कीज की ओर बढ़ा दिया।

बल्कीज ने प्याला ले लिया और वह उसे अपने होंठों की ओर ले जाने लगी। वह निर्दोष और अनजान थी। सुलेमान समझा नहीं, यह क्या रहस्य है? उसने फौरन बल्कीज के हाथ से प्याला गिरा दिया। बल्कीज चौंक गई, ''सुलेमान, यह सब क्या है?''

''तुम्हें नहीं मालूम, इस प्याले में जहर था?''

''जहर!''

''हाँ, इस वक्त मैंने तुम्हारी परीक्षा करने के लिए यह प्याला तुम्हें दिया था। लेकिन मैं समझ गया हूँ, तुम निर्दोष हो, इस षड्यंत्र में तुम्हारा हाथ नहीं है।''

''यह नरकल का षड्यंत्र है, सुलेमान!'' बल्कीज को क्रोध आ गया।

''तुम ठीक कहती हो, मैं नरकल को अभी पकड़वाता हूँ। मेरे सैनिक उसकी खाल खींच लेंगे।'' सुलेमान क्रोध में भरकर चला गया।

नरकल पकड़ा गया। सुलेमान ने उसे मृत्युदंड दिया। अब उसका क्रोध शांत था। बल्कीज को स्वयं से घृणा होने लगी थी। अब वह यरूशलम से तुरंत शेवा वापस जाना चाहती थी। सुलेमान और बल्कीज दोनों ने एक-दूसरे की परीक्षा कर ली। दोनों को एक-दूसरे पर संदेह हुआ था। उनका प्रेम, जो देवी अस्कतरत के सामने विलास की वेला में प्रकट हुआ था, वह अब जेहोवा के प्रभाव से क्षीण हो गया। बल्कीज सुलेमान के पास आई।

''सुलेमान, अब मैं विदा लेती हूँ। मैं अपना जो संसार तुम्हें दिखाने के लिए यहाँ तक लाई थी, यहीं छोड़े जाती हूँ। तुमने मेरे प्रेम में अविश्वास किया है।''

''नहीं बल्कीज! यह सब एक षड्यंत्र था, एक धोखा। इसे तुम भी

नहीं जानती, मैं भी नहीं जानता। इसे जानते हैं जेहोवा।'' सुलेमान ने अपना पक्ष मजबूत करने की चेष्टा की।

''सुलेमान, मैं तुम्हारे पास विश्व-विजय की योजना बनाने आई थी। अब यह असंभव है। मैं तुमसे प्रेम करती हूँ और नारी के रूप में आज मैं तुम्हारे सामने पराजित हो चुकी हूँ।'' शेवा की रानी ने अपनी दृष्टि झुका ली।

''मुझे विश्वास है कि मैं एक देश की रानी के रूप में तुम्हारे सामने पराजित नहीं हो सकूँगी।''

''पहले विश्व-विजय, फिर प्रेम और फिर राजा-रानियों की बातें। यह सब मैं समझा नहीं, बल्कीज?''

''जल्दी ही समझ जाओगे, सुलेमान। मैं दोनों देशों के बीच व्यापारिक संधियाँ करना चाहती हूँ। ताकि हम दोनों एक-दूसरे की भलाई कर सकें।''

''अब तुम विश्व-विजय और प्रेम से व्यापार पर आ गई हो। जब दो देशों के शासक एक-दूसरे से प्रेम करते हैं, तो यही होता है।''

''एक-दूसरे से व्यापार करके हम अपने-अपने देशों को समृद्ध बनाएँ, यही मेरी कामना है।'' बल्कीज ने सुलेमान की ओर कटाक्ष करते हुए कहा।

दूसरे दिन बल्कीज ने यरूशलम से विदा ली और विश्व विजय का स्वप्निल कारवाँ वहीं छोड़ दिया। शेवा की रानी शांति के देवता जेहोवा की भक्ति के सामने नतमस्तक हो गई। अब उनका मन शरद के धुले आकाश की तरह निर्मल था।

(गार्डनर एफ. फाक्स के उपन्यास पर आधारित कहानी)

□□□